單讀

One-way Street

雪春秋

郑在欢／著

SISTERS

上海文艺出版社

雪，冬天的产物
四季无常，初春，深秋，亦见雪。

——题记

道生一，一生二，二生三
　　三生万物

　　　　　　　——老子

老大刁
老三娇
中间夹个受气包

——**俗语**

目录

1 雪至 春来 秋去 001

2 春心 秋零 雪封 061

3 金秋 雪融反春 155

1. 雪春秋

1 _(雪至)

　　大概是五月，大雪记得那种嘈杂，是后来城市里千百辆汽车一起疾驰而过都不及的嘈杂，比工厂里昼夜不息的机器还要嘈杂。四面八方的蝉杀猪般鸣叫，母亲在屋子里濒死哭喊，刺眼的阳光白花花铺满院落，因为太热，地面冒出袅袅的烟，仿佛这阳光，也在喊叫。大雪抱着二雪（那时她还不叫二雪，她叫春雪，要等小雪生下来才沦为二雪）等小雪出生。父亲坐在檐下，地上布满烟头。他一动不动，只有手里的烟兀自燃烧。他的安静让大雪害怕，也让这一天如梦魇般充满矛盾，不真实。一旦想到嘈杂，就会记起寂静，父亲身上的肃杀气息仿佛可以消除一切声响，后来才发现命门所在，脑中出现阳光，是嘈杂，出现父亲，是寂静。爷爷奶奶站在不远处，同样不敢出声。他们陪着父亲，在寂静中等待。把目光从父亲身上移开，才能听到母亲的嘶喊，隐约记得母亲怀孕时两人的争吵，不间断的争吵。印象中母亲一向软弱，那时候却很强硬，父亲只好加大争吵力度，砸东西，打小孩，把自己灌醉，半夜里把人闹醒接着吵。母亲最终战不过他，妥协了。大雪后来才知道母亲做了何种妥协，正是她的妥协，决定了小雪将以什么面目到来。随着一声啼哭，产婆推门出来，生了生了，母子平安。带把儿吗？父亲抬起头，面露喜色地确认。产婆撇撇嘴，摇了摇头。那还说什么母子平安。父亲恶狠狠地说。他站起来就走，没有去看一眼刚出生的小雪。奶奶拽住他的胳膊，哭天抢地，可不能啊，你可不能去啊。父亲不耐烦地甩脱她。奶奶摔倒在地，转而抱住他的腿。可不能啊。可不能啊。她仿佛只会说这一句话。大雪抱着二雪，呆呆地看着，不明白奶奶为何那么紧张父亲的离开，在她的感觉里，父亲走了反而更好，那样就没人打骂母亲了。让他走。四岁的二雪说话了，别管他让他走。大雪连忙捂住妹妹的嘴，要搁以前，父亲肯定揍她了。这会儿他顾不上她们。他一脚踢开奶奶，推开大门走出去。大雪后来才知道他去干了什么，奶奶又为什么非要拦住他，还有，母亲妥协的是什么。那一天，父亲找到那个江湖郎中，把他打得死去活来。在这之前，江湖郎中给了他一张药方，承诺只要吃下去，就能让母亲腹中的女孩变男孩。父亲同样承诺江湖郎中，如若不然就要他的命。父亲没能要了郎中的命，但大雪相信他敢。要不是在人家的地盘上，父亲或许真能杀死郎中，那样他去抵命，也就没有那么多事了。郎中家的人太多了，父亲一人面对五人，还是把郎中打进了医院。他付出了更大的代价,在乱战中一条腿被打坏了,后来一直跛着。这是父亲最后悔的事,他后悔没能履行诺言,打死那个郎中。当时他还不知道小雪的状况,以为只是单纯地没变成男孩,打那郎中一顿出出气也就算了。小雪长到两岁,还是不能说话,不能走路,目光呆滞,只知道吃。郎中的药没能把小雪变成男孩,只是把她变成了傻子。小雪仍旧是女儿身,样貌和体格却像极了男孩,饭量也是。母亲常年抱病在床,只能望着她们哭。母亲的哭没有声音,只有眼泪缕缕行行地流下来。她终日躺在昏暗的房间,只有眼泪是明亮的。八岁的夏天,同样嘈杂,大概也是五月,母亲死了。后来听奶奶说,前一天晚上父亲跟她吵了架,她将门反锁,喝下半瓶农药,等父亲回来已经死去多时。没有葬礼,父亲找几个人把她埋了,一直没有告诉她们埋在哪里。已然记不清母亲的样子,大致有个轮廓,但不真切,想起母亲,想到的只是嘈杂,伴随着寂静的嘈杂,昏暗的房间,明亮的眼泪,就连父亲,她也记不清了,母亲死后,他远赴他乡,除了偶尔给奶奶打一个恐吓电话,再没有别的音信。

"你们给我好好照顾小雪。"电话里,他恶狠狠地说。

2（春来）

春蓝知道，家里确确实实有了喜事了，从父亲脸上的表情就可以看出来。这个泥瓦匠总是一副不苟言笑的样子，因为常年劳作，他双手干裂，面部僵硬，好像那些被他抹到墙上的水泥也渗入了他的身体。临近晌午，春蓝在灶前做饭，父亲回来了，脸上漾着笑。听到他和奶奶的说话声，春蓝跑出来，一眼就看到了他的笑脸。他跟奶奶也没说什么笑话，可就是一直笑着，那笑像是粘在脸上，抹都抹不掉。春蓝也开心起来。从记事起，父亲好像没有笑过。她一度以为人长大了就不会笑了，可又明明见过很多大人笑，他们咧开嘴，露出牙，笑声洪亮，在这种笑声的带领下，在场的人也都笑起来。这时候她会偷偷去看父亲，他用两声哼哼代替笑，也不咧嘴，也不露牙，就是哼哼两声，脸很快又僵住了。为了和父亲保持一致，她也绷紧了嘴。后来她都不用看父亲，大家笑起来，她就哼哼两声——最多三声，就跟父亲一样。有时哼哼三声,听起来还是像两声,甚至是一声。哼哼。这一次,看到父亲的笑脸,她没有哼哼,而是笑了出来,爸!你可回来了,妈生了吗?父亲低头看着她,笑容又扩大了些,生了。她开心得蹦起来,刚要问是弟弟还是妹妹,父亲的笑就消失了。他们又来了,你快去西地。心一下堵住嗓子眼,她转身就往屋里跑。父亲所说的"他们"是专抓女孩的人,抓住一个女孩就要罚钱。她知道父亲挣钱有多辛苦,他都是天黑透才回家吃饭的。她跑到卧室,拉起床上的春芳往外跑。春芳还没睡醒,边哭边骂她。跑到门口,春芳被门槛绊倒了,重重跌在地上,荡起一阵灰。春芳哇哇大哭,再也不愿起来。她也哭了。她去拉她,快走啊,他们就来了。春芳只顾着哭,怎么也不起来。她急得打她,你醒醒,醒醒啊,他们就来了。春芳哭得更大声了,破了喉咙一样。好了,父亲说,别管春芳了,让她藏你奶奶那里。你快走吧。

春蓝站在西地的河岸上,带着笑模样。快到夏天了,麦子越长越高,野花拼命地开,蝴蝶和蜜蜂也都兴高采烈地飞。她脑中还印着父亲的笑,他笑了,肯定是好事,母亲一定生产顺利,毕竟都是第四个了。都怪刚刚走得太急,忘了问是弟弟还是妹妹。可别是妹妹了,是妹妹,抓住了还得罚钱。父亲笑了,肯定是好事,肯定不是妹妹。她很满意这个想法,不是妹妹,肯定不是妹妹。她哼哼两声。她认定了,不是妹妹。转过身,看到起伏的麦浪,晚春的风呼呼地吹,脑袋上的短发支棱起来,和麦芒一样锐利。她刚卖过头发。她早就想卖了，母亲一长长就卖，姐姐也是。姐姐卖了头发，母亲会煮鸡蛋给大家吃。她一直吵着要卖，母亲告诉她小孩子的头发不值钱，到了十岁才能卖。过了年，她十岁了，却没有卖掉。她的头发又软又黄，也不长，收头发的人不要。她躲起来哭了，等眼不红了，才回家。上个月，又来了一个收头发的，那个女人很好说话，要了她的头发，虽然给的钱不多。她高兴坏了，支棱着贴着头皮的短发，到处去找人玩，告诉大家她卖头发了。王雨婷笑她的头发铰得太厉害，不好看，"跟狗啃的一样"。她不服气，和她吵起来。你的头发怎么卖不掉，她说，你就是眼气。她和王雨婷是最好的朋友，但是那天，她们两个都生气了。晚上，母亲煮了鸡蛋，大家每人只有一个，她两个。这顿饭可是春蓝请咱们吃的。母亲说。春红和春芳笑嘻嘻地看着她，春芳还来抱她，她有点不好意思了。她只吃了一个鸡蛋，把另一个盖到碗底下，打算留着明天早上就稀饭。第二天，她掀开碗，鸡蛋不见了。母亲告诉她春红着急上学，拿着路上吃了。她鼻子一酸，险些哭出来，看到母亲的大肚子，她还是没哭。

有汽车的声音往这边来。她藏进一片蚕豆地。快到夏天了，蚕豆要熟了。她攥着裤脚，从豆荚和叶子交错的缝隙往外看。太阳悬在头顶，热气从地底冒出，她感觉到饿。不知名的虫子爬上脚面，她折了一片叶子驱赶。丢掉叶子，才发现手心里满是汗。她有点怕。西地里满是坟墓，这是最好的一块地，家里所有的老人都埋在这里。上坟的时候，女孩是不能来的，她不清楚祖先的坟墓具体在哪里，只能在心里默念，希望祖宗保佑，保佑她不被发现。正午的阳光持续不断地烘烤大地，她的胳膊上、脸上、脖子上，冒出细密的汗珠。更饿了。车声迫近，更怕了。

等太阳斜到河的另一边，一个女人出现在大路上，冲这边茂密的庄稼地扯开了嗓子喊，"哎——出来吧。哎——人走了"。

她从蚕豆窠里钻出来，拍拍身上的土往回走。不远处的麦田里，女孩们三三两两钻出来。她看到王雨婷了，她领着自己的三个妹妹，雨棚、雨柱和雨盈。王雨婷一定是和她姐姐分头藏的，她家一共六个女孩，藏在一起太容易被发现。要等很多年以后，她才能知道王雨婷家的女孩名字为什么那么奇怪，那寄托着一个父亲所有的希望：雨婷，希望雨停下；雨棚，希望雨落在棚子上下不来；雨柱，跟雨婷的意思差不多，"柱"谐音"住"，打住的意思；雨盈，雨都下满了，都溢出来了，总该打住了吧……这位父亲的希望最终被无情浇灭，她们家的雨多得不像话。听说你妈给你生了个小弟。王雨婷笑着对她说。她不敢相信，凭什么自己还不知道别人就知道了。你听谁说的。她气吼吼地问王雨婷。我爸说的，他跟我妈吵架说的。王雨婷讨好地告诉她。

撒开腿就跑，迫不及待想要参与到家里的喜事中去，想看看好几天没见的母亲，想看看新来的弟弟，想再看看父亲的笑。她跑得飞快。她像风一样跑。

3（秋去）

母亲躺在床上，就快要死了。窗户和门缝里塞着棉布，还是冷。屋里黑洞洞的，床上比窗边更黑一点。秋荣坐在窗下，没堵严实的窗缝漏进来的一缕光打在她的手上。她玩着这束光，想要用拳头攥住，攥不住，想用另一只手捂住，捂不住，想双腿夹住，夹不住，最后，她躬身向前，用身体挡住了。她保持着这个难受的姿势，一直保持着。抬起头，是母亲的床。母亲躺在床上，两个姐姐坐在床前，不时传来啜泣声，不知是谁的。医生早就走了，他留下的那句话还回荡在屋子里，再不手术，就来不及了。

我再去给爸打个电话。秋雅说，她从黑影里站起来。

别去。母亲的阻拦有气无力，几乎可以忽略不计。

秋雅打开门往外走。

别去，没用。

秋荣坐着没动。她的声音斩钉截铁。她保持着那个艰难的姿势，盯着自己的脚尖。秋雅顿了一下，带上门走了。屋子重回黑暗，露出母亲的喘息。呼吸一定很困难吧，每一次喘气都带着气流摩擦的嘶声，好像那些被她吸入再吐出的空气含有病毒的碎渣，一下一下刮着她的喉咙。洗菜时，菜根的沙土摩擦瓷盆，类似的声音从此成为梦魇，每一次做饭都百爪挠心。她不能走，她知道自己帮不上什么忙，可还是不能走。她听着母亲艰难的喘息，体会着不亚于她的痛苦。唯一能做的就是挡住渗进来的光。坚持着那个难受的姿势，她的腰有点酸了。她知道拦不住秋雅，她们太久没见父亲，还对他抱有不切实际的幻想，以为他就算再坏也不至于丢下这个家不管。只有她才知道，他坏到头了，就是指望天桥上过路的老鼠也比指望他强。她和奶奶在广州见过他。他带着一个年轻女人来天桥上找她们，带她们去吃好吃的。那个女人很漂亮，衣服是一套一套的，不是说上身和下身是一样的颜色，而是那种搭配的感觉，是成套的。父亲的衣服也成套。他们可真干净啊，身上一粒灰尘都看不到，不像她和奶奶，为了在天桥上要钱，故意把衣服撕破，在地上踩脏。吃饭的时候，她一直盯着那个女人看，她不敢相信那么干净漂亮的女人会和他们在一桌吃饭。女人被看得不好意思，冲她笑了笑，她也笑了。席间，父亲请求奶奶，要她说服母亲离婚。她这才知道面前这个漂亮的女人是什么人，原来母亲总是咬牙切齿骂的那个狐狸精就是她啊。你就是那个狐狸精？她学着母亲的口气问她，你要害得我们家破人亡吗？她用手里的筷子砸她，用还没喝完的米粥泼她。狐狸精尖叫着跑开。父亲夺下她手里的盘子，抓住她的双手。你给我老实点。那是父亲对她说的最后一句话，从此她再也没有见过他。

或许是太疼了，母亲发出一连串的呻吟。她的嘴闭得太紧，声音一下一下挤出来，咯咯作响，反而像是在笑。

怎么了，哪里疼。秋芳站起来查看。

没事。母亲说。

奶奶找二叔要钱怎么还不回，我去看看。

我也去。秋荣急忙站起来，想跟着她。

你在家陪着妈，我就回来。

秋荣只好坐下来，重新挡住那束光。屋子里只剩下她们两个，母亲不时发出的呻吟让她害怕，不是怕她行状可怖，虽然她确实像另一个人，像在阴阳两界徘徊的人，不知道她到底是属于哪一边的。往日那个爱说爱笑的母亲不见了，取而代之的是个奄奄一息的人，只会躺在床上流泪，发出奇怪的声音。刚开始，她实在害怕，以为母亲被什么上了身，她发出的声音着实不像人声。后来她不怕了，她知道那是因为病痛。她只怕自己帮不上忙，怕她真的死了，自己帮不上忙。这就是她为什么不哭，哭是帮不上忙的。

荣，过这边来。母亲喊她，声音小得可怜。

她坐着没动。母亲喊了第三声，她才过去。她怕累着她。她站在床头，母亲举手摸她的脸，吃力地看着她。她不忍看母亲的倦容，又不能不看。妈，睡吧。她把母亲的手塞进被子，给她掖好。母亲不愿意闭上眼睛，直勾勾看着她。再看一会儿，她又该流泪了。她把手放在母亲额头，慢慢下滑，盖住了她的眼睛。母亲的呼吸慢下来，她把手拿开，轻手轻脚走回去，在窗前坐下。

秋雅带着哭红的双眼回来了，坐在母亲床头，抽着鼻子。

让你别去还去。秋荣说。她说得急了点，听起来像是责备。她只是心疼姐姐，不想让她去自讨没趣。

秋雅没有说话。

就当他死了。母亲说，不指望他。

秋雅一下子哭出了声。

别哭了，你一哭妈又该哭了。秋荣说。

他说，秋雅忍着抽泣，他说你同意离婚，就打钱回来。

那就离！秋荣说，走，打电话告诉他，离！

秋荣去拽秋雅的胳膊。秋雅看着床上的母亲。秋荣拽不动她。

要是离了婚，你们就见不到我了。母亲说。

那也离！还没说完就像呛水一样噎住了，她拽着秋雅的手垂下来。秋雅抱住她的肩膀，她在姐姐怀里哭起来。费了好大的劲，才忍住不哭。她不哭了，肩膀还是一耸一耸的。

院子里传来脚步声。秋雅去开门，秋芳扶着奶奶进来。她们站在门口，不愿意再往里走。奶奶驼着背，朝下的脸隐没在逆光里，看不清楚。她没有立即说话，却让人感觉沉默了好久，秋雅忍不住问她，奶，二叔愿意给钱了吗？

那个畜生。奶奶拍着腿说，我对不起你们，我对不起你们啊。

秋荣大叫一声，挤开她们跑出门去。她跑得飞快，全不理会身后杂乱的呼唤。一路跑到二叔家，堂弟小宝在门前玩玻璃球，她踩到地上的玻璃球，重重摔进院子。她爬起来，往屋里跑。找遍了房间，一个人都没有。她回到门前，问小宝，你爸呢。

你流血了。小宝说，你的胳膊流血了。

你爸呢。

我怎么知道。小宝把一个玻璃球放在地上，用另一个去打。

她一脚把玻璃球踢飞，你爸呢。

想死啊。小宝爬起来去捡玻璃球。

她摁住他的脑袋，你爸呢。

我怎么知道。小宝叫着，他除了打牌还能干什么。

秋荣往村头跑。路很长，她一口气跑到，在小卖部门前扶着双膝大口喘气，透过人群，二叔果然坐在那里。

给我钱。

二叔被吓了一跳，看到是她，笑嘻嘻地说，还给你钱，我正输着呢，别捣乱。秋荣的手仍直挺挺伸在他面前。真拿你没办法。二叔讪笑一声，放了一块钱在上面，给，想买什么买什么去吧。

秋荣把钱扔向他，力不够大，钱掉在牌桌上。

不是这个钱。

那是什么钱。

我跟奶奶在广州要的钱，不是都给了你吗。

二叔的笑脸塌下来，这孩子，胡说什么。

把钱给我。她几乎是在喊了。人们聚拢过来。

你这孩子，你要钱干什么。

我妈快死了，你不知道吗。把钱给我，我要给我妈治病。

人群起了议论，很小声地，不让二叔听见。他没听到，不过应该觉察到了。他站起来，面对人群，高声辩解，正好大家都在，你们评评理，不是我不愿意给，是老大打电话回来，让我不要给。你们说，一边是哥，一边是嫂子，我向着谁。

人群又起了一阵议论，还是很小声地，没有整句的话让他抓住。

老大说了，这次我要管了，以后这娘几个就全让我管了，你们说我敢管吗？再说，哪有小叔子管嫂子的道理，这不是让人说闲话吗。

人群还在议论。秋荣听不清他们在说什么，眼泪模糊了视线，二叔的话也听不清了。她飞快地抹一把泪，放开喉咙大叫。人群安静下来。

我不管，把我的钱给我，我和奶奶的钱都给你了。

人群静悄悄地，看着二叔。

你这孩子，你知道什么。二叔再次面向人群，老大也从老婆儿那里拿钱，还说钱都给我了，我真是哑巴吃黄连。老大外面的生意做多大，还从老婆儿那里拿钱，我一个种地的，养活一大家子人，我到哪里弄钱去。

钱就在你那里，快给我钱。秋荣拽住他的衣服，拖他。

你讲不讲理，我没钱。二叔想要推开她。她不撒手。二叔去掰她的手，掰开一只另一只又抓住了。二叔抓住她的腕子，拖她。她抓得太紧了，刺啦一声，二叔上衣的口袋破了。她一屁股跌在地上，二叔趁机跳开。

你不是人，你没有良心吗。她哭着，坐在地上骂开了，我爸不是人，你也不是人，你们一家都是畜生。

够了。二叔喝道，给我回家去。

她坐在地上，兀自骂着，把从妈妈那里听来的、从奶奶那里听来的、从所有地方听来的骂人话全用上了。人群又议论开了。二叔说的话没人听了。他又说了几句，灰溜溜地走了。她爬起来跟着他，嘴里喊着"给我钱，给我钱"。她把这句话不知重复了多少遍，二叔还是没有给她钱。后来婶子叫来了秋雅和秋芳，她们连拉带拽把她带回家了。

三天后，父亲打来了钱，在母亲同意离婚之后。两个月后，母亲的病好了，但她再也没有回来。

1

大雪放学回来,先喂了牛,又喂了猪,再喂鸡、喂鸭、喂傻子。二雪太贪玩,总忘记喂傻子,她从门口的椅子上滚到地上,头抵着墙,一个劲儿哼哼。大雪叫了几声,没有回应,看来二雪又跑远了。大雪把傻子的专用座椅挪到一边,露出下面的粪便。椅子当中挖了洞,是方便她便溺的。大雪把她抱到椅子上,喘着气说,饿了是吧,再等一会儿。大雪跑进院子,顺手把书包丢到二雪床上。她给牛添完草料,抄起一口大盆来到厨房,把锅里的剩面汤倒进去(没有倒完,留了一个底),再从蛇皮袋里舀出麸皮,用一根棍子搅匀,满满一盆,她踉踉跄跄端进院子,大部分倒进猪圈,剩下的分别倒进鸡笼和鸭棚,鸭棚里水不多了,她打来一盆清水添进去,干完这些,她来到水井边,洗干净手和脸,甩着手上的水珠去厨房,把剩下的一点面汤盛在碗里,掰了半个干馒头丢进去,泡着。去门口,拿铁锹,从灶膛里铲出灶灰,洒在傻子的排泄物上。端出泡软了的馒头，搬一个马扎坐在傻子跟前，一口一口喂她。刚开始，傻子闭嘴不吃，只是哼哼。就这些，不吃就饿着吧你。过了一会儿，傻子像是听懂了她的话，狼吞虎咽起来。

傻子不哼哼了。大雪去找二雪。在一个坍塌的土屋里，大雪看到她正和几个小男孩玩玻璃球。她九岁了，还没上学，只能跟更小的孩子玩。你又想挨了吧，回家的路上，大雪数落她，屎也不铲饭也不喂，你就等着挨打吧。二雪低着头，踢着地上的碎砖块，等大雪闭了嘴，她抬起头，笑嘻嘻地问大雪，今天买方便面没。没有。她又把头低下去，踢着砖块，她的布鞋露了脚趾，她毫不在意。她爱吃方便面，你又不是不知道。那也不能老吃啊，大雪说，被奶奶发现就惨了。二雪不说话了，踢着地上可踢的一切，磨磨蹭蹭往家走。前些日子，姑姑带着表弟玉龙来住了一阵子。玉龙天天都有方便面吃，泡着吃，煮着吃，揉碎了拌着调料吃。方便面的碎渣掉得哪哪都是，引来蚂蚁和二雪的口水。在门口的地上，大雪看到二雪捡起一粒方便面塞进嘴巴。她骂她没出息。到了晚上，趁他们都睡了，大雪偷偷拿半包方便面来到门廊，塞到二雪被窝里，让她快吃。方便面已经被玉龙揉碎了，调料拌得很均匀，二雪靠着墙，在黑影里一点一点往嘴里送。门廊里没有灯，靠着院子的一侧也没有门，就着院里的星光，大雪看到她嘴上沾满调料。慢点吃，没人跟你抢。她觉得有点对不起二雪，姑姑很疼她，他们吃的东西，她都能吃到（虽然多数时候她摇头不吃），二雪和傻子就不行了，她们住在过道里，不经允许都不能到堂屋去。她们好像不是这个家里的成员，反而像是院里的猪牛和鸡。可她们毕竟是姐妹啊。起初，她们一直不愿意叫傻子傻子，她们叫她小雪，奶奶一口一个傻子，还是把她们给传染了。方便面的碎渣落到熟睡的傻子脸上，星光下，她的脸宽阔、粗糙，眼泡凸出，像个男孩。二雪从她脸上捡起碎渣，塞进嘴巴，顺势把她叫醒了。你叫她干什么。大雪焦急地说，她还等着二雪吃完好把方便面袋子收回。给她也吃一点儿。二雪说。她把剩下的方便面倒进掌心，轻轻吹去过多的调料，捂着傻子的嘴喂了进去。傻子吃完，直愣愣看着二雪，嘴里呜呜囔囔的。还想吃？吃个屁，没有啦。二雪在她眼前抖着空空的方便面袋子。傻子手伸得老长，去跟她要。她逗了傻子一会儿，把袋子给她玩。不行，我得把袋子拿走。大雪说，让他们发现可就惨了。瞧把你吓得，二雪说，玉龙天天吃那么多方便面，袋子扔得哪哪都是。大雪一想也对，是她神经过敏了。那个袋子成了傻子的玩具，足足玩了两天。又一天玉龙在吃方便面，她指着玉龙手里的袋子不停哼哼。玉龙注意到她的反常举动，往她嘴里塞了一口，她津津有味地吃完，又指着玉龙哼哼开了。玉龙觉得有趣，嘿，傻子还知道吃好的呢，看来不是真傻啊。当然，他没有打算再给她一口，任她抻着手哼哼。她越急，他笑得越欢。大雪冲二雪使眼色，让她带傻子走。二雪央求玉龙再给傻子一口。玉龙也哼了一声，笑嘻嘻地说，她配吗？二雪恨恨地看着玉龙，这眼神为她讨了不少打，可她就是不长记性。她和玉龙同岁，真打起来，玉龙不一定能占到便宜，可姑姑和奶奶也不会便宜了她。所以，面对玉龙，她只能挨打。有一天，她突然交给大雪十块钱，让她从学校买点方便面回来。大雪感到不妙，问她钱是哪里来的。我捡的。她轻描淡写地说。大雪不太相信她，主张就算是捡的也应该交给奶奶。她死活不同意，和大雪吵起来。你不说，她怎么会知道。最后她这么说，给傻子买点方便面吧，她爱吃你又不是不知道。一连三天，大雪每天放学回来都带一包方便面。到了晚上，等爷爷奶奶都睡了，她拿着方便面来到门廊，看二雪和傻子将其分食殆尽。二雪让她吃，为了不扫兴，她每次都从袋子里捏出一点点来吃。她空攥着拳头，迅速把那一点点残渣塞进嘴里大嚼特嚼。后来，她还买过话梅，辣条和冰水。十块钱花完，二雪又给了她十块。她吓坏了，问她钱是哪里来的。二雪只说是捡的。她觉得事情没那么简单，从二雪嘴里又实在撬不出话。她心里一直打鼓，觉得成了二雪的同盟，她深深知道，该离二雪远一点的，她总是惹祸。过了几天，什么事都没发生，她稍稍放下心来，兴许就是二雪捡的呢。她放慢了花钱速度，她想把这钱花得久一点。

将傻子连人带椅子挪进院子，她开始做饭。二雪在灶前烧火，埋怨她不买方便面。傻子馋了，二雪说。馋就吃吗，她也带着埋怨呛回去。二雪不说话了。她把淘干净的米倒在锅里，添上水，放一根筷子，这是为了防止米汤溢出来。二雪烧火总是毛毛躁躁的。放上箅子，放上馒头和红薯。择菜，洗菜，切菜。萝卜切成条，土豆切成块，人造肉切成片，芫荽切成段……黄瓜的芯被单独切下来，一条她吃了，一条给了二雪。大锅冒出蒸汽，传出米汤的咕嘟声，改小火，再烧小灶，往油锅里放葱花的时候，她像往常一样喊，小心了！二雪往后一躲，葱花在锅里爆开，随后传出香味。先放人造肉，再放土豆，再放萝卜，炒匀了，添上水，盖上盖，小火炖一会儿。黄瓜用蒜和香油拌了，芫荽在案上，等开了锅再放。

饭做好，天也黑了。嘱咐二雪看好牲口和傻子，她去叫爷爷奶奶吃饭。路上，迎面走来的下地归来的村人，有人挽着筐，有人背着篓，有人推着车。人们见了她，笑着打招呼，干嘛去雪，叫爷爷奶奶回家吃饭呀。她一一答过，再饶上一句，是啊，天都黑了。还没走远，人们的议论声就传过来：这孩子真懂事；真能干；我家那货有她一半就好了……

晚风拂动树叶，像拨浪鼓，空中舞着飞虫，三五成群，还有凑成一团的，在夜幕中看不清楚。疾步穿过，蠓虫进了眼睛和鼻子，她眨着眼睛，绷紧了嘴巴从鼻孔喷气。走近沟渠，蛙声如沸，她的脚步轻快起来，电视里听过的歌声在脑中响起，她不会唱歌，隐约还是有零星歌词蹦出嘴巴——果实——累积——爱——爱我——连带着脚下的步子也有了弹性。晚风轻拂臂上的毫毛,像棉絮,空中飞虫漫舞,跟着她,绕着她。她不觉唱出了一个整句,应该是跑调了的,她唱歌总是跑调,好在没人看到。菜地在眼前了,隔着水沟,可以看到匍匐于沟垄之间的爷爷。菜地高高的,被水环绕,只有一个斜坡可以过人。这是一块好地,很适合种菜。她们的村子叫杨洼,洼是地势低凹容易积水的意思,本地人念四声,说起来好像总带着一股恨意,恨这个地方不争气,总发水。确实,叫洼的地方不多,有叫店的、叫寨的、叫楼的、叫窑的……就是没有叫洼的。大雪问过爷爷,为什么我们村的名字那么古怪,还有没有别的什么洼。爷爷说兴许有,只是他没见过。是啊,世界那么大,就一片洼地让他们赶上了,怎么能不恨。好在爷爷的菜地很高,四面都是水沟,不怕涝也不怕旱。这可真是一块好菜地,被爷爷打理得井井有条。到处都是绿油油的,上海青、小白菜、芫荽、荆芥和葱,一片连着一片,绿得不尽相同,其间点缀着红色的西红柿,紫色的茄子,搭了架子的豆角、丝瓜、黄瓜、酥瓜……当季该有的蔬菜全都有。爷爷的全部辛劳都花在这里,下午,他在这里给菜除草、施肥、驱虫,天不亮,他就来采上满满一车,蹬着三轮去集市售卖。他总是早出晚归的,虽然每天都回家,但很少在家。大雪知道他有多辛苦,他手背上总是爆着青筋,那是用力太多的征象。大雪迈上斜坡,走到他们身边。回家吃饭啦,她说。没有人回话。奶奶蹲在地上拔草,只露出后背。爷爷在给黄瓜疏果。他是疏苗疏果的能手，种出来的菜和瓜果总是齐齐整整，像从超市里买来的一样。大雪把奶奶拔掉的草一堆一堆拾起来，抱到地头的水岸边丢掉。拢成一团的杂草在空中散开，草根上的泥土窸窸窣窣落到坡岸的草地上，然后草也落下去。大雪走回来，把爷爷摘下的小黄瓜放进竹篓，这些小黄瓜头上还顶着花，拌着吃尤其爽脆。爷，回家吧。她帮爷爷掸掉身上的蛛网。好，回家。爷爷高声说。她取下爷爷挂在黄瓜架上的外套，从里面掏出香烟，抽出一根点着了给他。爷爷深吸一口，吐出的烟雾冲散了空中成群的飞虫。奶，走啦。她像隔着山一样冲她喊。奶奶站起来，发出一连串的呻吟，用手捶着后背。她跳过去，帮她一阵捶打。走在狭窄的沟垄之间，她仍紧跟在奶奶身后，一下一下捶着她。在地头，她们坐上三轮车。爷爷蹬得飞快，晚风扬起她的头发，鼓起爷爷的衬衫，她闻到爷爷身上的汗味，抱紧了怀中的上衣。

吃过晚饭，哄睡了傻子，她们去光辉家看电视。光辉和她一个班，一贯的调皮捣蛋，总是逗她。不要脸。每次她都这么骂他，当然，她不是真的恼他，相反的，还有点喜欢他，因为他总能把她逗笑，就连生气，也是藏着笑的。熬过漫长的本地广告，电视剧如期开演，他们激动地跟着报幕员喊出剧名：风云雄霸天下！气势磅礴的序幕曲响起，光辉逗二雪，你识字吗，就跟着瞎喊。就你识字。二雪没好气地说。她看了看二雪，对光辉说，看把你能的，认识字还总考零蛋。我考的那是鹅蛋，不是零蛋。光辉笑着说。光辉的母亲骂他厚脸皮，大家笑起来。电视剧正式开演了，大家聚起精神，不错眼珠地看着那个荧光频闪的方向（为了省电，看电视的时候不开灯），时不时就剧情起一些争论，谁武功更高，谁喜欢谁之类。看完电视，摸黑回家，帮二雪给傻子把过尿，她轻轻走进院子，轻轻带上堂屋的门，回到西边的厢房，在黑暗中摸索上床。很快，她就睡了过去。

2

他叫春来。

春来之后,母亲结了扎。母亲想跑,她怕挨那一刀。后来春蓝才在母亲的念叨中知道是怎么回事,自愿结扎属于将功补过,可以少罚点钱。那时候,她只注意到母亲的惊慌、与父亲的争吵、没头苍蝇似的逃跑。最终,父亲还是把她接回来了。她从车上下来,已经做过手术,比刚刚生完春来还虚弱。父亲抱她进屋,她那么胖,父亲那么瘦,却把她稳稳抱在怀里,就像抱着一团空心的棉絮。她一连两天没有说话,春蓝把饭端到床前,她不吃。后来人们都来劝她,别傻了,你不吃,孩子也得吃啊,这么一个大胖小子,你多有福啊。等人都走完,她还是吃起来,春蓝坐在床前,看她淌着眼泪吞咽食物。妈,你别哭了。春蓝说,她也有了哭腔。她不知道母亲为什么哭,也不知道自己为什么哭。母亲擦擦眼泪,不说话,她也把悲声咽了回去。两天后,母亲开了口,第一句就是骂父亲，就数你孬种，人家生七个八个的都不结扎，你让我结扎；还反正不生了，不生了，你怎么不割自己的；你那么孬种，要什么儿子……父亲板着脸，不发一言，等她骂够了才轻声轻语地说，你懂点儿事好不好，咱们家什么情况你又不是不知道，火箭跟我关系不错，我怎么能让他难做……火箭，火箭是你爹吗？母亲骂得更凶了，他是供你吃了还是给你穿了，你个欺弱怕硬的孬种……够了，父亲一声暴喝，吓哭了春来，震得春蓝耳膜嗡嗡作响。他又站了片刻，带上门出去了。母亲望着关上的门，过了一会儿，捂着脸，又哭了。

春来刚出生那会儿，家里哪哪都是笑声。人们拿来被子、衣服、鸡蛋、白糖，每一个人都喜笑颜开地说着好话，逗着襁褓中的春来。春来该有多幸福啊，他看到的每一张脸都是笑脸，人们因为他的到来笑、闹，聚在一起大吃大喝。父亲赔着笑脸，心甘情愿地赔着笑脸，似乎别人不笑，他自己也要笑。人们来来去去，乐坏了她和春芳，总有人幸灾乐祸地吓唬她们，"你有小弟弟了，你妈以后不疼你了"。她知道这不是真的，母亲怎么会不疼她们呢。春芳却当了真，每每跟人家理论，她说话都费劲，怎么能说得过人家呢。她哭着去找母亲。母亲被亲友环绕，无暇理会她的委屈，大方地用糖果打发她。她哭得更大声了。春蓝只好假装去抢她的糖，才把她的注意力转移过来。她被母亲疼了六年，习惯了受宠的感觉，春来在襁褓里，还不会跟她争，她顶多因为突

2

然的冷落而生气,等春来长到两岁,能满处跑了,矛盾才爆发出来。她想要的东西,春来也想要,她就要不到;她想去的地方,春来不想去,她就去不成;她再也没有被父亲抱起来过……"他比你小,你不会让着点他。"母亲用这句话解决一切有关春来的纷争。后来春蓝也学会了这句,在她看来,春芳太不懂事了,春来那么小,理应让着他点。春芳就是不长记性,总和春来硬碰硬,两个人动不动就打起来,春来打不过,只能哭着去找母亲,这曾经是她惯用的招数,春来用了这招,她就不能再用了。母亲抱着春来骂她,她梗着脖子不服软。春来用更大的哭声迫使母亲来打她,她一边跑还一边回嘴。她就这样成了一个骂不改打不服的假小子,成了家里的笑话。既然打骂都不起作用,就只好笑她了,"哪有小妮儿打架,不知羞"。"当姐姐的不让着弟弟,不知羞。"她们用滑稽的语调说出这些,惹得大家哈哈大笑。春来笑了,也就不追究了。刚开始,春芳还脸红,她脸越红大家笑得越欢,后来,她干脆低着头,不让大家看到她的表情。低头意味着示弱,就算是这样,她也不想春来因为看到她的脸红而笑得更欢。坐实了她是一个笑料之后,春来更喜欢招惹她了,春来招惹她,就是为了搞笑。她每次都疯了一样去追他,春来在前面嘿嘿地笑,她在后面气呼呼地追。追逐与打闹,成了他们姐弟之间独有的游戏。刚开始,春蓝还怒其不争,家里多和睦啊,就因为她不懂事,总无端闹些矛盾出来。后来习惯了,她也懒得管了。春芳到了十多岁,还是像一个假小子,顶着一头软趴趴的浅黄色短发,一跑起来像个海胆一样迎风炸开,不羁地飘动。

春来生时,春芳六岁,还不会穿衣服,以前,都是母亲给她穿,有了春来,母亲顾不上她了。春红要去镇里上学,每天骑车来回,很少在家,这活儿自然就落到春蓝头上。刚开始,也没有人命令她干这活儿,大家的意思是春芳也不小了,该学着自己穿衣服了。可春芳也不大,她还有起床气,每天迷迷瞪瞪起床,不是两条腿蹬到一个裤筒里,就是胳膊从领口伸出来。她对着搞不定的衣服又撕又打,大喊大叫。春蓝怕她惊醒熟睡的春来,就帮她穿了。一次两次之后,她习惯了春蓝的帮助。性格使然,她不管春蓝叫姐,而是扯着嗓子喊她蓝。有时候,春蓝正做饭,匆忙中不免弄疼她。她脾气不好,会叫,有时候还骂。春蓝倒不怕她,只是怕她叫,于是只好更加耐心。后来,她还洗起了她的衣服。有了春来,母亲要洗的衣物更多了,她自觉承担起自己的衣服。夏天的衣服很薄,简单揉搓一通就算是洗好了,也不管是不是干净。一次,她洗衣服的时候,连早上帮春芳换下来的一起洗了。妈妈看她踩着凳子晾起一溜儿衣服,笑嘻嘻地赞扬,俺闺女真中用啦,还是俺闺女疼我。她被夸得不好意思,信誓旦旦地承诺以后自己的衣服全不用她洗了。从那以后,母亲再洗衣服,把她们三姐妹的都撇下了。春红正是爱美的年纪,她注意到脱下几天的衣服没人洗,责问母亲怎么回事。母亲如实相告。春红来讨好她,也要享受春芳的

2

待遇。她觉得委屈，凭什么给你洗，你比我们两个都大，应该是你帮我们洗。春红还是笑嘻嘻的，我不是上学忙嘛，每天天不亮就得去上早自习。她死活不让步，我已经帮忙做早饭了，按理说是你上早自习，应该你做饭，现在还来让我给你洗衣服，要不要脸。春红也委屈起来，那我还睡觉吗？我干脆死了算了。春红提到死，她有点心软了，她知道春红在委屈什么，她的同学都住校，只有她骑着车子来回跑，为了省一顿早饭钱。就算是这样，她还是没有松口，春红经常在周末借口学校有事不回家，她知道她在撒谎，学校能有什么事，她只是和同学到处跑着玩而已。那些同学有男有女，她觉得春红在外面胡混，这不足以让她怨她，她怨她是觉得她不懂事，爸妈那么辛苦，只有她最大，却不知道回来帮家里干点活儿。不揭发她，已经是最大的情义。当然，这些话她没有对春红说过，再怎么说，她也是姐姐。春红见她不愿意，埋怨起她来，你真是多事，要洗就都洗，不洗就都不洗，因为你洗衣裳，妈现在不给我洗了，你说你是不是坏事精。听春红这么说，她一下子火了，都让妈洗，要把她累死吗。春红被她吓了一跳，压低了声音说，以前不都是她洗吗，她累死了吗。以前有春来吗，有了春来你就不能体谅体谅她。春来春来，你以为有了春来是什么好事吗？也许是讶异自己竟说出了那么大逆不道的话，春红不再和她拌嘴，急急地走了。

好几天，她都在想春红的话是什么意思，为什么有了春来就不是好事？春来让所有人都笑起来，因为春来，母亲开始往家里买零食了，那些以前很少吃到的东西，从此再也没断过，难道不是沾了春来的光？家里还添了沙发和电视，再也不用去邻居家看电视了。沙发多稀罕啊，她在别人家里从没见过沙发。坐在沙发上看电视，她才知道那有多舒服。这沙发让她骄傲，她让王雨婷来坐过，让外庄的同学来坐过。她们坐上沙发，发出同样的赞叹：真软啊；真舒服啊；你家真好啊。她由衷感到开心，并骄傲。父亲说买沙发是为了让母亲在家照顾春来的时候不那么累，这难道不是沾了春来的光吗？为什么春红会说那样的话，她想不明白，最后，她只能把那理解成一句气话。母亲总说，一家人没有隔夜仇。她很快就不生春红的气了，春红也不会真生她的气吧，虽然到底没有给她洗衣服。

3

一开始，秋荣还总跟二叔要钱，等住进他家，她就再也不能开口了。这是奶奶百般央求的结果，就差给他跪下了，最后，奶奶承诺以后去广州要的钱只给他一个人，他才答应收留姐妹三人。奶奶过来传达这个好消息，让她们收拾衣物搬过去。秋荣爬到房顶，以死相抗。母亲走了，没人能管得住她了。秋雅和秋芳在下面徒劳劝说，奶奶吓得大呼小叫。她突然无比厌恶她们，连母亲也一起恨上了。她闭上眼，跳了下去。幸亏下面是湿软的泥地，她只是腿瘸了几天。趁她腿瘸的空当，她们搬了过去。

奶奶要走的时候，她闹了好几天，死活要跟她一起去。二叔倒是没什么意见，奶奶坚决不同意，苦口婆心地劝她留在家里读书。她一句都听不进去，她不想读书，她只想离开这个地方。九岁才上一年级，同班的都是比她小的人，她的成绩总在后几名徘徊。相比读书，有更重要的事要做，比如，挣好多好多钱，把母亲接回来。只有她们两个人的时候，奶奶告诉她，母亲永远不会回来了，不是因为钱，是因为父亲。他不是个人啊。奶奶痛心疾首的时候说话总像唱歌，他心里没有你妈了，要她回来守活寡吗？走了反倒好了，她还年轻，长得也不差，一定能再找个好人家。听了奶奶的话，她哭了。在电视里，寡妇不是什么好词，活寡，听起来似乎还要更惨一点。母亲为她们受了太多苦，现在她走了，要是真能好过一点，应该为她高兴才是。有什么理由再让她回来受苦呢。所以她哭了，又高兴又伤心地哭了。她给自己的规定是不能哭的，至少不能在别人面前哭。转念一想，奶奶也不是别人，所以她把头埋在奶奶怀里，哭了一个痛快。

秋天的最后几天，她们去送奶奶。天有些凉了，她抱着肩膀走在奶奶身后，看着她身上年代不明的灰色斜襟布褂，问她冷不冷。奶奶转身握住她的手，不冷，冷啥冷，你看我的手多热。到了广州，就更热了，她又走到前面，轻快地说。她矮小佝偻的背影让秋荣难过。那么冷的天，她却要一个人去那么远的地方，去到一个又一个天桥，匍匐在地上，向每一个过路的陌生人伸手要钱。她有一年没去了，因为长时间坐在地上，她患了风湿，腿总是疼。现在，为了兑现跟二叔的承诺，她只能走。冬天，算是这一行的旺季，临近过年，人们总会善心大发——一个老人伏卧于冬日高而远的天空下，更容易激发这种善心。让奶奶去天桥要钱是父亲的主

3

意，父亲是个能人，这一点毋庸置疑。在他看来，奶奶的驼背，奶奶的瘦弱，奶奶的大眼睛，都是为乞讨而生的利器。奶奶确实要了不少钱，二叔打工都没有她挣的多。秋荣四岁，父亲回了一趟家，看她扎着冲天的小辫，睁着黑白分明的大眼睛，父亲灵机一动，走的时候带上了她。她们一老一小强强联合，靠着四只黑白分明的大眼睛，俘获了不少路人的善心。每天晚上，她们数着布袋中鼓囊囊的零钱，其中不乏百元大钞。父亲隔几天来一趟，把钱拿走。后来二叔不干了，来广州找父亲理论，先礼后兵，再兵再礼，无果而终。再后来奶奶也不干了，因为父亲拿了钱却不管家。奶奶想把钱存起来，至少把秋荣的那一份存起来，可她目不识丁，银行的门朝哪里开都不知道。因为不愿给钱，两个儿子对她怨声载道，最后，权衡利弊，她把钱给了二叔。一直到八岁，秋荣和奶奶辗转于广州的各个天桥之上，那段日子是快乐的，是五光十色的。要来了钱，奶奶会带她吃好吃的，给她买新衣服，只是新衣服只能晚上在家穿，后来干脆也就不买了。她长得太快，买了来不及穿就变小了。她快有奶奶高了，身体健壮，脸圆圆的，泛着健康的红润，这样的她，似乎帮不到奶奶了，反而还成了拖累。于是奶奶带她回了家。奶奶开始治疗腿疼，没有再去广州。

送走奶奶，她饿得不行。她一路跑回家，把二叔和两个姐姐远远甩在身后。她钻进厨房，踩着凳子把锅里的剩面条全吃了。婶子大呼小叫，这妮子撞上饿鬼了，那可是三个人的量。她坐在檐下，不说话。堂弟小宝在一边玩玻璃球，玻璃球滚到脚下，她想像往常一样给它踢飞，可她懒得动。她打着饱嗝，还是觉得饿，要等很多年以后，她才能知道，这不是饿，是空，心里空落落的，一头大象都填不满。秋雅和秋芳回来，看她坐在檐下的马扎上，双眉紧锁，两眼发直，问她怎么了。我饿，她说。秋雅去厨房，没有找到吃的。婶儿，做饭吧。秋雅说。要不是离得近，都听不见她说了什么。还做饭！婶子高喉大嗓，半锅面条都让她吃了，还说饿，你们要把我吃干吗。沐浴在婶子的口水之中，秋雅后退两步，低下了头。真的吗，你真的吃了半锅面条？秋芳蹲下来，问她。她抬起头，看看秋芳，又看看秋雅，觉得更饿了。满脑子都是送奶奶上车的画面，她吃力地迈上大巴，叔叔把一个大包塞上去，几乎挡住了她。那么大的一个包，她一个人要怎么拿。她又想到母亲，她走的时候，也带着一个大包，包越大，证明走得越远。母亲和奶奶都走了，以后谁来为她们做主，靠秋雅吗，她虽然十五岁了，虽然长得像个大人了，却总也不说话，跟一块木头没什么两样。秋芳更不用说了，她已经站到婶子那边了。她痛恨自己不是大姐，她痛恨自己总长不大，她想哭，但她强忍着，她听不见她们在说什么了，看到婶子抖着满身的肥肉漫骂，看到秋雅远远站在一边、秋芳一个劲儿摇着她的肩膀，她终于忍不住，哇的一声，吐了出来。

1

姑姑又来了，带着玉龙。他们太馋了，刚走不到半个月，现在又来了。她笑着，等他们的三轮车靠近，转身推开大门。二雪抬头看了一眼，继续坐在地上玩石子。腿给你轧断，姑姑咬着牙骂她。玉龙从车上跳下来踢她，快闪开，闪开。二雪嘟囔一句，收回了腿。妈，她骂你。玉龙大声告状。二雪连连否认，没有，我没有。姑姑骑车进了大门，从牙缝里挤出一句狠话，你等我揍她。

大雪冲二雪使眼色，让她带傻子到别处玩。

咋现在来了，地里的活儿干完了？她走进院子，笑着寒暄。姑姑坐在檐下的竹椅上，脱了鞋。她打来井水，姑姑把脚放进去，被凉水激得直叫爽。

活儿干到啥时候是个头，姑姑瘫在椅子上，这几天累坏了，我来歇两天。

就是，要劳逸结合。她吟吟附和。

你奶呢？

在地里。

你爷呢？

在集上。

这俩老东西，就是不懂得享福。姑姑撇撇嘴，还有老公鸡没，杀一个给他们补补。她擦擦脚站起来，掀开鸡笼往里看，这老公鸡真排场，再不吃就老了。话没说完她就拎了一只出来。那只鸡在她手里扑棱着膀子，抖落几根枯草与绒毛。大雪慌忙把鸡接在手里，俺爷就回来了，说不定还割了肉呢。她笑着把鸡放回笼子。肉哪有鸡补啊，姑姑说，肉明天吃也不晚，听我的，今天就给他们炖老公鸡吃。

被抹了脖子的鸡在院子里蹦，没放干净的血溅上牛棚，溅上猪圈，溅上鸡笼。大雪靠在厨房门上看着鸡的挣扎。她认得这一只，脖子上有一抹白，她叫它小白。小白彻底不动了。她转身，进屋烧火。褪毛，清腹，把肝和胗子单独切下，拿一根筷子翻出肠子清洗，这些她都很熟练了。奶奶回来，看她正埋头于一盆血水之上，劈头盖脸地骂开了，嘴里的话比盆里的水还脏。

娘哩逼，馋死你个骚逼妮子算了，谁让你杀鸡的，我累死累活的就是给你干的吗，你也配吃我的鸡……

尽管做好了准备，她还是哭了。泪水掉在冒着热气的水面上化为乌有，激起腥臭的气味。她的手还一下一下拔着鸡头上难以根除的毫毛。

妈，妈，别骂了妈。姑姑走过来，是我杀的，不是为了给你俩补补嘛。

奶奶笑起来，俺闺女来了啊，气都被她们气死，还是俺闺女知道疼我。

那是。姑姑也笑了。

奶奶拎着菜筐走进厨房，路过大雪时嘴里还在嘀咕，补，补，补个屁。

大雪低着头，没办法收住眼泪。姑姑穿着拖鞋的脚出现在眼前，那是她的拖鞋，爷爷买来给她过夏的，她还没舍得穿。

别听她叨叨，姑姑说，一个嘴就跟破鞋踩得一样。

大雪拔着鸡毛。

咋还哭了。姑姑弯下腰来看她，别哭啦，甭跟她一般见识。

跟谁一般见识。奶奶走出来，就知道哭，骚逼妮子，就她委屈得很。

好了好了，奶奶跟你逗着玩呢。姑姑的劝慰带出命令，快别哭了。

大雪抽了两下鼻子，忍住了，眼泪还含在眼眶里。她占着手，只能抬起胳膊，把泪水抹在短袖上。两条胳膊，一边抬一下。半干的泪痕残留在脸上，蜇得双颊隐隐作痛，难怪，眼泪是咸的，里面有盐。她眼泪里的盐分似乎格外地多。

二雪背着傻子闯进院子，看到褪好的鸡开心大叫，呦！今天吃好哩啊。

滚出去！奶奶和姑姑几乎同时出声。她们的声音如此洪亮，如此不容置疑，连大雪也险些忍不住一起喊出来。

二雪背着傻子灰溜溜出去了。

鸡肉下锅，香味飘出来，油烟也漫上来，姑姑咳嗽两声出去了。奶奶支棱着耳朵，确认她走远了，压低了声音说，你就不会拦着她。大雪眯着眼睛翻炒鸡肉，回以小小的申辩，怎么没拦，我拦得住吗。奶奶用烧火棍捅着灶膛里的火，制造出更多的烟和灰，咬牙切齿地，来一次吃一个来一次吃一个，那几个老公鸡是我留着过年吃的，照这样八月十五都等不到……

做好了饭，大雪在水井旁洗手，洗脸，用毛巾拍打身上的灰。奶奶从门廊走过，突然又叫又骂。傻子拉在过道里，二雪没来得及清理。奶奶摁着二雪的头，问她那是什么。二雪双手撑住椅子，以免被她摁到中间那条缝里去。奶奶摁不动她，只好骂，眼瞎了吗，看不见吗，嗯？你要留着过年吃吗，你个贱货……她捡起烧火棍，蘸了蘸往二雪嘴里送，吃啊，你吃啊，你给我吃。二雪用一只手阻挡，头极力后仰。大雪站在水井边，水从头发上滴落，她攥紧了手里的破毛巾。玉龙听到动静从堂屋跑出来，看到这一幕哈哈大笑。二雪斜眼看了一眼玉龙，一错神的功夫，她卸了力，棍子滑到嘴边，她叫了一声，吐着口水跑出去。玉龙像是也没料到外婆竟然动了真，他的笑声戛然而止，左右看看，无趣地走了。

等爷爷回来，他们开了饭。大雪在灶前把鸡肉一碗一碗盛好，再一碗一碗端过去。奶奶来到厨房，把最后一碗倒进去，说，饿她一顿。大雪没有说话，端着自己那碗走出去，走到门口，奶奶叫住了她，去堂屋吃。

刚坐下来，还没动筷子，一个老太太带着一个男孩走进来，站在院子里叫奶奶。

吆，他婶子，吃好哩呢。老太太笑模笑样地寒暄。

这不闺女来了嘛。奶奶也笑嘻嘻地，你吃了没他大娘，一起吃点儿吧。

不了不了，吃过了。老太太站在院子里，笑吟吟的，也不进屋。最终，奶奶忍不住问她有何贵干。老太太先是叹了口气，然后才说正题，他婶子，我可不是来告状的，我也知道这几个孩子都是苦命人，要不是俺孙儿跟我说，我也不敢相信。

啥事儿，你说。

是这样，今儿不是逢集吗，我寻思赶集买点菜叶子，一去拿钱可把我吓坏了，二百多块钱全没影儿了，那可是我半年的零花钱。怕人找假钱，俺儿还特地给我换的零钱。

这可不得了，奶奶直咂嘴，那还不赶紧去找。

上哪儿找去。老太太说，我以为是俺孙儿拿的，小家伙才六岁，从不搬瞎话，他说就是前些日子二雪背着小雪在我们家玩，除了她们再没人去过。你说，咱们这儿又没有小偷，就是来了小偷，那电视机电风扇肯定也不止二百啊。

奶奶绷紧了脸，但还笑着，他大娘，话可不能乱说啊，二雪虽然不是啥好东西，可那么多钱，你给她她也不敢要啊。

你问问她不就知道了，老太太说，俺孙儿不会说瞎话。

奶奶没有叫二雪，而是先去厨房拿来了烧火棍。二雪来到院子里，像罪犯被带到公堂上，止不住地发抖，刚刚的话，想必她在外面都听到了。除了爷爷，他们都站在院子里，一个个直勾勾看着她。满当当的院子静悄悄的，好像站在她面前的都是树，而不是人。只有猪的哼哼声和鸡的咕咕声，还有她憋了好久的出气声。

说，杨超他奶奶的钱是不是你拿的。

我没有。话音刚落她就挨了一下。奶奶重复同样的问题，她也重复同样的回答，棍子重复落在身上。她在院子里蹦来蹦去，蹦到牛棚，蹦到猪圈，蹦到鸡笼。牛哞哞叫，猪哼哼叫，鸡咯咯叫，她哇哇叫。她嘴里还说着，没有。

没有没有没有没有……像一阵旋风似的，变成"喵"，猛一听，还以为她在撒娇。

奶奶跑累了，拄着烧火棍站在原地喘气。

他大娘，现在清楚了吧。

他婶子，咱们好好问孩子好不好，咱别打。老太太走近了，去摸二雪的肩膀，问她疼不疼。二雪一把甩开，险些把老太太放倒。老太太趔趄几下，站稳了，柔声对二雪说，雪啊，你是个苦人儿，我也是个苦人儿。老婆子有俩钱不容易，你到底拿没拿，跟奶奶说句实话。

喵。

老太太黯然了，转过身，看了看院子里的人，牵住孙子往外走，临走前，她忍不住高声感慨，像唱歌似的抛下一句带着甩腔的诅咒，唉，这钱花着不烧心吗？不折寿吗？

他大娘，这话什么意思。奶奶说，咱们话说得还不够清楚吗。

话清不清楚，心里清楚就行。老太太边说边拉着孙子往外走，二雪的惨叫又让她回过头来，停下了。二雪满院子飞奔，躲着劈头盖脸落下来的棍子。棍子烧黑的一头率先迸裂，落下像碳一样黑的碎渣。黑色逐渐被白色取代，露出树枝内部还带着水分的芯。不多的汁液溅出来，落到人脸上。大家躲着，让着，后退着。最终，这根火都烧不烂的棍子断成两截，也许是打在了墙上，希望是那样。

好了好了别打了。老太太摆着双手大喊，这是要把孩子打死吗。钱我不要了还不行吗。老太太牵着孩子的手头也不回地走了，丝毫不顾身后奶奶的叫嚣，别走啊，话说清楚再走。大概她也知道了，只有她走，这个女人才会罢手。

吃完饭，奶奶阴沉着脸来到门廊，开始搜查糟乱的床。二雪和傻子的衣物被抖落在地，铺盖被掀开，破了线的地方露出黑色的棉花。连草席都揭掉了，她一无所获。二雪在旁边，嘟嘟囔囔地说，都说了不是我拿的。奶奶没有理她，转而锁上了大门。

二雪跪在院子里，面前站着奶奶，奶奶身后坐着姑姑，奶奶手里拿着拴牛的麻绳，姑姑的手上是一根皮带。大雪和玉龙站在姑姑身后，故而看不见她们的表情，但她知道，这次才是真正的审讯。

说，钱放哪里了。

什么钱，我没拿。

折成两股的麻绳落在身上，她跳了一下，连退好几步。

跪好！

她跪好，可还是否认，于是麻绳又落下来。她吃痛不住，开始在院子里跑，跳，爬，滚，最后，她躲进牛棚。奶奶累得呼哧带喘，只能骂她。姑姑站起来，夺过奶奶手里的绳子，快歇歇吧你，别把你累死了，这么打她能说吗。你厉害，有本事你让她说。奶奶在她腾出来的椅子上坐下。姑姑一手拿着绳子一手拿着皮带走进牛棚。很快，她把二雪提溜出来。

绳子不是用来打她的，是为了打她的时候让她无处可躲。只在电视里见过的场面出现在眼前，连院子里的鸡叫好像都成了惊悚的配乐。大雪跑过去单膝跪在二雪面前，让她说出来。我没拿。二雪直直地望着她，因为被绑得太紧，她需要尽力抬起头，那让她的目光更加锐利。姑姑不耐烦地支开大雪，开始打她。刚开始，二雪没有叫，后来还是败给本能，好像叫得越大声越能减轻疼痛。只是这叫声经不起鞭笞，渐渐嘶哑、碎裂了。玉龙刚开始还幸灾乐祸，这会儿，他低着头，玩起从二雪那里抢来的石子。大雪抹去险些要流出来的眼泪，悄悄进了堂屋。爷爷面前摆着啤酒，在抽烟。爷，你管管吧。她轻声说。爷爷滑动喉结，吐出三个字，我管不了。最后一个"了"字随着喉结的再一次滑动吞了进去。她走出来，二雪还在叫。她在奶奶身后站了一会儿，泪水很快模糊了双眼。她再一次抹去眼泪，跑过去跪在二雪面前，护住了她。皮带落在脖子上，疼得她一个激灵。她央求姑姑，别打了。姑姑瞪着眼睛，摇着头，大雪，你也不懂事是吧，你也想跟她一样是吧。不争气的眼泪又噙满眼眶，她没有这么跪着过，也没有被皮带抽过。我知道在哪里，她说，我知道她把钱藏哪里了。

闭嘴，二雪叫道，你知道个屁。

她知道二雪有一个铁盒子，那里面放着所有她心爱的东西，能给她放盒子的地方，也就只有牛棚了吧。她们找遍了牛棚，没有找到，最后在牛棚外堆放木柴的角落找到了。那只生锈的铁盒被塞在柴堆的最下面，是上面频繁翻动的木柴出卖了她。姑姑倾倒铁盒，五颜六色的玻璃球骨碌碌滚出老远，叠得整整齐齐的糖纸遇风胀开，四下飘落（她没什么机会吃糖，应该是她捡来的，也可能是从别的小孩那里骗来的），还有几枚用来扎毽子的铜钱，几支破旧的彩色发卡，大雪认出来那是自己淘汰不要的（二雪头发短，暂时还用不上)。姑姑把那沓钱捏在手里,全是十块二十的零钱。姑姑数了数,报出数目:一百六十五。剩下的钱呢!奶奶问她。二雪瘫在地上,不愿再说一句话。肯定是花了。大雪说。她想到书包里还没有花完的七八块钱,就夹在德育书里。花掉的那几十块钱当然够再打她一顿,只是她们似乎无力追究了。

晚上,大雪拿着红花油来到门廊,给二雪涂抹伤处。看不见,她又去拿蜡烛。烛光摇着她们的影子,二雪始终没动,只有嘴里嘶嘶作响。染红的棉球一个一个落在脚下,棉花用完了,她只能用手给她抹,那让二雪嘴里的嘶嘶声更重了。

你怎么能偷钱呢。大雪说,偷是不对的,我们不能干不对的事。

叛徒。二雪从牙缝里挤出两个字。

你说什么?

叛徒,你是叛徒。

好好,我是叛徒。

这下好了,钱没了。

钱重要还是命重要,我再不说你就没命了。

我有那么容易没命吗。二雪说,要是你说的那样,我早就没命了。

不管怎么样,偷钱是不对的。

你要是不说,她顶多再打五鞭,不对,是五皮带,她顶多再打五皮带就该罢手了。

你能不能懂点事,大雪说,你懂点事,一皮带都不挨,不好吗?

怎么会,你太天真了。二雪说着,笑了出来,你真是天真,你干脆叫杨天真算了。

杨二雪,你认真点,我跟你说认真的呢。

杨认真,你叫杨天真,我叫杨认真,怎么样。二雪这次真的笑起来了。受到她的感染,大雪也有了笑模样,不是因为开心,也不是因为她说的话好玩,仅仅是因为她笑了,她也就想笑。

2

从前,她最喜欢麦收,所有人都要出动,不用再闷在家里。大人们弯着腰割麦,她和邻家大点的孩子待在地头的树下。树下有一口池塘,水不多,却很凉快,周遭蜉蝣繁多,虫跃蝶飞,可玩的项目很多。母亲不时直起身子往这边看一眼,看到还不放心,还要再叫一声:蓝,可别玩水啊。她扯着嗓子回答:知道了。母亲复又弯下腰去。这让她感觉自己很受重视,在那么忙的情况下,母亲还要得到她的回应。到了傍晚,天凉快下来,她也可以从树下走出来了。打谷场上人声鼎沸,大人们在干活儿,小孩子到处乱跑。父亲用木锨将麦子扬上半空,第一遍,筛出麦秸,第二遍,滤下麦糠,到最后连麦芒都随风飘走,只剩下干净的麦粒纷纷扬扬落下来,像数不尽的珠子。孩子们喜欢突然跑到扬起的麦子下面,让麦粒像流水一样从头顶浇下,不间断的小颗粒摩擦身体,带来一阵阵酥麻的凉意,他们尖着嗓子喊叫。麦芒

2

扎在脖子上,虽然刺痛,还是觉得好玩。大人们多半会大声呵斥,把他们轰走。父亲不会。父亲会放下手里的活儿,把她高高举起,兴许还会在空中扔上几个来回,最后把她放到高高的麦垛上。麦垛太高,她不能再下来捣乱了。后来,她还是在小伙伴的鼓励之下从麦垛上滑下来,滑行中吓得哇哇大叫,带着兴奋,虽然磕到过头,依然乐此不疲。等天黑下来,父亲要留下来看麦子,干脆就在地头吃饭。一道凉菜,几个变蛋,两瓶用井水冰过的凉啤酒,这些她一概不爱吃。变蛋是苦的,啤酒也是苦的,可还是吵着要尝一尝。挤着眼睛呸呸直吐,逗得他们哈哈大笑,她也就跟着笑起来。这构成了童年全部的快乐。有了春来之后,她没再去过麦场,去的话,也是喊他们吃饭。

每一年,成群结队的联合收割机从外面开进来,这些钢铁巨兽风卷残云般收割麦子,同时也收割了童年的欢乐。拉麦子不再用架子车,而是冒着黑烟的三轮车。大人们不用那么累了,不过在最忙的那几天,依旧没时间做饭。以前他们都是吃变蛋,喝啤酒,现在变蛋好像不那么流行了,她也长大了,他们不但放心让她在家,还放心让她做饭,甚至放心把春来交给她。母亲是这么说的:让春芳跟小弟玩,做饭的时候让她帮你烧火。谁都知道,这两件事春芳一件都不会干,但母亲还是那么说,好像那么说了,她干的活儿就能少一点。

她不敢让春芳和春来单独在一起,一旦超过半个小时,他们肯定打起来。有一次，春来用皮筋弹了春芳的脖子，那是一次偷袭，春芳在毫无预警的情况下蹿起老高，逗得大家哈哈大笑。狗撵兔子的戏码再次上演，春蓝司空见惯，和大家一起站在原地看笑话。春来因为这个成功的恶作剧得意非凡，边跑边回头看，做着鬼脸，最终一头撞到树上，脸青了一大块。母亲心疼坏了，像往常一样骂春芳，春芳像往常一样低着头不说话，"死猪不怕开水烫"已经不足以让她脸红，也逗不笑大家了。母亲见收效甚微，转而说起了她，你比他们俩都大，怎么也不知道管管，还跟别人一起看他们打，要是打坏了呢，你还笑得出来吗，人家笑咱，你也跟着笑，傻不傻，他俩不懂事你也不懂事吗，姊妹伙儿的要知道团结……春蓝没想到战火会烧到自己身上，又不是我不团结，她本能地回了一嘴，引来母亲更多的数落。她吵不过母亲，也不想跟她吵，她知道母亲说得都对，但还是免不了委屈。从那以后，她就不能轻松地看热闹了，他们追来打去，她也跟着提心吊胆。别闹了，别闹了，这句话不知何时成了她的口头禅。因为她的介入，春来似乎更喜欢逗春芳了，也试着逗过她，一次两次，毫无反应，也就觉得没意思了。春来唯一不敢招惹的就是春红，春红有一个本事，可以调动脸上所有的器官作出一副可怕的嘴脸来，不说话都让人觉得害怕。

大多时间，早餐都是她一个人做。这相对容易，只需要把馒头和前一天的剩菜放进蒸笼，把水烧开就行了。等锅冒气两分钟之后，用筷子挑出蒸笼，再添几把火，等水

2

滚起来,把擂好的面糊倒进去,滚两次就成了。锅里有豆子的话,就在冒气之后转小火多烧一会儿,这些她都驾轻就熟了。中午和晚上的饭她做不了,要炒菜,下面条什么的,不好掌握火候。最忙的那几天,母亲会把要炒的菜拿出来,告诉她怎么切,怎么炒,放多少佐料,一回生两回熟,她渐渐也能做得像个样了。烧火是个难事,炒菜需要站在灶台后,烧火需要坐在灶台前,一个人很难兼顾。因此母亲才特地吩咐春芳帮她烧火。择菜的时候,她让春芳和春来在院子里玩,这样就可以一直看着他们。她快速把菜切好,把火生好,才叫春芳。春芳在外面跟春来玩石子,嘴动脚不动。她一连叫了好几声,春芳连答应都懒得答应了。锅热了,必须要倒油了。她倒了油,又跑到灶前扶住要掉出来的火。滗出来的火头熏到了眼,油热了,她又叫了一声春芳,突然想哭。她把火摁灭在灶下的灰堆里,气冲冲从厨房冲出来。她抑制住了把石子扔掉的打算,抱肩看着春芳玩。

玩吧,你不烧火我就不做饭,看咱妈回来骂谁。

看呗,谁怕谁。

春芳灵巧地颠着手背上的石子,将其高高抛起,再快速捡起地上的石子,先是一颗,再是两颗,直到一颗都不剩。她的双手非常灵活,就像变魔术一样,将那些圆圆的石子玩弄于股掌之中。春蓝不觉看入了神,这也曾是她爱玩的游戏。姐妹俩本可以一起玩的,而不是像这样,为了烧火这么一件小事互不相让,持久地对峙。往常都是她让,这一回,她不想再让了，她打定主意，春芳不烧火，她就不做饭。凭什么每次都是她让步呢？她抱着肩膀，咬着嘴唇，剜着眼，直勾勾盯着春芳的后脑勺。大概觉得理亏，春芳一直没有抬头，不厌其烦地把石子丢出去再捡起来。她一定也感受到了春蓝灼人的目光，不然怎么会一刻都不停地玩石子呢，她借由这个不间断的动作表示自己不会屈服，就是春蓝把眼珠子瞪出来她也不会去烧火。春蓝的眼睛确实有些累了，她也觉察到了，毕竟是自己的妹妹，不该用那么怨毒的目光看她。于是她换了一种方式，漫不经心的那种，好像什么事都没有发生，好像只是闲来无事随便看看。眼里仍含着坚定，这是强行挤出来的，她怕彻底换了目光，决心也会随之而去。春芳把石子撒开。春芳把石子抛起。春来动了一下她的石子。春芳和春来起了口角。她好像不存在了，更可怕的是，她的怒气好像也不存在了，她的坚定在瓦解。春芳夺过春来手里的石子，复又撒在地上。春芳抛起石子，随着抛起的石子扬头，却没有看她一眼。春芳眼里只有石子。她的怒气又撞上来，却不是对春芳，而是对自己。硬挤出来的坚定还留在眼里吗，她不知道，她已经不可遏止地想到爸妈回来的场景，他们忙了一整天，面对冷锅冷灶，爸爸不说话，妈妈也不说话，他们只是叹气，所有的话都藏在叹息中。他们累死累活为了这个家，孩子们却一个比一个不懂事，惹他们生气……她站不住了。她转身，进厨房，生火，把柴火填满，把油重新烧热，再跑到灶后把菜倒进去，再跑到灶前添一把火，如

2

此反复，在不停的跑动中，菜也熟了。

吃完饭，她还是跟母亲告了状。春芳和春来在外面玩，嬉闹声高一声低一声地传过来。母亲冲着门口骂了几句，反过来摸着她的脑袋说，要是都像你这么懂事，我得有多省心啊。母亲手上有厚厚的老茧，像磨皱的人造革一样透过她柔软的头发摩挲头皮。她突然觉得自己的告状像是邀功，这不是她的本意，她只是想让母亲说说春芳，而不是骂她，骂她是没有用的。她不知道该怎么说了，母亲用骂来给她解气，她还能说什么呢。要不这样吧，母亲说，改天让你爸去买个煤气罐，上次在城里干活儿，我看人家用的都是煤气罐，打着火就能用，火还毒，这样以后忙的时候就能用煤气罐做饭了。不用不用。她连连反对。她不知道煤气罐是什么，只是听到要买东西就天然地反对。她不想家里因为自己花钱。几天之后，父亲扛回了一个圆柱状的铁罐，她这才知道，母亲说错了，煤气罐不能做饭，能做饭的是煤气灶，那个罐子里装的只是燃料。这东西确实方便，一拧就能出火，还能随意调整火的大小。她高兴起来，家里先是有了沙发，又有了煤气灶，都是城里人才有的东西。她由衷地高兴，并骄傲，如果说沙发是因为春来买的，那么煤气灶，完全是因为她。甚至，在买之前，母亲还和她商量了这件事——只是和她。每一次，用煤气灶做饭的时候，她满怀骄傲，虽然为了省煤气她用得很少，毕竟，一个人烧火做饭，她也很熟练了。

3

一大片金银花地里,匍匐着所有勤劳的女人。摘一斤,可以换一块钱。秋荣想不明白,为什么所有的劳动都要弯着腰。她不是真的想干,因为挣到的钱要上交。她只是做出在干的样子,可还得弯着腰。腰弯得久了,就会疼。这种疼还不如被打一顿,被打的疼是干脆的疼,这种疼,好像是一条毒蛇在身上爬,慢慢地爬,爬遍全身,疼也是慢慢地来,不确定疼在哪里,只是隐隐地疼,一会儿是这里疼,一会儿是那里疼,疼得不明不白,且绵绵不绝。他们没有打过她,只是骂她,或者饿她,她宁愿被打。她赶上秋雅和秋芳,她们的竹筐都要溢出来了,筐里全是合格的花苞,没有一朵开了花的。她探头看了一眼,婶子在不远处跟人闲聊,她压低了声音提醒两位姐姐,那么卖力干嘛,不累吗。秋芳扯过她的竹筐,说,怎么全是开了花的,你就等着挨骂吧。挨骂就挨骂,她说,这哪是人干的活儿。秋芳说,那么多人在干,她

3

们都不是人吗。秋荣不知道怎么反驳她，过了好一会儿才说，人家干，钱是自己的，你干再快，钱是你的吗。秋芳一时也不知道怎么回她，就你能得很，她说。这是她惯常用来攻击秋荣的话，意思是她的聪明没有用在正地方，紧接着她又想起一句，你觉得婶子该养咱们吗。秋荣火了，谁要她养了，除了你。眼看两个人又要吵起来，秋雅及时制止了她们，别磨牙了，干点活儿哪么多说道。秋雅的话她们都听，秋雅是个好大姐，她们是清楚的。秋雅看了看秋荣的筐，只有个底子，还大都是开了花的。没有开的是一样的青，开了花的才有金有银，可惜不值钱了。秋雅抓起自己筐里的青，盖住了秋荣的金和银。她一连抓了好几把，秋荣的筐总算像个样了。你也分她点吧。秋雅对秋芳说。凭什么，谁让她偷懒。秋芳说着，还是抓了几把给她。秋荣不要，可是拦不住两位姐姐的盛情。她们的手没闲着，很快又到前面去了。她们像是仙子，在绿色的云雾里摘花，虽然摘的是没开的花，虽然是献给王母娘娘的，可那也不能抵消她们的美。反正都是腰疼，还是干吧。最后，她这样想。

足足有三十斤，她们三个的，加上婶子的。在收购处，人们纷纷夸奖她们娘几个能干，夸她们三姐妹长得排场，"谁要有这三个闺女，偷着乐去吧"。很明显，这样的夸赞婶子不大受用，这三个闺女严格来说不算是她的，她心里门儿清，所以才总说自己在养白眼狼。可不是她的，又是谁的呢，没人说得清楚。秋荣只知道没有人因为她们的存在偷着乐，母亲除了叹气就是哭，哪里乐过。她给了那个多嘴的妇人一个白眼，为了取悦别人说假话，她最看不惯这种人。三十块到手，婶子是开心的，回家的路上，她奖励给每人一根冰棍。秋荣不想吃她的冰棍，可秋荣又想吃冰棍，最后她还是吃了。是用我挣的钱买的，她想，于是就吃了。

劳动是美德吗？语文课上是这么说的，数学课也这么说。她不信邪。她觉得劳动是屈辱——为婶子劳动，是屈辱。屈服产生耻辱，耻辱催生屈服，一个硬币的两面，她就是这枚硬币，名字叫作屈辱。她习惯了劳动，不是为自己，而是为两位姐姐，她们的耻辱感比她更盛，所以屈服得更加彻底。婶子那一套对她没用，骂她，她就当是放屁，饿她，她宁愿饿死。可她不忍看两位姐姐落泪，每当婶子骂不动她转而捎带上她们的时候，她们垂首而泣，让她心如刀绞。她曾打定主意，饿死算了，长大之路漫漫无期，不知熬到什么时候是个头，直接死了反而好。饿了两天之后，秋雅和秋芳偷偷端着面条来找她，她们眼泪汪汪的，一个揉她的肚子，一个摸她的脸，她突然觉出温暖，不是因为面汤里冒出的热气，而是因为她们关切的目光，眼泪都模糊不了的关切。她吃了那碗面条。她知道这下算是彻底屈服了。她吃了婶子不许她吃的饭，就要干所有她吩咐的事。这很公平，她想，屈辱，都是自找的。

有一天，往家里背麦秸的时候，一个老太太叫住了她，秋荣，是你吗秋荣，我的孩儿啊，你咋背那么多的东西，你

3

背得动吗？秋荣回过头，看到那个热心的老人正从三轮车上颤颤巍巍地下来。老太太从车里拿出一个苹果，递给她说，吃吧，快吃吧。她站在路中央，呆住了，接也不是，不接也不是。要换别人，她肯定头也不回地走了，可她认得这个老人，她就住在自家老宅的隔壁，母亲生病的时候，她没少跟着瞎着急，虽然也没帮上什么忙，但总在房前屋后热心地跑来跑去。母亲信任她，多过信任奶奶。搬到叔叔家之后，很少再见到她了，没想到她还是那么热心。秋荣最终接过苹果，虽然她并不想要。现在就把它吃了，老人说，别拿回去再让你婶儿给没收了。光是接过苹果，她已经下了很大的决心，现在还要在大马路上吃掉，这远远超出了她的承受范围，可再还回去似乎也不对。她四下看看，指着一个墙角说，我去那边吃，行吗奶奶。好，好，赶快吃。她背着麦秸来到墙角，开始猛啃手里的苹果。根本吃不出味儿，只想尽快吃进去。热心的老人推着三轮车跟过来，站在墙角外面的大路上，一边看着她吃一边唠唠叨叨，慢点吃，别噎着孩子。你说说你婶儿，她咋那么狠心，让一个小孩子干那么重的活儿。你是没福啊孩子，你妈要是不走，你该多享福……老太太嘴里的话似乎无穷无尽，她痛恨这个苹果怎么也啃不完。老太太的唠叨引来更多路过的老太太，她们站在大马路上，看着缩在墙角猛啃苹果的她，像看着一个逃荒的难民，更多的唠叨兜头罩下：这孩子命苦啊；是啊，她爹也不是货；你说她娘怎么就那么狠心撇下三个闺女走了呢；不走能怎么办，男人不着家难道守活寡吗……她啃不动了，扔掉苹果背起包裹就走。老太太们还在意犹未尽地感叹，唉，这娘几个命可真苦。她走出几步，忍不住又走回来，谁命苦？你们不命苦是吧？刚说两句，她又背着那包比她人还大的包裹快步走开了。她怕自己会流出泪来，那样可就太屈辱了。几个老太太嚷嚷起来，这孩子，咋不知好歹，这不是可怜她吗……她几乎跑起来，她再也不能听到一句这样的话。

从那以后，干活的时候，她尽可能不让人看到。婶子让她背柴火，她宁愿晚上去。婶子觉得奇怪，不过也没说什么。很多个晚上，她拿着那条破床单，走进空无一人的田野，在一团漆黑之中找到那个麦垛，把麦秸一点一点掏出来，堆得高高的，能堆多高就堆多高，用膝盖压住床单，把四个角扎牢，背着这么大一个包裹摇摇晃晃走在路上，看起来随时会被风吹倒。后来秋雅发现了，就跟她一起去，再后来秋芳也跟着。姐妹三人，还是只拿一条床单，一路上你背一会儿，我背一会儿，很快就到家了。其实她不太喜欢和姐姐们一起干活儿，那样目标太大，总被发现。若是一个人，她总能走在没人注意的角落，而三个人，就只能一起走在路中央。

她们太漂亮了，这也是一个问题，走在路上免不了惹人注目。人们先是惊叹于她们长得排场，继而感叹起她们的命苦。好像她们是过不了夜的昙花，让每个看到的人倍加痛惜。秋雅很高，有一头瀑布般的长发，被风扬起，又像丝

3

绸。秋芳矮一点，但眼睛大，刘海是自然卷，后来她才知道这叫空气刘海。也许她最不漂亮，她总是顶着一头乱糟糟的短发，像个男孩，不过她还是有跟她们一样的大眼睛、白皮肤，这是母亲留给她们的唯一财富。三姐妹走在一起，虽然都没有打扮，也没穿什么好衣服，还是构成了一道不容忽视的风景。秋荣讨厌这样，她不认为长得好看是一件好事，反而觉得麻烦。两位姐姐发育之后，更麻烦了。秋芳跟婶子要钱买胸罩的时候，被婶子好一顿奚落，现在的妮子都是吃化肥长大的吗，才多大，就要那个东西。是啊，她们长得太快了，冒犯了她。堂弟小宝怎么吃都不胖，以致婶子看不惯她们的茁壮。那个小男孩太瘦了，像是一把骨头拼起来的。说来也怪，家里的男人都是瘦子，父亲瘦，二叔也瘦，只有女人们，一个比一个丰腴，特别是婶子，大概是所有的活儿都让她们干了，她发疯似的长肉。几年来，她带着小宝四处问药，想让他胖一点，然而他还是老样子，甚至越长大越瘦，指头一戳就能散架一样。婶子不得不把气撒在她们身上，好像是她们偷走了小宝身上的肉。最终，婶子也没有给秋芳钱，而是把自己的破胸罩给了她。尽管秋芳仔细改过，还是不太合适，致使胸前总有奇怪的形状。那给她带来了更多麻烦，有些下流的男同学拿这个取笑她，女生更甚，竟然照搬了那些男生胡诌出来的话议论她，"都是摸大的"。学校里确实有人喜欢她，还把她评为校花，这也是她遭人嫉妒的根源。有一天课间，两个女生把她围在操场上，一下一下推她，从操场的一头推到另一头。秋荣看到，捡起一根棍子跑过去，到了近处才听见她们在说什么，你不服是吧，是不是不服，骚货。她们推她一把，就说一句。秋芳也不说话，也不还手，只是低着头。秋荣一棍子甩过去，打中了其中一个女生，就是不服，你想怎么样。两个女生好像被打蒙了，一时间愣住了。上课铃响起，她们一边往教室跑一边喊，你们等着。秋芳为此提心吊胆了一段时间，那两个女生可不是善茬，不过她们也没再来找过麻烦。

更大的麻烦是一个男生找来的，当然也可以说是秋芳自找的。一天傍晚，一个女人找上门来，控诉秋芳勾引她的儿子，骗她儿子的钱花，而她儿子的钱，都是从她那里偷出来的。秋荣知道那个男生，酷酷的，头发染成黄色，总是一副谁也不服的样子。她们不敢相信，这么一个男生会出卖秋芳。后来她们才知道，男生什么都没说，那个女人在他书包里翻出了一个八音盒，拆开包装，卡片上有秋芳的名字。那是给秋芳的生日礼物，也许已经在他书包里放了一段时间，直到那天，他的母亲发现少了钱，于是翻了他的书包。女人提了两个要求：一、秋芳从此不准再跟她儿子说话；二、把所有骗她儿子的钱吐出来。女人的头发也是黄的，他们家在街上开饭店，势力很大，婶子不敢惹，只能乖乖赔钱。秋芳说不清楚到底花了男孩多少钱，只能凭女人漫天要价。讨价还价之后，婶子最终给出去一千块钱，那让她肉疼。她连续骂了秋芳好几天，什么难听的话都骂出来了。秋芳终日以泪

3

洗面，不去上学，后来发生了让她更加伤心的事，那个头发染成黄色的男孩转学了，说是去了市里。她知道再也见不到他，伤心得吃不下饭，短短几天瘦了一圈。婶子也有点吓到了，不再骂她，带她去看医生，可她就是不说话，也不哭了。那几天，秋雅每天晚上都从学校回来，和秋荣一起陪她。秋荣打心眼里看不起她，看她那么消沉，又不忍骂她。秋雅时不时柔声劝她，说那个男生也是身不由己。什么身不由己，终于有一天，秋荣忍不住破口大骂，那个畜生也是身不由己吗？你太傻了，男人有一个好东西吗，都是畜生，畜生！秋雅赶紧去捂她的嘴，让她不要说了。没想到秋芳突然说话了，是，是畜生，都是畜生。她哭了，嘴里还骂着畜生。那天晚上，她们骂了好久的畜生。看到平日里柔弱斯文的两位姐姐和她一起同仇敌忾地骂人，她突然感到开心，一种前所未有的力量充斥全身。就是那天，她有了一个想法，只要不靠任何人，不妄想任何形式的爱，就没有什么能伤害她们。她们有彼此，就够了。她这样想着，抱紧了两位姐姐，而她们，还在轻声骂着，畜生！

2. 春秋雪

2（春心）

　　妈妈骂了奶奶，爸爸打了妈妈。这记耳光太响亮了，血从她的嘴角渗出来，挡住了骂人的话。他们本是为同一个目标来的，目标还没达成，先起了内讧。回家的路上，妈妈喋喋不休地骂他，软骨头，窝囊废，家里横，没出息……爸爸一声不吭，任她骂。骂够了，她开始讲理，你不也说老婆儿偏心眼儿吗？她给老二带孩子，凭什么不给我们带，不就因为老二在当兵吗？你这个没出息的，还打我。谁让你骂她！爸爸咆哮了一句，随后压低声音，你在我跟前骂我老娘，让人笑话我吗。爸爸不再和她们一路，朝相反的方向去了。好好好，就你是个孝子，你就死要面子活受罪吧。妈妈一直骂到他背影消失，转而又哭了，蓝，看见了吧，谁都能欺负咱，没出息，就只能挨欺负。春蓝不知道怎么安慰她，打她的是父亲，总不能和她站在一起骂父亲吧。再说，奶奶说的也有道理，她六十多了，已经带了二叔的两个孩子，再加上四个，她怎么带得过来。

这些日子，她总哭穷，之前，她和父亲给人盖房子，两个人一天可以挣一百多，于是家里有了沙发、煤气灶，有了春来，为这些，他们一直在干活儿。这些年，人们全都出去打工了，过年回来，一个比一个有钱。听人说，在北京盖房子，一天最少能挣二百，像父亲这样熟练的泥瓦匠，可能都不止二百，母亲虽然是个女人，最少也能挣一百，这样加起来一天就是三百，比在家挣得一倍都多。三百块出现在想象里，再也没办法抹去，像是一块肉吊在狗窝里，以为不断嚎叫就能吃到嘴里。她张口闭口都是钱，没钱啊，挣钱难啊，钱不经花啊，钱是大风刮来的吗？那天，春蓝想买新学年的《字词句段篇章》，被春芳抢了先，听到母亲这一套说辞，她硬生生憋了回去。于是只能和同桌看一本，用本子抄下认为有用的部分。三年级之前，她的成绩一直很差，后来不知怎么的，她爱上了学习，她猜想应是语文老师的缘故。那篇《我的父亲》被老师当作范文在讲台朗诵，她在下面羞得抬不起头，心里却涨鼓鼓的。她在作文里写了父亲的手、脸和笑，写了他扛煤气罐时的面不改色心不跳。"我的父亲，有使不完的力气，可他也有累的时候。"可怜天下父母心啊，老师说，有这么懂事的孩子，爹妈再苦都值了。从那以后，连她都没注意到，自己变得勤奋了。虽然还是经常迟到，但再也没有落过作业。每天早上，做好饭，踩着清晨的露珠，去叫已经在玉米地里忙碌多时的母亲。等吃完饭，路上已经没什么人了，她听见预备铃声，朝着学校飞奔。反正也没人看见，她不怕自己跑得难看。老师没有骂过她，她还是觉得不好意思。后来，干脆不吃早饭了，带着书包去叫母亲，在地头喊一声就往学校跑。预备铃响起之前坐进教室，和同学们一起叽叽喳喳地等待上课，让她满足——当然饿也是难以忽视的（后来，说起自己为什么没有长高，她将其归结在没吃早饭上）。四年级的下半学期，作为十三名尖子生中的一名去镇上参加统考，虽然是第十三名，还是感到不可思议，这是想都没敢想的事。已经习惯了作为不起眼的存在，没想到，在如此荣耀的时刻，老师却念到了她的名字。第一次，和班里的佼佼者共处一室，接受老师的特训。考前的夜里，兴奋得睡不着觉，一再嘱咐对面床上的春红要叫她起床。第二天，天还没亮，母亲叫她起来，把一大碗冒着热气的方便面放在床前，面汤里飘着青菜，浮着几滴香油，把面挑开，还有两个荷包蛋。那是她吃过的最香的一顿饭。后来长大了，她吃面，必然要有青菜和香油。妈，我一定好好考。她说。母亲笑笑，让她快吃。第二年，再一次作为尖子生去考试，已经是第七名了。

三百块的幻想落了空，父亲一个人去北京了。母亲在家，有时候去给人盖房，有时候去帮人放树，夏天，还去信阳采茶，最多的时候，一天能挣五六十，当然，四十她也挣过，二十也挣。在家的女人很多，干活儿的不多，母亲是总在干活的一个。年底，父亲回来了，他应该是挣到了钱，给姐弟四人都买了新衣服，还给母亲买了一辆电动三轮，这样她再去干活赶集什么的就方便多了。他们骑着崭新的电动车采购年货，车上连人带货装得满满当当，那可真是一个快乐富足的新年。穿着新衣服，吃着瓜子和糖，到处跑着玩。妈妈骂奶奶的事，爸爸打妈妈的事，似乎都不存在了。在奶奶家，和一大堆堂弟堂妹、表姐表弟疯玩，叽叽喳喳，嘻嘻哈哈，笑得嗓子都哑了，好像人间本就是天堂。后来有一天，她注意到春红不开心了，在奶奶妈妈姑姑婶婶的窃窃私语之中，才逐渐明白发生了什么事，春红相了亲，她不满意那个相亲对象，家里人全都满意，这就是她不开心的原因。

好几天，春红不跟母亲说话，也不出门，不管走到哪里，都有人劝她，多好的事儿，上哪里去找这么好的事儿。春红百口莫辩，只能躲起来。他们口中的好事，是钱。这一家在外面开饭馆，听说很有钱，多有钱不知道，一座崭新的二层小楼，激发了他们对钱的想象。那时候，人们住的还是瓦房，楼，意味着钱，没人怀疑。春红对楼没意见，女孩大都喜欢有高度的东西，她不喜欢的，是男孩的高度，还有长相。春红又高又胖，白白净净，总被人夸奖漂亮。那个男孩差不多是她的反义词，比她矮半个头，比她胖一圈，黝黑的脸上泛着斑驳的油光。怎么有那么丑的人，让我嫁给他？恶心死我算了。春红冲母亲怒喊，被一掌拍在后背上，这妮子，怎么能那么说你对象。这就是让春红不能接受的事，她还没同意，母亲已经收了人家的见面礼。春红让母亲去退，母亲不退,她想自己退,可连对方家住哪里都不知道。僵持良久,她最终还是接受了母亲的说辞:反正现在也不结婚,先应着,等过个两年,想结就结,实在不行就退,又没什么损失。经此一役,春红没什么心情上学了,过完年,她跟同学去广州,进了电子厂。两年之后她回来,瘦了很多,变得更漂亮了。如母亲所愿,她跟那个男孩结了婚,也不知道她是想通了还是怎么样,关于这些她没有再跟春蓝说过。去广州之前的夜里,躺在熄灯后的床上,她曾唉声叹气,痛斥母亲见钱眼开。你也走吧,她对春蓝说,不然,你就是下一个我。

此后的日子,春蓝在疑虑中度过,不是怕母亲也塞给她一个又黑又矮的丑胖子,虽然也怕,但不是主要因素,同龄人陆续都走了,学校里的女生越来越少,她也越长越大,成长的痛楚难以避免,像一张渔网兜头罩下,越收越紧。到过年,外出的人回来了,说到谁谁又出去挣了多少多少钱,母亲难掩艳羡之情,对自家儿女则失望至极。春红回来,除了给大家每人买了一套衣服,并没有带回多少钱,母亲只有通过夸赞别人家的女孩来表达不满。王雨婷成了她们的楷模,这个十六岁的女孩第一年出去就带回了四千块钱,而她一个月的工资是四百,也就是说,这一年,她只花了八百,平均一个月一百都不到。哪像你们,都是赔钱货。母亲虽然是笑着说的,春蓝还是觉得在针对自己。事实上,王雨婷在出门之前来找过她,问她要不要一起出去打工。她犹豫了几天,在心里，她是想去的，对外面的世界，她也好奇，同时还能减轻家里的负担，这是两全其美的事。可一想到要离开学校，她就忍不住心慌，成为尖子生之后，她没有掉出过前五名，老师们对她青睐有加，断言她考上大学不是什么难事。村子里没出过几个大学生，回来基本都做了老师，她也想做老师，像曾经的语文老师那样，用短短几句赞扬鼓起一个孩子的雄心，似乎没有比那更好的事了。她一直做着这样的梦，直到上学路上的同伴渐渐消隐，到了初三，已经没有几个女生可以同路了。这样的变化让她心慌，她还在上学，她知道这是不合常理的，人家都开始挣钱了，她还在花钱，而母亲，总在念叨缺钱。中学需要住校，她很少再有时间帮母亲洗衣做饭，每次回来她都抢着干活，可母亲似乎已经不习惯她的帮助了。

在街上，她看到王雨婷，她变得洋气不少，举止也像个大人了，不像她，还是畏首畏脚跟在母亲身后。母亲见到真人，夸得更凶了，这孩子，真能干，咋那么能干呢，挣四千拿回来四千，手真紧，恁妈现在可算熬到头了。这孩子，真好啊……母亲的溢美之词滔滔不绝，说得人家都不好意思了。王雨婷妈妈很识大体，为了照顾春蓝的感受，也挤出来几句言不由衷的好话，哪有你说得那么好，你们春蓝上学那么争气，才是真的好呢。母亲"咦"了一声，拉得老长，咦——你快算了吧，站着说话不腰疼，女孩子家上学有什么用，上得再好还不是给人家上的。春蓝一直没有说话，听到这一句，心一下子沉了下去。她感觉不到自己的心跳了。家里的女人常用"咦"来表达惊讶与不屑，拉得越长，表示越不屑。母亲的这一声"咦"，让她闷闷不乐了一整天。第二天一早，她踩着落了一夜的雪，去找王雨婷。那时候，路上还没几个脚印。

"妈，我不上学了。"她反复想着这句话，反复走在无人的河岸上。岸上布满脚印，天似乎又要落雪，潮湿的暮色像一床破棉被从天边铺开来。鞋子湿了，那是母亲做的棉鞋，不适合踩雪。她顶着西北风往家走，脑中循环播放着那句还没说出口的话。晚饭过后，她来到厨房，母亲正在归拢剩饭，你说说你们，现在真是身在福中不知福，那么多肉都剩下了。母亲捡出一根鸡腿，递给她，赶紧把这个啃了，你看你瘦的。她接在手里，没有吃。生活，看来是真的变好了，以往为了一个鸡蛋都能拌嘴，现在鸡腿却剩下了。如果出去打工，会变得更好吧。她叫了一声妈，鼻子却酸了。她赶紧低下头，那样子像在吃鸡腿。母亲收拾完了，在她身边坐下，摸了摸她的头说，咋还不吃，等会儿该凉了。她抬起头，看着母亲，不知道该说还是该吃。母亲率先开了口，昨天赶集回来，我问了王雨婷她妈，她说那个活儿不累，还能学技术，踩缝纫机，学会了就是一辈子的手艺……母亲见她没反应，又说，我也不想让你出外，谁不心疼自己的孩子呢，家里的情况你也知道，人家都在挣钱，咱们不挣能行吗。过了年，我也上北京去，把你小弟送到城里上学，让春芳跟你奶奶。你小弟上学得花钱,还得给你奶奶钱,钱——你别说了,我愿意。她打断母亲走出门去。来到院子里,她仰起头,不让眼泪流出来。雪,又洋洋洒洒落下来。过年,本是喜庆的日子,可过年,却总是下雪。

3 （秋零）

秋荣本以为会是秋芳，没想到却是秋雅，她怒了，不只是因为秋雅交了男朋友，更是因为她交了男朋友却不说出来。天刚亮她就和秋芳溜出了门，朝着这座荒芜的水坝进发，这里曾是她们儿时的乐园，如今水干了，坝也塌了。深秋的早晨寒气逼人，被霜打过的枯叶在脚下咯吱作响，背包里装着秋雅的衣服，都是破衣服，因此格外地沉。穿过松软难行的麦田，就要最后一次看到她了，映入眼帘的却是这一幕：衰败的河岸上，两个私奔的青年为了御寒相拥而坐。这或许是很美的画面，她感受到的却只是背叛。她紧走两步，把包摔在男青年身上。

你是谁？凭什么抱我姐。

她那样子，像是要跟人干一架。秋芳搂住了她的腰，秋雅揽过她的头。这是田飞，秋雅在她耳边说，他对我很好。

他是谁，凭什么对你好。

我是秋雅的男朋友。叫田飞的青年说，我向你们保证，一定会对秋雅好的。

你滚！她挣不脱两位姐姐的怀抱，只好喊出来。清冷的早晨，这声咆哮传出老远。

你先去那边等我。秋雅对男青年说。她说得太温柔了，这也让秋荣生气。男青年看了秋荣一眼，沿着残破的水坝走到河那边去了。河不是太宽，但已足够将他们隔开。他看着对岸的三姐妹，听不清她们在说什么，她们争吵，又拥抱，难解难分。

秋荣终于被她们从怀抱里放出来。她看了看对岸的男青年，放弃了冲过去打他一顿的想法。为什么不告诉我们。她气吼吼地说。

这不重要，秋雅说，反正我是要走的。

不重要？你有没有把我们当家人。

除了你们，我还有别的家人吗。

这就是你对家人干的事？跟一个外人走，不带我们。秋芳，你说。

你该带上我们。秋芳说，最起码，你该先跟我们商量商量。

不是商量过了吗，我先走，等挣到钱就回来接你们，你们也同意了。

那你怎么不说是跟他走。秋荣说，要知道你跟他走，我们会同意吗。

为什么跟他走就不行,秋雅说,要不是他出钱,我怎么走,我有钱吗。

两个臭钱就把你收买了?秋荣说,你就那么贱吗。

秋荣!你怎么说话呢。秋芳拉她的胳膊,被她一把甩开。面对两位姐姐,她语无伦次,我说错了吗,你忘了你那个黄毛了是吧?给钱你们就要,给钱你们就要,被卖了都不知道怎么回事。你们的脑子呢,就会靠男人,就会靠男人,你们是鸡吗……

住嘴!秋芳喝住了她,你撒什么疯。

你们不疯,你们就跟这些男人过去吧。说完,她掉头狂奔。脚步深深陷进麦田,跑不快。眼泪在眼眶打转,跑动中一切都模糊起来。冷风割着耳朵,将她与世界一分为二。背后传来秋雅的叫声,她们追上来的声音。她跑得更快了。她只想跑开,至于去哪里,不知道。一小块湿软的泥地闪了她一个趔趄,刚要爬起来,就被她们抱住了。伏身于湿冷的麦田之中,她们都哭了。秋雅抱着两人的脑袋,一个劲儿地道歉,是我不对,是我的错,不该把你们当小孩,不该不跟你们商量……严霜在脚下一点点化开,她们哭得更凶了。等把悲声止住,秋荣仰起头,正视着秋雅的眼睛说,姐,答应我,永远不要相信他,好吗?

秋雅最终点了头。她能看出她的勉强,不过懒得追究了。送走秋雅,她有一种预感,秋芳迟早也要离开,以同样的方式。她和秋芳一直有点互相看不惯,之所以还没决裂,全靠秋雅从中调和。秋雅走了之后，她们反而不吵架了，虽然也没有比从前更亲密。她们之间多了几分尊重，仅此而已。秋芳在镇上的中学，她还在小学，她不知道秋芳有没有像秋雅一样搞对象，肯定有人追她，这是肯定的，她从发生在自己身上的情况就可以推测出来。班里有个男生一直找她的茬，逮住一切机会吸引她的注意，她早就看穿了这种破烂把戏。有一次，那个男生抢走了她考了二十分的试卷，大概是想让她追他。她追了，追上他，把试卷撕得粉碎，撒在半空扭头而去。这之后，那个男生再也没来烦过她。秋芳比她漂亮，又比她温柔，追求者肯定更多，再说，她还有过前科。她做好了准备，有一天，秋芳也带着一个男的来跟她告别。爱吧爱吧，她想，反正都是受骗。

她做好了最坏打算，没想到秋芳还能给出更坏的答案。秋雅走后不到半年，她就要走了，她要去的地方，是父亲那里。秋荣完全不能接受，她一直以为，她们也跟自己一样将父亲视若仇敌，她们的处境由他一手造就，这应该没有任何疑问。秋芳却要去投奔他，还兴致勃勃地邀她一起去。有那么一会儿，她杀人的心都有。两个人吵得昏天暗地，最后，以她的一句狠话作结，从今天起，我没你这个姐。

那一年她十五岁，先是失去了大姐，继而失去了二姐，母亲再嫁了，来看过她一次，抱着新生的儿子，哭了一场又走了。姐姐不是心中的姐姐，母亲已是别人的母亲，她不知道世上还有什么值得留恋——当然，她没有想死，相反的，她觉得更应该好好活,一定要活得特别好才行。她剃短了头发,像男孩子一样短,这样就没有男孩子来烦她了。她更加卖力地干活儿,她算过,自己干的活儿足够养活自己。她的成绩还是很差,她不在乎,从刚开始上学,她就知道,自己不是上学的料,那又怎么样,世上又不止一条路可走,条条大路通罗马,这可是老师教的,世界上本没有路,走的人多了,也就有了路,这也是老师教的,她虽然学习不怎么样,这些话记得可清着呢。人活着,不就是走路吗。这是奶奶说的,所以她才拼命治自己的腿。奶奶回来了,在秋芳去了广州之后,她回来,因为腿疼得实在走不了路了。她挣了些钱,所以才能到处去治腿。一个星期至少三次,秋荣骑着电动车带她去看病。各种各样的郎中,各种各样的偏方,各种各样的膏药,连跳大神的都去看过,为此奶奶喝了半个月的香灰。有时候,她会旷课带奶奶去。在路上,奶奶抱着她的腰,絮絮叨叨地说话。和她在一起,奶奶总有说不完的话,很多事情,重复了一遍又一遍,每次说得都差不多,她总是忘记自己曾经讲过那些事,却总也忘不了那些事。秋荣没有提醒过她,这些话,你讲过了。她爱讲,她就听。

两位姐姐离开后,婶子反倒对她好了起来。她很少再大呼小叫,越来越和颜悦色。秋荣早就习惯了宠辱不惊,不管婶子什么态度,她都冰着一张脸。婶子对她越好,她越不自在。有一次,婶子含混不清地跟她表达了歉意,我以前脾气不好,家里小孩多,难免会闹心。她冷着脸,没做任何反应。又一次，婶子给她做了一双新鞋，她穿上，婶子直夸好看，继而感叹起来，还是闺女惹人疼，我没有闺女，以后你长大了要是能常回来看看我，也算没白费我养你几年。她在心里反对，什么叫你养我几年？分明是我自己养活自己。她对婶子的确有所改观，也许真像奶奶说的那样，她心不坏，只是脾气坏。毕竟，奶奶整天看病花钱，她也没说什么，可话又说回来，奶奶看病花的都是自己的钱，她又能说什么呢。所以，她还是不能确定婶子是好人还是坏人，她现在似乎变好了，可以前也坏过，现在的好不能抵消以前的坏，以前的坏也否决不了现在的好，她只能这样理解。最多，她可以不恨她。次年，奶奶死的时候，她们两个哭得最凶，在哭丧这件事上，她们算是头一回达成了一致。料理完奶奶的丧事，她退了学。在家待了两个月，春节一过，她跟同学去了杭州。

1（雪封）

他们站在秋后泛黄的田野里，面前是一个矮小的土包，那下面埋着傻子。帮忙的都走了，只剩下他们。风吹动干枯的玉米秆，呲啦作响，他们谁都没哭，就那么干站着。大雪觉得应该说点什么，不然站在这里干嘛呢。傻子活了十年，没享过什么福，只是吃过一些方便面，喝过几碗肉汤。生命的最后时刻，她在高烧中度过，从昏迷到死，用了三天时间。这一世，她应该是开心过的，极少数情况，她曾哧哧笑过，为什么笑没人注意，她就是笑了，这么说，她还是有一些感知能力的，那她感到的痛苦，应该远远大于快乐。小雪，这回投胎，找个好人家吧。她说，刚说一句，就说不下去了。她别过头，不让眼泪流出来。二雪低声啜泣，嘴里嘟嘟囔囔，小雪，你不该死啊。她知道，二雪是在埋怨他们送医太迟，大家以为傻子只是单纯地发烧，谁也没当回事，等到送医，已经来不及了。二雪私下骂了奶奶，甚至骂了爷爷，她没有阻拦，让她骂了个够。她深知二雪对傻子的感情，从小到大，她一直把她背在肩头，后来傻子的块头大过了她，她还是背着她，像背着一截僵硬的木头。因为傻子，她挨打受累，没能上学，傻子死了，她总算解脱了，可她却比谁都伤心。在她的带动下，大雪也流了泪，不过仍紧闭着嘴巴。憋住！奶奶喝道，这是好事啊，是好事知不知道，她不受了，我们也不受了，这不是好事吗？这么说着，奶奶也有了哭腔。大雪听得出来，这颤抖的声音里害怕的成分居多。每次来电话，父亲都不忘警告她要好好照顾小雪，小雪没了，她要完了。父亲就要回来了，听人说，他在里面表现好，减了刑。

父亲回来的前三天，他们收拾好一切家当，该卖的都卖了，鸡、鸭、牛、猪，鸡蛋、鸭蛋、菜地里所有的菜。院子里空空荡荡，洋溢着末日气息。她一直在流泪。她也说不上来父亲回来是好事还是坏事，毕竟连他的样子都记不清了。她只是心疼爷爷，甚至是奶奶，他们老了，还要像逃命一样往外跑。爷爷是不想走的，他舍不得自己的菜地，这十年，他用勤劳重建起家园，建了四间高大的瓦房，建了牛棚猪圈鸡窝和鸭棚，建了本地最好的菜园……生活再度生生不息，现在，他不得不亲手终结这一切——因为他的儿子要回来。他会打死我的。奶奶不断重复这一句，还有你。最终，他同意了奶奶的提议，变卖一切，走为上计。大雪让他们带上自己，奶奶死活不肯，要是带上你，他追到天边也会找到我们。于是大雪只能哭。哭什么哭,奶奶说,装给谁看,你亲爹要回来了,心里高兴坏了吧。确实有些心虚,父亲要回来了,她多少有些期待,也有些害怕,又因为爷爷的离开感到难过。二雪就很纯粹,她没有把高兴表现出来,只是冷冷地看着他们收拾东西,等没人的时候,她会唱歌。单独和大雪在一起的时候,她兴致勃勃地问她,你说他会给我们带什么回来?带个屁,大雪说,他是在坐牢,又不是去当兵。她们很难想到,他会带一个后妈回来。

她把爷爷奶奶送到车站,看他们提着大包小包上车,像两个逃难的拾荒者。车开了,她流着眼泪向贴着车窗的爷爷挥手作别。她注意到爷爷的眼角湿润了,这应该是第一次看到他哭。爷爷跟她说的最后一句话是:听你爸的话。爷爷话不多,向来说一句她就听一句,想不到,因为忤逆父亲,她也间接忤逆了爷爷。

那个小个子女人看起来比父亲要老,目光却更亮。刚回来那几天,她扮演了几天的贤妻良母,给她们钱,带她们买衣服,还莫名其妙抱了她一下。大雪没怎么被大人抱过,置身于温暖的怀抱,她险些把那个字叫出口。"妈",还是太陌生了,好像已经失去了这种发音能力。父亲没有强求,由着她们叫姨。几天的和睦之后,这位姨还是亮出了眼里的凶光,她这才知道为什么她的眼睛看起来那么亮,那是常年战斗磨出的锋芒,主要的作用就是为了让人不寒而栗。因为二雪迟迟不睡,在床上嬉闹,她第三次进来,手里拿着一根竹竿，眼里冒着比白炽灯还冷的光。大雪以为她会打她们，好在她只是一扬手打碎了吊在头顶的灯泡。我是为你们好，她在黑暗中说，你们正在长个子，要早点睡。后来她又以她们好为名，让她们干活儿，让大雪每天中午从学校回来吃饭，让二雪彻底断了上学的念头……"要锻炼"、"要好好吃饭"、"不要浪费时间"——她擅用冠冕堂皇的说辞来达成目的，这一点倒是比奶奶强，起码在面上让她们好受一点。

一开始，二雪总想跟她斗斗，好像是一个从小娇生惯养的小姐，任性妄为，受一点委屈就去找父亲撑腰。几个回合下来，二雪看清了现实，明白了父亲究竟是站在哪一边的。这个女人是升级版的奶奶，而父亲只是还没老朽的爷爷。多年的牢狱生活改变了他，拖着一条坏腿，沉默寡言，竟然也允许女人指着鼻子骂他了。想当年，他是如何地说一不二、骄狂暴戾，母亲盛的饭满了一点，他就能火冒三丈，把碗摔碎。如今，面对这个矮小、丑陋、目露凶光的女人，他蔫了。听人说，他们是在监狱认识的，至于那个女人是不是和他一样也是囚犯，大雪就不知道了。可以肯定的是，父亲这次回来，准备好好过日子了。他们异常勤劳，到了起早贪黑的程度，很快，菜园的菜又繁荣起来，空了的牛棚猪圈和鸡笼又被新的猪牛和鸡填满。那头牛倒是没换，还是爷爷卖给邻居的那头。父亲用原价买回了它，外加两瓶啤酒，一瓶是给对方的，另一瓶，他砸在桌子上，用碎掉的瓶口抵着对方的喉咙，只说了一句话：我不在乎多坐个十年八年。这位邻居就是光辉的父亲，平日里对她们照顾有加。因为这个，光辉不能和她说话了。

父亲若是真想干，的确是一把好手，还没结婚的时候，他就靠着倒买倒卖建起一座冰棍厂，在物流还不发达的年代，他生产的冰棍和汽水统治了本地的夏天。那几年他意气风发，俨然一个成功人士。当然他后来的骄狂毁了这一切，母亲的死和小雪的傻让他消沉了十年。如今，他要卷土重来了。做生意的天赋在体内蠢动，种菜和卖菜已然不能满足他。他一直在筹划，买一辆小卡车，用来贩卖本地可供贩卖的一切，菜、瓜、粮食、猪和羊，甚至是牛，在他的畅想中，除了人不能卖，别的什么都能在手上过一遍。可他似乎只能畅想，小个子女人一句话就把他浇灭了，钱呢？钱从哪里来。于是他恢复沉默，接着抽烟。

一个星期天的下午，几个陌生人来到家里，父亲把她叫进去，指着一个又白又瘦的年轻人说，这是阿方。她不明就里，点了点头。你们说说话吧。父亲说，然后关上门，带其他人出去了。她这才知道是什么意思，这才认真打量阿方。他白得不像话，连睫毛都是白的，后来她才知道这叫白化病。在关上门的屋子里，他显得更白了，光从门缝里透进来，打在他的胳膊上，皮肤像是透明的。我不能跟你结婚，我还要上学。过了很久，大雪说了第一句话。阿方点点头。大雪起身要走，阿方拉住她，递给她一个信封，说，这是我妈让我给你的。大雪看到里面是钱，手一抖滑落在地。她捡起来，塞到他手里，快步走了。

她再一次见识了父亲的盛怒，上一次，还是小雪出生那天。他没有打她，只是扔掉了她的书包，你想上学是吧，同意了你就上，不同意你也得同意。父亲的话毫无逻辑，照他这么说，也就不用扔书包了，反正怎么都得同意。她始终没松口，不过也没有人在意。他们开始张罗婚事，对方送来了半扇猪和几只鸡，给了多少钱就不知道了。婚期定在七天之后，得知这个消息那天，她跑了出去。不敢回学校，也联系不上爷爷，她不知道能去哪里。后来，她在街上碰到同班的李慧。李慧是个精瘦的女孩，支持她逃婚，都什么年代了，还包办婚姻！她在李慧家偷偷住下，白天，李慧去上学，晚上，她们挤在床上商量对策。路似乎只有一条，就是出去打工，反正过两年还是这条路。可去哪里打工，打什么工？她们毫无头绪。有一天，光辉来了，说自己有个表姐在杭州的商场里当售货员，或许可以去找她。她开心起来，接着又为路费犯愁。光辉答应帮她想办法。她哭了，在心里想，要是父亲让她嫁的是光辉，她就答应了。

光辉走的时候，告诉了她另一个消息，家里的婚事还在准备，父亲放出话来，这婚无论如何都要结。她吓坏了，害怕被父亲找到，可又没钱坐车。胡思乱想了一夜，翻了无数次身，最后，怕影响李慧，她从床上起来，在窗前一直坐到天明。两天后，光辉又来了，带着二雪。二雪拿出一个信封给她，她打开，是一千块钱。她认出了这个信封，是阿方给她她没要的那个。她骂二雪，你疯了吗？你才多大。二雪咧着嘴，笑了，我自愿的，嫁出去总比在家强，他们说了，现在只结婚不同房。从二雪嘴里，她才知道为什么他们急着结婚。因为阿方的身体不好，他们信了算命先生的话，必须要在特定的日子结婚，才能改他的命。不知道算命先生有没有算到，他随便出个主意，先改了两个女孩的命。

他们家是吹响的，二雪说，可好玩了。阿方是个才子呢，他喇叭吹得可好了。我问他了，他会吹"花好月圆"，会吹"走四方"，还会吹"妹妹坐船头"，只要是歌他都能学会。等去了他家，我就跟他学吹喇叭……

二雪一直是笑着的，大雪却哭了。她抱着二雪，越抱越紧，二雪纤细的身体在她怀里犹如儿时父亲带回家的冰棍，被她的忏悔与悲愤融化。

哭什么啊，二雪说，我要结婚了，你该为我高兴才对。

或许二雪是真的高兴，可她是真的伤心。二雪的婚礼她没有去，就在那天，她坐上了去杭州的火车。她的婚礼一定很盛大，因为她的婆家就是吹唢呐的，兴许所有的唢呐班子都会来，聚在一起为她吹"妹妹坐船头"，吹"走四方"和"花好月圆"。她一定漂亮极了，也高兴极了，毕竟她从小就喜欢热闹，就喜欢被人讨好。父亲没有讨好过她，爷爷奶奶也没有，傻子也许想，但不会，而这一天，婚礼上所有的人，所有的一切都是为了讨好她而准备的。也许她会喝酒，可能还会喝醉，她太容易得意忘形了，所有人都以"喜"为名向她祝酒,她没理由不喝。一个笑脸在车窗浮现,大雪认出那是自己的脸。看来是喜事了。田野和村庄飞速倒退,她见惯了田野,也见惯了村庄,却是第一次看见这样的田野和村庄。她也是一个走南闯北的人了。她没有行囊,两只口袋里,一只装着二雪给她的钱,一只装着一张纸条,纸条上,是一串写得歪歪扭扭的电话号码。

2

生平第一次花钱,春蓝不太习惯。心怦怦地跳,拿一样东西,就做一次加减,加上刚拿的,减去所有的,母亲给的二百块在娴熟的心算之间迅速减少。牙膏有三块五的,有五块五的,她拿了五块五那一支,仅仅因为喜欢包装盒上的图案。她拿起,又放下,最终又拿起,放到刚刚选定的脸盆里,脸盆也不是最便宜的,便宜的那个盆底没有印花。她的选择是填满印花的脸盆,毛巾、肥皂、洗发水、洗衣粉、拖鞋、晾衣架、被套、一些零食……她买了所有王雨婷建议她买的东西,却没有完全按照她的建议买最便宜的那些。我更喜欢这个嘛。她说,突然想起春芳歪着头跟人争辩的样子,一阵心慌。王雨婷撇撇嘴,没再多说什么。结账的时候,王雨婷拿着一个收音机说,你最好买个这个。她看了看盒子上的价签,要二十五块,有点奇怪,王雨婷什么都买最便宜的,却让她花二十五块买这么一个没用的玩意儿。也许是她自己想买又不舍得，毕竟，收音机又不是什么生活必需品。她摆摆手，说，我不喜欢听音乐。

随你。王雨婷说，会很无聊的。

从超市出来，天要黑了，同行的两个男孩已不见踪影，大概是受不了她们买东西太慢。春蓝抱着冒尖的脸盆跟在王雨婷身后，走上渐渐热闹起来的街。真是奇怪，这么小小的一个村子，却有一条那么繁华的街道。路两旁全是摊位，多是卖衣服的，全是青年人的衣服。王雨婷像条快活的鱼游弋于人流之中，她只买了一袋散装瓜子，显得格外轻松。春蓝吃力地跟着她，有点生气，这个人，不光不替自己拿点东西，还走那么快。王雨婷在密集的摊位之间走走停停，熟练地砍价，砍完却又不买。春蓝不得不亦步亦趋跟着她。站在她身后，感觉像跟着一个人贩子，不知道对方要干嘛，不知道自己该去哪里。她们早上刚到这里，坐了一夜的车，这一夜对她来说有些艰难，从身体到心里都是这样。春节过后的火车像实惠的罐头，每一节都塞满了人。他们是站票，不得不到处闪转腾挪，寻找一切能稍微舒服一点的空当。初次远行的新奇很快被酸痛的身体击溃，所有的注意力都放在不得不随时进行调整的肉体之上，这一条腿麻了，换另一条支撑身体，这一边身子僵了，换另一边倚靠，脖子酸了，活动一下，还要时时注意不碰到别人。餐车经过，如利刃剖开鱼腹，黏稠的分不开的人则像内脏被划破，等那辆小车过去又油腻地黏在一起。后半夜，她在一阵难闻的气味中醒来。座位上的男人脱了鞋，而她几乎就靠在他脚边沉睡。当然，肯定不能只怪他，还有泡面的味道，各种袋装熟食的味道，因为睡姿不正流出来的口水的味道。特别想哭，却没有哭的气口，迫切地想要逃出这个车厢，至少是逃出男人的脚，极力抽身，挪动的距离也没有超过十公分。后来还是睡着了，醒来时依旧没逃出那双脚，而在半梦半醒之中，频繁地想到候车大厅里的那个男孩，他瘸着一条腿，跪在每一个人脚下乞讨。大概是因为多看了他一眼，也有可能是穿得太漂亮了，那个男孩跳过别人，径直来到她面前，抱着她的双腿说，给我一块钱吧，给我一块钱吧。她怎么也挣不脱，最终还是钱超喝退了那个男孩。她害怕，又不解，钱超是老板，为什么一块钱就能解决的事情偏要动用威吓。在梦里，没人帮忙，所以一直不得解脱。

从火车上下来，好像已经不再是一个人，而是一架机器，冷着脸，不说一句话，听钱超的指令，跟着他转车，转车，再转车，走进那座气派的院子，没有一丝新奇，倒头就睡。

王雨婷被指派带她来买东西，在路上，兴致勃勃地介绍这里的情况，老板是一对夫妻，老板人很好，老板娘就不怎么样了，老板那么帅，也不知道怎么就看上了她，可能是因为她技术好吧……春蓝没有一丝兴趣，脑子都是木的。等到开始买东西，好像才真正活了过来。她被地摊上琳琅满目的衣服吸引，没有想买，只是单纯觉得好看。怀里的脸盆越来越重，她想回去了，但也没那么想，她把自己交给王雨婷。王雨婷毕竟是老江湖了。在老江湖的带领下，她买了一个肉夹馍。这个好吃得很。王雨婷说。确实好吃，走在路上，她后悔应该买两个的，一块钱一个，有点贵，家里的馒头一块钱四个，肉夹馍本质上只是一个小个儿的馒头加一小块肉而已，却卖那么贵。可真的好吃啊。吃着肉夹馍走在回去的路上，天已经黑了。走出那趟街，来到无人的巷子，再一次进行心算，母亲给的二百块，只剩下不到二十块了。第一天来到这里，还没开始干活，还没开始挣钱，就花了那么多钱。

几天之后，她开始明白为什么需要一个收音机了。原来收音机才是生活必需品，比牙膏和肥皂作用还大。干活儿的时候，所有人耳朵里都塞着耳机，除了哑巴，他什么都听不见，所以干得最快。电动缝纫机的声音此起彼伏，不间断地冲击耳膜，十三个小时之后在床上躺下，耳朵里还回荡着长长短短的机器声。声音的长短取决于哑巴干活的速度，他是这里最老的工人，已经二十五岁。一个房间那么多机器，只有他脚下那台能发出那么频繁且均匀的声音。哑巴长得挺好看，但没给她留下好印象，因为他总是嘲笑别人的工作，新人难免会犯一些低级错误，本来就羞，他一笑，更加无地自容了。还有他看人的眼神，总是色眯眯的，这让春蓝觉得恶心，所以总呛他。哑巴听不到，她说什么，他都笑嘻嘻的，这让她更生气，兴许他还以为自己看上他了呢，想到这里她简直气不打一处来。那么讨厌的一个人，却将他制造的

2

声音深深摄入她的脑海，如影随形，逃无可逃。工作时每个人都跟哑巴差不多，反正也不许聊天，还不如哑巴呢，他有天然的屏障，不必用耳机阻挡噪音。老员工每人驾驶一台机器，看起来高高在上，新来的只能干一些杂活，听任老员工差遣，搬一张小马扎辗转于机器之间，剪线头，穿拉链，修剪缝合处，用火烧去包边带上的接头，再用手按牢……所有工作都要低着头，眼前是踏板上扬起又踩在的脚，轰鸣的电机刚好悬在头顶。噪音最终会沦为背景音，脑子被一种奇怪的寂静占据，大概是长时间不说话的缘故，有人，却不能说话，以至于常常猛然发觉在脑中和自己说话——也有可能是和别人，说了很久才发现并没有说出口。总是恍惚，像是身处旷野，辨不清方位，像被关在密室，找不到出口，像做梦，没有醒来的方法。嘴唇黏在一起，喉咙里淤积着一口不知道该怎么办的痰。厕所在围墙外面，走过去大概一百五十米，这一段路上总在甩胳膊甩腿，清喉咙，大口吸气或者呼气，也有少数人会短促地、啊啊地叫两声，等走到头，又要闭紧嘴巴，吃力地蹲下。

十一点半，经过简单梳洗，身体像一副磨烂的旧手套扔在床上，懒得再动一下。还是要听一会儿收音机。点歌台里口齿清晰的主持人好像天上的仙女，语调轻松欢快，念出普通人的名字和明星的名字，传达来自人间的祝福，"一位叫小明的听众想要点一首光良的《童话》送给一个叫小红的女孩。他说，小红，我虽然不是王子，生活也不是童话，但你永远是我的公主。答应我，一定要幸福"。在动听的音乐里，忍不住操别人的心，这个小明是什么意思，"答应我，一定要幸福"，像分手后对着背影说的话，也像正对着臂弯里的爱人说，不管怎么样，祝他们幸福吧。午夜的电台节目丰富，情感问答，健康咨询，有声小说……王雨婷总听一个犯罪小说，吓人捣怪的，配着一惊一乍的音乐。刚开始觉得害怕，听进去却迷得不行，原来在恐怖的凶杀案背后藏着那么深的感情纠葛。小说结束才觉察到此起彼伏的呼噜声，宽大的土炕上躺着五个女孩，似乎每一个都打呼噜。她不知道自己是不是也一样。她总是最晚入睡。王雨婷关了收音机，她在黑暗中一动不动，紧紧贴着王雨婷，像在家时贴着春芳那样，然而床上还有别人，王雨婷也不是春芳。

拿着王雨婷给的十块钱，她买了几天前就想买的收音机。没有预期的快乐。王雨婷不光给了钱，还说了一堆话：怎么样，我没说错吧；你说你被罩买那么贵的干嘛，不就是好看点吗；没钱了可以去找钱超预支工资啊，我们都是这样的……她知道王雨婷没有坏心，可还是不痛快。她当然可以呛回去，不要她的钱，转而去找钱超，可是毕竟刚到这里，没干几天活儿就去找人要钱，她说不出口。再者，找钱超支钱势必要到他们屋里去，她不知道钱超的老婆会说出什么来，或许比王雨婷还要烦人，短短几天时间，已经可以看出这个女人不是善茬。于是，为了十块钱，她忍了王雨婷的数落。其实在王雨婷说话的时候她就不想借了，大不了再忍一

2

个月，可那样势必会得罪王雨婷，她不怕得罪人，只是不想没有朋友。在这里，她只有王雨婷一个朋友。

上午，她听音乐，心情舒畅，干活儿也快。下午昏昏欲睡，于是听评书，单田芳和刘兰芳，《乱世枭雄》和《杨门女将》，故事勾住心神，只要他们还在说，她就不会睡。不过也有一个坏处，就是听得入神常会忘记手里的活儿。有一次老板娘连叫三声得不到回应，挺着大肚子来到身后，伸手在她眼前晃了晃，吓了她一个激灵。嗨嗨，又在想谁呢你。哄堂大笑。她羞红了脸，一时找不到话说，只好把头低下去。猛然想起春芳遭受取笑的样子，又赶紧抬起了头。过了好一会儿，她走到老板娘面前说，我谁也没想，累了，歇一会儿不行吗。老板娘怔了一下，看出她的认真，行，可以歇，不过以后叫你你也要答应。这个变态女人，怀着孕还干活儿，挣多少钱是多呢。她更加看不起她。到了晚上，听什么都没用了，困意一浪浪袭来，只能强撑着。好在那时候老板娘也回屋了，她肚子那么大了，再想挣钱也要顾及胎儿。大家会小声地说一会儿话，这是一段快乐时光，一屋子有男有女，话题没有尽头，不过要注意声量，一旦有谁得意忘形又说又笑，必定招来老板或者老板娘。他们进来转一圈，至少可以保证半个小时的安静。能自始至终不说一句话的模范员工只有两个人，一个是哑巴，一个是老板的妹妹。那个身材高大的女孩有着和钱超一样的美貌，一开始，大家还顾及她，也许是真的忍不住吧，后来只能当她不存在。也许她会告密,也许不会,这是大家控制不了的事。晚上她也跟大家睡在一起,导致聊天不能放得太开,毕竟,最有共鸣的话题莫过于背后说老板坏话,而坏话必然要在当天说才最有效。于是只能趁上厕所的时候说,趁去买东西的路上说,趁到马路对面的土坡上散步时说,恰好碰到高大的她,总会立刻出现一阵令人不适的安静。这是没办法的事,虽然大家并不讨厌她,但也没有办法喜欢她,毕竟不是一路人。用春蓝的话说,以后她肯定也会开这么一个作坊,带着一伙儿年轻人没日没夜地加工各式箱包。换句话说,她终究是要做老板的人。春蓝的话换来大家的频频点头,好像她们才意识到这回事儿似的。春蓝很快就发现,在快乐的说坏话环节,自己的话总是特别多又特别精彩,有时难免失控,说完自己都惊讶于自己的恶毒。这让她收获了威望,同时也让她心慌,才刚来不到一个月而已,最有资格说这些话的人肯定不是她。每个人都应比她感受更深,有些人却一句话都不说。她开始有意识地控制自己,尽量少说,最好让别人去说。还有一件值得注意的事,千万不要在干活的时候走神,虽然已经明确知道大家不会因此笑话她了,但总这样也不是办法,毕竟,既然来了,就要干活。

3

屋子里飘着各种香味,一天到晚放着音乐,目之所及,全是好看的东西,墙上的彩色图画和明星照片反着光,色彩斑斓的瓶瓶罐罐码放整齐,镜子与镜子之间,人影交叠,好像穿行于魔法世界,还有一种叫空调的东西,不知隐身何处,总在燥热时送来清凉,毫无疑问,这是一份好工作。秋荣没想到能找到这么好的工作,全靠她的同学奈丽,这个小个子女孩鬼精鬼精的,脸上总挂着一丝吃不了亏的狡黠。还在学校的时候,奈丽就常常讲起这份工作,她的表哥在这里做理发师,每天接触的都是帅哥美女,都是城里人,随便给头发染个颜色烫个卷就是好几百块。染烫可是有提成的。表哥还有个英文名,叫杰克,别提多洋气了。秋荣对这些美丽幻想没什么兴趣,她想要的只是一份工作而已。她和奈丽算不上太好的朋友,事实上,她在学校里没有朋友。当意识到自己需要一份工作,她开始主动找同学聊天,问她们不上学了去干什么。干什么的都有,大多是去找父母,选择奈丽,一是因为她要找的不是父母,二是因为她要去的地方叫杭州——杭州,她喜欢这个名字,当然,最主要的原因还是父母,投奔父母的太多了,她不喜欢。

去杭州找杰克,她喜欢这个说法,于是就来了。在工作中才慢慢把奈丽当朋友,这应该算作她收获的第一份友谊。

头发被染成红色,她不太喜欢,但没办法,店里的所有员工都要时尚,这是硬性要求。她坚持不化妆,老板娘每次来都会说她,她低头哼哼一声,算是答应了,下一次,又以同样的面目出现。老板娘忍无可忍,亲自上手帮她拾掇,修了眉毛,粘了睫毛,把各种各样的膏粉往脸上抹。她闭着眼,竭力平息脑内的战争,是推开老板娘一走了之还是接受她的摆弄?最终理智战胜了愤怒,她知道自己没有别的地方可去。头一回,她忍了,紧接着就是第二回。看着镜子里判若两人的女孩,她也有点被震撼了,毫无疑问,是美的。你看,漂漂亮亮的不好吗,当初要你也是看你长得漂亮,天天跟个村姑似的杵在我店里算怎么回事。她这才明白门脸上的招牌是什么意思,"美丽殿堂",看来,美丽也是工作的一部分。一直以来,她都在跟美作对,为了这份工作,她只能接受漂亮这件事。后来,老板娘给了她几件短裙,腿那么长,露出来多好看。她没有穿过裙子,总感觉凉飕飕的,两条腿赤裸裸挺在外面,像新长出来的。她都有点讶异自己竟然那么能忍,后来她总结,可能是因为这里没有别人吧。穿就穿

3

吧,她想,反正也没人看见。

主要工作是给客人洗头,说起来,这跟美又有什么关系。她洗得很快,这是干农活的思维,长久以来,这类习性深入骨髓,干活,容不得一丝倦怠。受过几次批评之后,她不得不接受另一套说法,有些活儿,需要耐心对待。按摩头皮,顺带拂去耳垢,将洗发水在手心揉匀,再由下至上涂抹,最后,揉出泡沫……她用上所有技巧,三五分钟也就完了。常常有一种恐慌,觉得自己什么都没干,像个吃白食的。

没事就坐沙发上歇着,根本不累,有什么好歇的。同事们大多在玩手机,她没有手机,只能坐在奈丽身边,看她玩。刚开始,总是紧紧跟着奈丽,也只和奈丽说话,她没有认识别人的兴趣,也不知道怎么开口跟人攀谈。奈丽很活泼,可能因为杰克在这里吧,她有所依靠,说是有恃无恐也行。她很快就混熟了,叫这个姐那个哥的,说说笑笑,一副无忧无虑的样子。秋荣还没把人认全,她就喜欢上了店里的一个理发师,总是兴致勃勃地跟秋荣嘀咕他有多帅、他的一举一动多有魅力。这让秋荣难以忍受,不过她还是忍了,连自己的姐姐都管不了,凭什么管别人呢。那个理发师确实好看,他叫文森特,用英文叫很好听,有一种上扬的活泼感觉。她学了很久才学会这么叫他。起初,她想以中文发音称呼他,或者干脆叫他的真名,森林,这是不允许的,在店里,理发师必须要以英文相称,还要缀以老师,她算是第一次知道，老师不光讲堂上才有。在宣传册上，理发师都是从香港学成归来的，香港人有英文名，再正常不过。文森特应该不到二十五岁，却是店长级别的理发师，其实店长不是他，他只在价目栏里叫店长。让他剪一次头发，要八十八块，秋荣觉得难以置信，杰克剪头只要二十八，她也没看出两者有什么区别。也许是因为他帅吧，毕竟在这里，美也是工作的一部分。不得不说，奈丽很精，一下子就看上最厉害的那个。因为奈丽看上了他，她就看不惯他，没有原因，就是反感。其实文森特人还不错，说话轻轻柔柔，总把谢谢挂在嘴边。他越这样，越看不惯他，秋荣好像已经看到这个负心汉玩弄奈丽之后又将她抛弃的惨状。她不愿深想，越想越气。

在不远的城中村，两人租了一间平房。房间不大，两张床就占了一半，剩下一半放桌椅和煤气灶，后来奈丽又装了一个简易衣柜，屋里满满当当，行动都不太方便。奈丽的东西很多，她还喜欢买，导致房间越来越满。平时，她们喜欢去杰克屋里待着。杰克一个人住，相对宽敞很多。他屋里有电视，有电脑，还有一套音响。他喜欢听歌，狭小的房间总被音乐充斥，显得很热闹。电脑很神奇，想看什么，想听什么，敲打两下就出来了。秋荣很少提要求，她对电脑里的世界知之甚少，他们看什么她就跟着看什么。后来她还是好奇了，每一次杰克打开电脑，总有新奇的东西冒出来。于是她有了第一个目标，攒钱买一台电脑。

3

吃饭多在路边摊，后来秋荣开始试着做饭，她做饭不算好吃，却很喜欢做，这是一件可以掌控并能感觉到进步的事。下班时间很晚，只能趁上班之前买菜，那时的菜还很新鲜。每天，奈丽还在睡觉，她轻手轻脚地起来，穿过清晨的巷子，去马路对面的菜市场。巷子很热闹，早点铺和烟酒店，光着膀子的外地人说着各种方言，这让她感到亲切。因为还早，有时不会直奔菜市场，随便沿着一条路走，怕迷路，所以记住沿途的景物，再原路返回。原来这一条路通向那一条路，原来路和路之间总有路连着，新发现就是这么来的，敢于活动的范围也一点点扩大。买菜回来，先经过杰克房间，这时候杰克也起床了，打声招呼，顺手把菜放到屋里。等下班，三个人一起回来，她开始在轰隆的音乐声中做饭。按时间来说，都算宵夜了。奈丽不让她做，用习惯性的嗔怪表达关切，这都几点了，你咋总也闲不住。她笑笑，不说话。等做完，他们还是会吃一点，后来越做越好，他们也就越吃越多。买菜都是她出钱，杰克试图给过她，她没要。她觉得这是应该的，工作是奈丽帮找的，工作上，杰克也算对她有所照顾，为他们做点小事，还不是应该的吗。

吃饭的时候，大家围着电脑看视频，这是她最期待的环节。她迫切地想要知道世界上的其他人是怎么过活的，尤其喜欢现代剧。多是韩剧，因为奈丽喜欢。一开始，她看得如痴如醉，后来不可避免感到厌倦，说是厌恶也不为过。屏幕里的男女似乎只有谈恋爱这一件事可干，所有的悬念都集中在谁和谁会在一起，谁喜欢谁，谁会原谅谁，谁要离开谁……她更想看他们是怎么工作和生活的，然而却只演他们怎么吃饭和恋爱。在她看来，电视里的所有男女，痛苦和烦恼都是自找的，甚至，是活该。相比而言，她宁愿看香港鬼片，这是杰克喜欢的。鬼片里的男女也谈恋爱，好在很快就死了。她最喜欢的环节是女鬼讨债，大多是讨情债，女鬼们信念坚定，不说废话，循序渐进地展开恐怖活动，负心汉们被吓得屁滚尿流，她则大呼过瘾。杰克喜欢在紧张时刻大叫一声，吓得她们叽哇乱叫，继而对他又打又骂。不管是挨打的一方还是打人的一方都是笑着的，这是一种实在的快乐。她爱上了鬼片，并佩服那些女鬼。后来，她还受到一个女鬼启发，确立了人生目标。那是一个裁缝女鬼，不论给谁做衣服，总能做得合身又漂亮。街上的裁缝店都想把她挖过去，最终，她选择了一家老裁缝店，因为那家店里的老头很是能说会道，跟她讲了一番道理之后就把她打动了，所以她拒绝了给钱更多的那一家。那一家的老板不光有钱，还是个坏蛋，得不到她就把她给害死了。老裁缝店因此倒闭，有钱的老板一家独大。从那以后，他卖出的衣服总出问题，不是送出去的婚纱变成寿衣，就是好端端的衣服莫名淌血，而且总是胸口淌血，因为女鬼被刺的地方就是胸口。最后，有钱老板的服装店也开不下去了，就在关门的前夜，店里的衣服好像都有了灵魂，变成一个个人，胸口淌着血，把有钱老板给吓死了。这部电影叫《衣品》，这是老板娘总挂在嘴边的

3

话，因此她知道是什么意思。她还知道这电影说的是衣品，其实讲的是人品，然而这不是真正让她激动的事，让她激动的是发现了这样一个道理：那个裁缝女鬼为什么那么受欢迎，为什么所有人都抢着要她，为什么这样一个人会被拍成电影？也许她长得漂亮，也许她人品好，但那都不是真正原因，真正原因只有一个，就是她衣服做得好。秋荣恍然明白那句总是听到的老话是什么意思，"三百六十行，行行出状元"，人，必须要有一技之长，这成了她坚定的信念。原先以为只要一直干活儿就行了，现在看来不是这样，干活儿的人多了，有技术的却很少。于是，她迫切地想要学习一门技术，思来想去，好像能学的也就只有理发了，这成了她的下一个目标。

1

最重要的是笑。朝每一个走过来的人笑。也许来人只是路过,还是要笑。把商品递过去要笑。接过小票的时候笑。回答问题的时候对着后脑勺笑。冲离去的背影笑。大部分笑不是为了看见,只是为了确保被看见的瞬间是笑着的。提起双颊,弯下眼眉,微微地笑。这是再简单不过的事,这也算干活儿吗?放松下来的时候,脸部微微酸痛,这才知道,原来用脸也可以劳动。毕竟在这里,挣的就是脸上的钱。

其次是站,也是培训过的,提臀、挺胸,双肩不能塌。被要求收腹的时候,才发现根本无腹可收。你身材不错,叫小琳的店长说,继续保持。小米可就惨了,她有点胖,总被小琳督促,收腹,收腹。她苦着一张脸哀嚎,我收着呢店长。每一次大家都笑。她不好意思跟着笑,她知道小米有多辛苦,晚上回家,她取下缠在腰上的弹力带,总是汗津津的。小米是个快乐的女孩,笑起来很好看,在柜上笑一天,回来看综艺节目，还能笑得前仰后合。在火车站给她打电话的时候，听筒里传来标准的普通话，一下子拉远了距离，不过没说几句就爆发出爽朗的笑声，让她稍微放了些心。她找到柜台，怯生生报出名字，大家都说没有这个人。她以为自己普通话不标准，又说了几次，大家还是连连摇头。她愣在原地，一下子慌了。背后传来笑声，她兴奋地转身，看到小米。你说我真名她们当然不知道啦，小米说，不是告诉你了吗，就说找小米。她感到羞愧，大概是因为在火车上默念了太多次这个名字，田丫米，田丫米，田丫米——找田丫米，这个想法烙入脑海，以至于忽略了田丫米本人的嘱咐。几天后她才知道小米是她的客服名字，柜台上所有人都叫小这小那的，这样方便顾客称呼。小琳店长试图以小雪称呼她，她哆嗦了一下，连说不行。小琳很奇怪她的反应，不过也没有强求，好吧，叫大雪也行，反正大和小一样，都没什么意义。回到家，小米苦口婆心地跟她说了半天，大雪，你这样不太好啊，大家都是小字辈儿的，就你搞特殊，要叫大，你看哪一个不比你大。她有点理亏，觉得自己反应过激了，问小米可以不叫小雪吗，不叫小雪，叫小啥都行。小米来了兴致，帮她想各种跟小连起来好听的名字：小玉、小彤、小云、小萤……她们发现，世上一切美好事物跟小连在一起都会显得可爱。最后，大雪选了小莲。小米问她为什么选这个，她想了想，没想出个所以然，我也不知道，就是觉得好听。小米又问她为什么不愿意叫小雪，小雪也很好听啊。她想了想，不觉想了很多，没等回答，小米就睡了过去。第二天，她找到店长，说愿意叫小雪这个名字。

学着给自己化妆，这是另一条硬性要求。那么多瓶瓶罐罐，自己都不知道怎么用，怎么卖给别人。随便几个小瓶子加在一起就要好几百块，甚至上千，这着实吓到了她。她也是第一次知道抹个脸还有那么多道道。从小用到大的郁美净，不过两块钱一包，也只是冬天才用。在这里，白天抹的和晚上抹的是不一样的，先抹什么后抹什么也是有讲究的。小米的化妆技术还不错，教会她不少东西。出租房里有不少从柜上拿回来的试用装，那是大雪学习化妆的主要材料，她没有钱按需购买，只能就地取材。长时间对着镜子，对自己的脸越了解，就越不满意：皮肤太差了，不够白，还有痘印，只能使劲搽粉；颧骨高，黑，就猛扑腮红；眉毛杂乱，于是画得又黑又粗；因为是内双，就用双眼皮贴将上眼皮折叠起来……这样胡乱改造，反倒越来越糟，第一次给自己化完妆，臊得不敢出门。后来晚上回来也化，不是为了给人看，仅仅是为了进步，在错误中一点一点掌握要领：接受自己的黑，不要强行求白，用黄色系的粉底和遮瑕一样可以提升肤色；腮红不是越多越好，轻轻一扫，反而自然；也不必每次都用眼皮贴，用好眼线笔，单眼皮也可以变得有神，反而比天生的双眼皮多了一种选择……化了洗，洗了化，她能感觉到自己的进步。之前没有注意过自己的脸，只是觉得不好看，因为太黑了，皮肤也糙，这一点随父亲和爷爷，他们都是粗黑的脸膛。没想到世界上还存在这么一种魔法，只是在脸上涂涂抹抹就可以变得好看，这让她为之着迷。身材本来就好，再加上好的妆容，居然有点美女的感觉了。很快，就有同事向她讨教，她也说不出个所以然，只能亲手帮人画。店长小琳因此对她有所改观，看来，这个木讷的女孩也不是一无是处嘛。在业务方面，好的妆容同样有所帮助，起码那些和她一样黑的顾客会毫不迟疑购买她所推荐的产品。工资的很大一部分，靠的是开单量，这或许可以算作迈向成功的第一步。

更难的是说话。在家的时候，勉强算是一个能说会道的人，不管是邻居还是家人，总能让人觉得舒服。开口之前，必定先笑，让人觉得被讨好。笑容还能掌握，却不知怎么开口了，家里的语气和声调明显不适用于这里，更要命的是，说不好普通话。开口之前总是心虚，怕人嘲笑自己的口音，也怕人家嫌弃自己不够专业。站柜台，吃的就是开口饭，不说话怎么行。只能强迫自己去说，因为准备太久，常常显得生硬，"您好，需要点什么"，好像不是说出来的，而是扔出来的。每当顾客扭过头来，她就痛苦地知道，又失败了。若是说得足够自然，顾客是不会意识到你的存在的，从而可以很自然地把生意做下去。一旦开了这么个坏头，接下来就变得很尴尬，木然跟在客人身后，说也不是不说也不是，眼睁睁看着到手的生意跑掉，或是跑到别人那里去。后来她发现，练单独的一句是没有用的，因为只会那几句，因为太想说好了，反而说不好。她开始跟着电视说话（小米很烦，不过还是表示了理解），买了收音机，走在路上时跟着电台里的人说话。跟小米说话，不是为了交流，仅仅为了说话。半年之后，她再也没有怕过说话，紧接着，她的业绩超过了小米。小米再度沦为跑腿的，往返于仓库拿货，帮大家带饭，去别的柜台调货——这之前都是她的活儿。小米是三年的老员工了，还是给她饭碗的人，从心里，她觉得对不起小米，与此同时，她也为肉眼可见的进步感到开心。反观小米，她似乎依然快乐。

又三个月，她的业绩超过了店长小琳。有了固定的熟客，买了手机，客人不用来店里就可以通过她买东西。小琳不像小米那么知足常乐，被超过多少有些不舒服，跟她说话也酸了吧唧的。她开始考虑换个工作，不是因为小琳，她一点都不怕她了。她撬了小米的单。趁小米去拿货的空当，她将一千多块钱的货一口气卖给一个中年女人，这个女人是小米的熟客。小米知道后很不高兴，也没有要她给的钱。钱有什么用呢，小米说，业绩还不是算在你头上。她郑重地道歉，咬死忘了业绩这回事（按理说，应该在当天把单子转到小米名下的）。她不敢承认真实的想法，因为这张单子太大了，因为有了这张单子就有可能冲击当月的销冠，她太想赢了，以至怀着侥幸心理负了唯一的朋友。她能感觉到两人之间有了隔阂，或许还有人在背后挑唆。她知道这份友谊很难挽回了，而小米，她可是光辉的表姐啊。怎么就成了一个忘恩负义的人，她不由得心慌，拿了奖金，又没有办法不感到开心。可笑的是，已经没有可以一起庆祝的人了。不过这也不是最主要的原因，最主要的原因是她发现还可以更进一步。一个客人开玩笑说，你业务能力这么强，卖什么杂牌子，去卖大牌啊。这个人无意中说出了她潜藏已久的想法。休息的时候，去逛别的商场，发现同样是化妆品，人家卖一瓶就抵得上她们卖一套，要是卖一套呢，那得多少钱，又能拿多少提成。她把这个想法跟小米说了，小米付之一笑，让她不要痴人说梦了，人家那服务的都是高端客户，售货员肯定也都是高端售货员，我们哪有那资格。她想想也是，也就没再提这茬了。是那个客人提醒了她——或许到手的奖金还刺激了她——可能当前的局面也促使了她——反正她决定了，拼一把。

穿上最好的衣服，带上所有的钱，尽量以一个顾客的姿态走向那些发光的柜台，挑最贵的商家，买一样最便宜的东西，走出商场的时候，包里起码装了五个品牌的产品，不过最大的收获在手机里，那里面有至少五个柜姐的电话号码。此后的晚上，她大多时间用来跟这些人发短信，借由询问产品信息到偶尔一两句的闲聊，再到慢慢熟悉，她用了两个月，直到最终锁定目标，问出她们是怎么得到这份工作的。面试的时候，手心里的汗浸湿了大腿，不是因为紧张或者应付不了局面，而是能感觉到就要夙愿得偿，能感觉到自己的对答如流和对方的满意。领到那一身漂亮的制服，她穿着它，走上那条每天都要经过的步行街，把街上的小吃吃了个饱。

2

过了十二点,所有人都睡了,只剩下她和王雨婷。这下可以尽情说话了,不过已经没了说话的力气。她用纱剪一下一下挑开绵密的针脚,再猛力撕开缝合在一起的布片,捋掉虚浮的线头,防水布上密集的针孔显露出来,让人心烦意乱。王雨婷的缝纫机时断时续,发出笨拙的喘息,让人更烦。

笨死你算了,反正都能搞错。春蓝说,一头大一头小看不出来吗。

你不笨,修边儿的时候你咋不说。王雨婷说,这下好了,料子被你修那么小,我更难轧了。

那是你技术不好。

你是来帮我的还是来骂我的。

当然是帮你了,好心当成驴肝肺。

那就别叨叨了。

2

春蓝不再说话，重复着手里的动作。困意袭来，脑袋下坠，鬼使神差地，又开了口，你说你，错了就错了呗，老板娘也没说要加班，非得现在弄……她意识到不能再说下去了，再说下去无非是抱怨的话，太困了，受了她的连累云云。抱怨不是她的本意，她只是心疼王雨婷。头顶一片静默。她抬起头，看到王雨婷拧着眉毛踩动机器，吃力地对付着手里的两块布。你别急，她说，越急越干不好。王雨婷还是不说话，缝纫机一下一下响着，像爬不上坡的拖拉机。拖拉机还能帮忙推一把，缝纫机旁人是插不上手的，这是巧活。同样的机器，在哑巴脚下风驰电掣，到了她这里就半死不活，只是因为刚开始学吗，肯定不是。就是笨。因为是老员工，所以就让她踩机器，也不管是不是合适，春蓝觉得这不公平。当然她也不奢望初来乍到就能学上这门手艺，毕竟踩机器是用来挽留员工的一大筹码。好一会儿没有动静，她抬起头，看到王雨婷趴在操作台上一动不动。她站起来推她的肩膀，问她怎么了。王雨婷抬起头，眼睛通红，你说，我是不是太笨了。春蓝顿了一下，说，你乱想啥，谁能一口吃个胖子，新手哪有不犯错的。王雨婷抽了两下鼻子，说，你回去睡吧，我一个人慢慢干。春蓝有点欣慰她能认识到自己的帮助不是应该的，她提高声音说，哎，乱说啥呢，我帮你还不是应该的。你慢慢干，就是到天亮我也陪你，其实……她赶紧打住了，她想说其实明天干老板娘也不能说什么。凭什么给他们加班，又没有加班费。她有点恨铁不成钢，这些人太软弱了，干错活儿还不是常有的事，为什么要怪罪自己。当然，她也知道铁就是铁钢就是钢，跟铁说钢的话是没有用的。也有些心虚，自己是铁还是钢，好像也仅仅是嘴上刚吧。她痛恨自己改不了这个毛病，老是管不住嘴。

其实什么？

其实我也没那么困。她说，咱们听歌吧。

午夜电台很难找到歌曲，好在她们有一卷磁带，"网络劲曲大全"，全是苦情歌，配着迪斯科的节奏，各路歌手为爱情嘶吼哀鸣，字字泣血，什么"我在佛前为你求了几千年"，什么"你身上有他的香水味"，或者"为你披上一身羊皮"，又或者"让那擦干又流出的泪水/化作满天相思的雨"……唱得是无所不用其极，都抢着做最悲伤的人。鼓点又是欢快的，欢快强化了悲伤。这是一种撕裂的悲伤，一面狂欢，一面悲伤。她们都没有谈过恋爱，不过并不妨碍从这些歌曲里汲取力量。在音乐的带动下，王雨婷的机器似乎也发出了欢快的怒吼。

你俩咋还不睡？

春蓝回头，是崔志杰。她没好气地说，你咋不睡？

我去上个厕所。

那你去啊。

算了，我帮你们吧。

崔志杰蹲在她身边，帮她拆除王雨婷的劳动成果。他动作麻利，干活的手法也不一样，先把一边的线挑松，再撑开布片，将纱剪的刃口伸进去，轻轻一划线就全断了。他这样拆三个，春蓝一个都拆不完。这就是老员工。他在这里三年了，机器踩得贼溜，活干得有点毛糙，也经常返工，不过都不是大问题。

厉害啊。春蓝说，我咋没想到呢。

脑子。崔志杰说。他笑着，赶在春蓝出手之前歪了下身子，不过还是没能躲开，春蓝的巴掌在他后背发出一声清脆的"啪"，他像武侠片里中了高手的绝招一样从喉间挤出惨烈的一声"啊"。就你能得很。春蓝说。她感觉这一掌拍得有些重了，在学校里从没和男生打闹过，所以总也掌握不好火候。这一掌没有影响崔志杰手里的动作，他还是干那么快。春蓝也学起他的方法。面前的布片迅速化作两半，堆到王雨婷手边的凳子上，把她整个围在里面。

我学会了。春蓝说，要不你帮王雨婷吧，我俩给你打下手。

王雨婷从机器上下来，重重喘了一口气。缝纫机终于得以畅快地运转，被重新缝合的布料源源不断地落下来。这台机器在王雨婷脚下吭哧了那么久，如今换了个人，似乎连声音都变得悦耳了。活儿很快干完，在厕所里，王雨婷嬉皮笑脸地恭维她，还是你厉害，不然得干到猴年哪月去。跟我有啥关系，你应该谢谢崔志杰。我为什么要谢他。王雨婷笑得更讨厌了，没有你他怎么会帮我。她的脸一下子红了，作势去打王雨婷，我让你胡说八道，我让你胡说八道。两人打打闹闹从厕所出来,看到门口的崔志杰瞬间安静下来。吓我一跳,她说,你咋还不去睡。哦,崔志杰说,我看会儿星星。三个人一起抬头,头顶黑糊糊一片。哪有星星啊,王雨婷说,净瞎说。崔志杰说,那是你眼神不好。你眼神才——噢,我明白了。王雨婷点着头往院里跑,原来咱们说的不是一个星星啊,你们看星星吧,我先走了。话没完,她已经消失在门洞里。春蓝急吼吼追上去,声音微弱地朝她喊话,什么星星,谁要看星星了。

在严肃的勒令之下,王雨婷答应不再开他们的玩笑。真搞不懂你,王雨婷不甘心地说,崔志杰不错啊,可以说是咱这儿最帅的一个,要是看上我我得高兴死。那我告诉他,说你看上他了。两人又是一通打闹,不过已经是最后一通,王雨婷知道她的脾气,凡是她接受不了的玩笑肯定不能开。少了王雨婷的煽风点火,崔志杰对她的好就很难显露出来了,她可以照自己的想法将其当作一种普通的好。他是个好人,她只能这样想,他对谁都好。她不能确定崔志杰是不是真的对她有意思,是王雨婷的玩笑提醒了她,害羞过后,确实也隐隐有些高兴,继而细细留心,发现王雨婷所言并非全无道理,于是心惊胆战起来,好像已经听到有人议论,她怎么能这样呢?似乎母亲就在眼前,蓝,你咋那么不懂事?她不敢再往下想,只能用那样一种想法来应付当前的局面:也许他就是这样一个好人,他的好可以对任何人。

要格外注意的事情又多了一件。虽然还是会跟崔志杰斗嘴，但很少打他了。有时候打完才发现失了态，合上笑脸快速走开，似乎更失态，但也只能这么做。不能让崔志杰觉得自己喜欢跟他打闹，虽然确实喜欢。失态，失落。为什么总也不能很好地控制自己，因此难受。睡眠太少，总莫名烦躁，所以也会失态。从早起的镜子里看到表情呆滞的脸，痛恨，厌绝，由此想到这副表情总在疲惫时挂在脸上被每一个人看，真是失态啊。当然可以动用面部肌肉改善一下，但是懒得动，因为这样最舒服。这是一种破罐子破摔的失态。连睡觉都不能称心如意，谈什么恋爱，可笑。总是忍不住抱怨伙食，好像是一个很贪吃的人，炒土豆，炒白菜，总是这两样，一点香味都没有，好像是用水炒的而不是油。好几次，饥肠辘辘地跑进厨房，看到桌上的盆子里装着上顿的剩菜，又黑着脸跑出去。火气冲天，又不舍得花钱，于是只能饿着。痛恨那些狼吞虎咽的人，像猪食一样的东西，还吃那么香。在这一点上，她看不起崔志杰，当然，她看不起所有人，包括自己。还有加班，加班让失态成为常态。脑袋像灌满了铅，抬起又落下，恨不得在眼睛里塞一根竹签，让它再也闭不上。极度的困让每一个人处于崩溃边缘，却没有一个人说不，也没有一个人真的崩溃。他们应对崩溃的办法就是拼命地干，可能觉得干完就能睡吧，可活儿是干不完的，这一单完了还有下一单。她不信没人看透这一点，但是从来没人说出来。她也不说，凭什么，别人都在装傻，我要冒出来自作聪明。有一次，钱超接了一单急活儿，或许还是一单大活儿，那次做的双肩包极其复杂，连经验丰富的哑巴都频频出错，于是只能加更多的班。一连七天，没有一次性睡满过四个小时。到第五天，所有人都不说话了，只是干活儿，吃饭，睡觉，上厕所。往日欢声笑语的饭桌前像围着一群僵尸，只剩下机械的咀嚼声。不时有人在车间里睡着，这是被默许的，不过一旦超过半个小时就会被叫醒。先是听到钱超温柔的呼唤，继而看到他那张帅气的笑脸。在第五天的夜里第二次被叫醒，她有点羞愧，更直接的反应是想哭，不过她忍住了。她直视钱超的笑脸，意识到此刻脸上正挂着那副痴呆傻相，继而觉察到嘴角半干的口水，那让她更羞愧，从而燃起难以控制的怒火。她原以为自己会喊出来，或者是干脆骂出来，不过没有，她环视整个车间，平静地说，看到了吧，她也在睡，你怎么不叫她。她看着那个高大漂亮的女孩，钱超的妹妹，她的机器还响着，人虚伏在案上一动不动。钱超轻声叫她，三声都没有回应，第四声，音量大了些，或许这是做给其他人看的，却不小心吓到了他的妹妹。那张漂亮的脸从梦中惊醒，同样呆滞，挂着口水，紧接着，哭了出来，然后才想起去捂住嘴。你哭什么，钱超说，好啦，别哭。别哭啦。他说。她还是捂着嘴，一动不动，似乎听不到钱超，似乎没注意到所有人都在看她。也太失态了，春蓝想，突然生出一阵同病相怜的悲凉。这个样子给人看到，很丢脸吧。她看了一眼崔志杰，他的机器还响着，连哑巴都停了，他的机器还响着，真是可恨。钱超发现自己的劝慰毫无成效,清清嗓子走了出去。十分钟之后,他又进来,让大家去睡。春蓝看了看表,才三点。

3

秋荣走在街上,把每一个招牌兑换成相应的技术。理发是学不了了,她跟奈丽起了誓,绝不靠近任何一个理发师。当时太过激动,没觉得这话有什么问题,等来到街上,才发现话说得太大,依照誓言,就不能再找理发店的工作。这倒不是气话,只是没有表述清楚,她的意思是不会跟任何一个理发师谈恋爱,却用了靠近二字,不过幸好是那样,得亏说的不是靠近任何一个男人之类的话,虽然那是她的真实想法,要是真说出来,那可就什么工作都没法找了。

饭店——厨师,服装店——服装设计师,蛋糕店——蛋糕师,影楼——摄影师,律所——律师,学校——老师……几乎每一门技术后面都对应着一个什么"师",而这个字距离自己似乎十分遥远,思来想去,好像能与之发生点什么关系的就是厨师和蛋糕师。这两样她隐约知道工作内容是什么,学起来应该也不难。不管走进哪一家店,人家似乎只想要她当售货员或者收银员，反正就是站在人前的工作。这应该是容貌造成的。在理发店，和奈丽去发传单，她发两摞，奈丽一摞都发不完。她深知这跟工作能力没有关系，奈丽阳光活泼，能说会道，她呢，不吭不声，普通话都说不利索。可路人就愿意接她的传单，冲奈丽连连摆过的手，到她这里却伸了出来。奈丽更生气了，对美貌的埋怨是笑着说的，长得好看就是吃香啊，干什么往那里一站就成了；对这份工作的埋怨才是真的埋怨，你说你，在店里吹空调不好吗，非得找罪受，还拉着我垫背。奈丽说起后者明显比前者语气更重，她却更在乎前者。事实如此，她无可争辩，只能让奈丽站树荫下歇息，自己负责发所有传单。为了学理发，她从老板娘那里讨要一切能干的活儿。在这一行，女理发师寥寥可数，但她坚信自己能行，老板娘受不了她的软磨硬泡，最终松了口，我无所谓，有人愿意教你就行。她大喜过望，险些搂住老板娘亲一口，不过还是克制住了，只是任由双手微微发抖。她早就搞定了杰克，让他教自己，没想到文森特站出来，对老板娘说，我教她吧，看她热情那么高，应该是个好苗子。老板娘当然不敢得罪文森特，随便你们，不耽误工作就行。那时候当然可以申明要跟杰克学而不是文森特，但那似乎太不识好歹了，真正的原因她没有说出来，学艺，当然要跟更好的那个学。

她成了文森特的助理，为他的客人端茶倒水、忙前跑后；调配染发剂、烫发剂，用卷发棒卷起长短不一的头发；

时刻听从召唤，帮他干各种杂活儿，还自发带饭给他。这个讨厌的人，成了她打心眼里感激的人。换来的学习机会就是空闲时得以站在他身后，不错眼珠地观察每一个动作，暗暗记下所有步骤。碰到熟客，文森特有时会边工作边跟她讲解几句，不要小看这短短几句话，也许看半年才能领会得到，还不一定对。拿客人做教学模型是不被允许的，文森特为此动用了他的好人缘，每次都会客客气气地请示，我能跟我的学生说两句吗，这个小姑娘非常爱学。他很讨客人喜欢，尤其是女客，因此基本都能获得许可。秋荣感激得不知如何是好，只能给他带更多的饭。没有感觉到任何不对，也许是一心都扑在学技术上了吧。后来他开始在下班后教她，用来练习的头模很贵，照她的法子练，一个月用坏的头模恐怕比她的工资还多。她毫不心疼，能免费学技术，还是跟文森特这样的高手学，花点钱算什么。很少再有机会跟奈丽和杰克做饭看电影，回家的时间越来越晚，大多和文森特一起度过。学习之余，也会顺道去吃饭逛街。文森特待她很好，什么事都照顾得面面俱到，回想起来，她都惊讶于自己的愚蠢，怎么会看不出来他别有所图呢。后来奈丽都看出来了，她还是没看出来。奈丽焦躁不安，完全不信他们只是在学理发。秋荣起誓不会跟她抢男人，我对男人一点兴趣都没有，我只想学技术。话说到这份上，奈丽也没有别的话说了，不过还是一副不放心的样子。几天后，她带来一个放心的方案，你跟杰克好吧，我问他了，他说很喜欢你。秋荣连连摇头，气不

3

打一处来，她想不明白为什么奈丽满脑子就装着这些乱七八糟的事。跟你明说了吧，我跟谁也不想好。她气急败坏地说，所以，把心装到肚子里去吧。那晚算是不欢而眠，黑暗中，两个人躺在床上置气，翻身与喘息清晰可闻。她打算第二天再向奈丽道歉，用这一晚的坏气氛表明态度，很有必要。然而第二天发生的事情超出预料，毁了她所有计划。下班后，她不再跟文森特学理发，而是回家做饭。没有去杰克屋里做，她想做完再端过去，算是给他们一个惊喜吧，然后跟奈丽道歉，或许还要跟杰克道歉。做饭的时候，她一直在想道歉的话，说软话，向来不是拿手的事，所以她想得很辛苦。文森特不请自来，倚在门框上看着忙碌的她，开玩笑说，又给我做饭，我都胖了。谁给你做了，她说。转念一想，或许可以做完大家一起吃，于是她又说，对，就是在给你做饭。再一想，现在带文森特跟奈丽吃饭似乎不是好时机，毕竟昨天才因为他吵完架，可赶他走似乎又不像话，他在这里，也不方便跟奈丽道歉。算了，明天再跟奈丽道歉吧，她想，今天这顿看来只能给文森特吃了。吃饭的时候，文森特说出了那些话，都是甜言蜜语，还是那么一张帅脸说出来的，还是那么深情款款说出来的，她感受到的却只有愤怒，脑子里回旋着他那句开场白：从一开始，我就喜欢你，不然我怎么会抢着教你呢？这个表达一见钟情的常见句式深深刺伤了她。什么意思，教我，就是因为看上我了？她没有心思再听他的辩解和接下来的表白，满脑子都是这句话，回旋，回旋，回旋，像利刃扫清了战场，只剩下狼藉的愤怒。所有的帮助和承认仅仅因为她是一个好看的女人。好看靠得住吗？母亲也好看，看厌了还不是被抛弃。所有努力都白费了，到头来靠的还是好看，甚至从一开始就是。文森特还在说话，悦耳的字词从他嘴里飘出来，没办法在她耳中连成句子。他很好看，可她觉得恶心。她忍着不发作，想要学习技术的欲望作为最后的理智不断提醒，不能得罪他，不能得罪他，不能得罪他……慌不择食地寻找借口，或许这是最烂的一个：奈丽也很喜欢你，你知道吗？她会伤心的。文森特没把这当成拒绝，而是当作了最后一个条件，他迫不及待地表明心意：我从来没有喜欢过她，感情是强求不来的。紧接着就听到奈丽伤心的脚步疾速远去，她不知道奈丽从什么时候开始听的，也许到这一句再也受不了了吧。就像她听到那一句：不然我怎么会教你呢。她用同样的一句回绝了他：我也从来没有喜欢过你，感情是强求不来的。她把文森特晾在屋里，跑出去追奈丽。奈丽同样听不进任何话，可能打心眼里已经把她视为一个忘恩负义的坏人。她只能发最重的誓，来表明自己的心意。

第二天她就辞了职，伤心过后的奈丽或许也意识到她所言不虚，反过来劝她，让她回去。她也动摇过，在动摇中愈加坚定，如果这样就回去，怎么证明自己所言不虚呢。她让奈丽死了这条心。我虽然读书少，她说，但也知道什么是覆水难收。于是，她来到街上，想要再找一份工作，她的要求只有一个，能学到技术。

第四天，她逛遍了整条街，有的店铺去了两次，一无所获。不少店主热情挽留，给出不错的待遇，可那不是她想要的。第三次来到这家面包店，笑容可掬的女店长还是那套说辞，公司要招的是成熟的面包师，上来就能干的那种，不是学徒。你可以做收银，导购也行，你一定可以的。女店长语气诚恳，一直笑着，看起来特别亲切、和善。秋荣差点忍不住答应下来，跟这样的人一起工作，一定很开心吧。可她明确地知道，自己不是奔着开心来的。您可以再跟公司商量商量吗，她几乎是在央求了，我不要钱，让我学做面包就行。女店长被逗笑了，旋即收住笑容，更加温和地说，这是公司规定，没办法商量的，你为什么非要学面包呢小姑娘，做导购一样有发展的，你看，我就是导购升上来的。那你有面包师挣得多吗？她问，很认真地等待回答。女店长又笑了一下，说，这不好说。

从面包店出来，坐在街边的长椅上，她忿忿不平。这个笑容和善的女人似乎跟其他人没什么两样，费尽口舌就是想要打消她学技术的念头，乖乖去做她们所说的什么导购、收银、前台接待。几天来，她对这几个词深恶痛绝，导购就是卖东西，收银就是收钱，这有什么技术可言，还有那个前台接待，不就是坐在柜台后面对客人笑吗，更无聊了。她想不明白的另一个问题是公司，这究竟是什么意思，为什么公司规定了就不能商量了，难道公司后面没有人吗，有人不就可以商量吗。想到这，她一个激灵坐起来，冲进去问女店长，你们公司在哪里？这次女店长没有笑，冷冰冰地吐出两个字：北京。

中午，坐在路边的小店，照例要一碗片儿川。没有心情吃，只能硬吃。也许应该回家做，把这一顿省下来，反正这条街已经逛遍了，吃完饭还是要回去。之前吃得下，是因为怀着希望，那么大一条街，还找不到一份好工作吗。就是找不到，好像是老天爷在对她说，你就是找不到。第一次，她心慌了，明天怎么办？这城市一定还有别的街，可她不熟悉，再说，这条街找不到，别的街恐怕也够呛。吃了半天，面还有半碗。面馆里很热闹，不断有人在她面前坐下，七上八下吃完一碗面又匆匆离去。她羡慕起这些陌生人，他们匆忙，因为有事可干。他们都有自己的工作。

你好，嗨，你好。对面的男人在她眼前挥了挥手，听说你在找工作？

你怎么知道？她警惕地看着他。这人看上去三十多岁，穿一声西装，头梳得很亮，看起来像个老板。

这条街就那么大。他嘿嘿一笑，听说有个美女逛几天了，怎么没去我那儿。

他递过来一张名片，秋荣接过来，上面有三个烫金的大字：尚足苑。她记得这个名字，街角的一家小门脸上，木质的招牌写着这三个字，也是烫金的，门上挂着木质珠帘，缝隙里透着幽幽的光。她不知道这是什么店，凭感觉以为和旁边的茶叶店差不多，卖的都是她不懂的东西。

怎么样，有没有兴趣来我这儿。

你那儿是什么工作，能让我学技术吗？

太能了。男人探过身，神秘兮兮地说，我给你的工作，就叫技师。

1

第一个月的工资显示在屏幕上,一阵心悸,过了好久才发现憋着气。虽然早知道是这个数,真的看到,并拿到,才被吓到。把现金塞进挎包,左右看看,伸手去拽缓缓吐出的卡片。快步离开,像离开案发现场。

坐在街边的长椅上,捂着腿上的包,恍然惊觉:为什么要把钱取出来?这样多不安全。用力捏着包,透过人造革、绕过杂物去感觉那一沓的厚度。生平第一次把那么多钱捏在手里,完全可供自己支配的钱,光明正大挣来的钱,仅仅是一个月的钱,还是业绩不良的钱,那么多钱,用来干什么呢。首先想到二雪,也许可以救她出来,她过得顺心吗?那个吹喇叭的白瘦男孩有没有欺负她?想到爷爷,还有奶奶,他们年纪大了,不该在外漂泊了,他们在哪里?

逛街的人群脚步如织,像城市的齿轮不停地转,被鞋吸引,往上去看衣、包、表、人,再近点的,看到各种闪光的首饰。供职于一座品牌的大厦，也对品牌敏感起来。这是同事分享的经验：看人，先看衣。那也是钱。对工作有了新的认识，伺候有钱人。就是这样。有钱人和有钱人还不一样，越有钱的人，越不需要你的殷勤，调整笑容，不能太谄媚，也不要一直笑。不能刻意夸奖，最好装作是发自内心的自然流露，大多时候，确实忍不住就夸出口来，太漂亮了；这个色号和您真配；皮肤好好；您哪有四十岁，别骗人了……羡慕得太逼真，于是被受用。女人嘛，要对自己好一点。被广为认同的广告词，从没想过适用于自己。我是什么人？低头看到自己的脚，突然面红耳赤。把钱重新存进ATM。回到工作的商场，逛了一圈又一圈，被那双打折的跟鞋挑中。那是预算的极限，五百块，占工资的十分之一，是脚上那双的二十倍。工资不过是原先的三倍。花三倍的钱买二十倍的东西，凭什么？大方地递卡过去，回家的路上又开始心疼。

穿上新鞋，走在路上，似乎也成了一枚合格的齿轮。

小米气还没消，但也没发出来，她只是没笑。大雪一连说了几句好话，都没让她放松警惕，低头看到脚上的新鞋，突然激动起来，对了，你也来我柜上吧，我给你介绍，这样我们又可以在一起了。小米哼出一声笑，沮丧地说，算了吧，我哪有你厉害。她听得出来，小米本意并不是讽刺，虽然这话说出来像讽刺，也许外人会以为在讽刺对方，大雪觉得她更像在讽刺自己。那让大雪更难受。两个人又没话说了。大雪咬住吸管，吸出深红色的饮料。小米那杯是黄的，她没怎么喝。你快喝，大雪说，等会儿就不冰了。小米也吸了一口，小声说，我该回去了。她往商场走去。大雪叫住她，顿了一下才问出口，你能把光辉的电话给我吗？

时隔一年，光辉的声音变了，讲话也沉稳了，接到她的电话，依旧显出快乐，听小米说你找了个新工作，工资更高了，可以啊。

对啊，你啥时候过来，姐也帮你找个。

那敢情好，以后就跟着你混了。

别耍嘴皮子，你快来呀。

我是想去，那也得等我毕了业啊。

还毕业，快别搞笑了，你还要上大学不成。

是有这个打算，知识就是力量嘛。

就你那成绩还上大学，现在不考零蛋了？她笑起来，笑了好一会儿才猛然收声。光辉为什么要拿这种事情开玩笑，如果可以，他肯定会来找她的。她一直有这种感觉，一旦离开学校，光辉就会过来，那时候她在这里就有朋友了。她也想过，等安定下来，或许可以提前邀请光辉过来，甚至是二雪，甚至是爷爷还有奶奶，那样不光有朋友，连亲人也在身边了。现在光辉有了新的计划，完全超出了她的计划。

是真的吗。

真的啊，别以为我在吹牛。

那真好，你肯定行的。她说。手机从脸颊滑开，她重新举起来，换了个口气说，你知道二雪现在怎么样吗，能帮我要她的电话吗。

我后来也没见过她了。光辉说,听我妈说她回来过,吃胖了,应该过得不错,等星期天回家我去问问你爸,他那里应该有电话。

好。她说,别说是我要的。

我知道。

谢谢你。

跟我客气什么。

突然说不出话来,挂了电话,还是说不出话,好像舌头被上颚黏住了。第一次,旷了半天工。之后的几天,常常不自觉想到光辉,那样的童年,竟然也有可供回味的部分。光辉家只有他一个孩子,他的父母都很老实善良,她一直以为光辉会是一个幸福的混世魔王。他被宠爱着,毫无疑问。他的父母从不打他,他的母亲连骂人都不会。没想到,他也学会了珍惜。应该为他高兴,必须要为他高兴。柜台上,每天都有一掷千金的主顾,那些女人买一套抹脸的动辄四五千块,她们肯定是随心所欲的吧,可她们的笑脸也没那么多。光辉一直都是嘻嘻哈哈的,小时候,他考了零蛋被老师训斥,还是嬉皮笑脸的。他新买的书包被别的女生弄脏了,她为他打抱不平,他却笑笑说没事。她嫌弃他没脸没皮,嫌弃他像他的父亲一样软弱,可看到他笑,又总是忍不住也想要笑。那时候的笑,可不是摆出来的。现在他有了自己的主意,理应为他开心,确实要为他开心。

星期天，光辉打来电话，给她二雪的号码。他们嘻嘻哈哈聊了半天才挂。他讲学校的事儿，惯有的轻松幽默，每一件都让她哈哈大笑。她几度要讲柜台上的事儿，都忍下了，那对他来说一定很新鲜，可那些事儿跟他有什么关系呢。电话里夹杂着院子里鸡鸭的叫声，那让她觉得亲近，脑子里转着那一小片区域的路和砖房，包括不远处自己的家，想到正在那座院子里生活着的父亲和那个小个女人，就此中断。话筒里传来光辉母亲叫他吃饭的声音才挂电话，接着吃已经凉透的盒饭。从小米那里搬出来，她住进了这栋破旧的板楼。这是第一次住楼房，有点贵，不过还是来了，因为同事都住这里。有了自己的房间，虽然塞得满满当当，好在都是自己的东西。每天，拖着站了一天的双腿爬上五楼，高跟鞋击打水泥楼梯，声控灯一盏一盏亮起来，像是在欢迎她回家，因此觉得满足。吃饭在一堆鞋盒垒起来的"桌子"上，摇摇晃晃，也没觉得有什么不好。床很大，上面堆满衣服，还有一只小小的毛绒兔子。吃完饭，她打给二雪。出乎意料的，二雪的声音很快活，那快活的程度，不亚于她当年将偷来的钱交到她的手上。二雪告诉她，那个叫阿方的白瘦青年对她很好，什么事都听她的。他们家的生意也不错，附近的村子常有人死，到了吉庆的日子，也总有人结婚，一年到头，他们家的唢呐班子总有用武之地。她学会了敲锣和击镲，可以跟他们一起出活儿，吹打一天，还管两顿抹桌子饭。不论葬礼还是婚礼，都很热闹，都很好玩，还有商店开业、庙会庆典、孩子满月……二雪滔滔不绝地展示新生活，看得出来，她是真的开心。大雪还是不甘心地问了她，想不想过来一起打工。想是想，二雪说，不过得等我把孩子生下来。你怀孕了？不是说不同房吗，你才多大你就……等她冷静下来，二雪大大咧咧地安抚她，我是心甘情愿的。事到如今，似乎也只能恭喜她了。她问二雪要卡号，想要把钱还给她，二雪死活不要。你多给自己买点好的吃，二雪说，一个人在外面，你对自己好点。她哭了，为二雪能说出这么温心的话，也为她话里的含义。最后，她问二雪有没有联系到爷爷奶奶，二雪不耐烦起来，联系他们干嘛？我受的罪还不够吗？大雪一时无话，她完全理解二雪的怨气，可又不能像她一样恨他们，至少是爷爷，她没办法不去想他。

咱爸也想联系他们，二雪说，可联系不到啊。

咱爸？大雪愣了一下，没想到二雪叫得那么自然，他联系他们干什么，他怎么会关心他们的死活。

他肯定不关心他们的死活。二雪说，他就是想要他们回来帮忙干活儿，他现在的生意做好了，他那个女人也怀孕了，他肯定是想让他们回来干活儿。这是我猜的。

不能让他们回去啊。大雪说，他们回去肯定没有好下场。

谁管他们。二雪又不耐烦了。

大雪本来想好了，让二雪去问姑姑，一定能问出他们的下落，直到挂断电话，还是忍住没说。她相信自己能说服二雪去问，但不确定二雪会不会告诉父亲。如果父亲联系上他们，一定有办法让他们回来。她不敢冒这样的险。好在也不是全无收获，起码知道了光辉和二雪的电话，光辉正在上学，她不敢打扰，有空的时候，她会打给二雪。二雪也愿意跟她说话，跟她讲些好玩的事儿，或者发发关于公婆的牢骚。有时候，恰巧碰到他们出活儿，她还能听到热闹的唢呐声和二雪亲手敲打的锣鼓声。二雪的技术不怎么样，常有错拍，好在也没人注意。农村人听音乐，也就是听个响而已，所以他们叫"吹响的"，他们的任务就是鼓捣出响声，用来映衬悲伤或者欢乐。处于悲伤与欢乐之中的人不会注意到这些细节，不像她，孤身一人在外，没有悲伤的因由，也没有欢乐的机缘，所以，听到那些"响"，她大可以跟着悲伤，或者欢乐。

2

干完那单急活，钱超带大家去了趟北京，去北京之前，先放了一天假。这是额外的一天，正常情况下，一个月才有这么一天。连续七天的加班，换来了这一天的额外。来到镇上，采买玩乐，洗澡，剪头发，买想要的东西。好几个人决定买手机，这是一笔大钱，至少得一千块。翻盖的不流行了，这会儿都是滑盖的，手一滑，屏幕就亮，摁几下，就开始唱歌，还能放电影。王雨婷决定要买了，处于消费之前的兴奋之中，也鼓动春蓝一起。她有点心动，从小到大，拥有的最贵的一件娱乐产品就是那台收音机，其余的都是有用的，衣服和鞋，镶钻的发卡，必须要买，因为要用。无用的假钻，算是在有用的范围内可以心安理得奢侈一下的地方。手机，肯定是有用的，再打给母亲就方便多了，不过吸引她的还是无用的那些，放歌，拍照，用手去滑。尽管心动，嘴还是很硬，买那干啥，你又不是老板，有几个电话要打？这是母亲说给她的话，被她提前说了出来。趁人不注意，她跑去超市给母亲拨了电话，听到她报出的数目，母亲用长长的一声"咦"表达惊讶，继而说出那些话。尽管有些失望，她还是被说服了，忿忿地说，就是，我也这么说，他们都要买，非拉我一起……原以为还有很多同仇敌忾的话可以说，但是突然卡壳了。许久不见她说话，母亲语气柔和起来，你爸有个旧的，等过年回家我让他给你。咱不跟人家比，花那么多钱买个话匣子，又用不了几次，不是糟蹋钱吗……母亲的话丝丝在理，她开始后悔打这个电话。就是，她嗫嚅地说，我也不想买的。

第二天，他们去买手机的时候，她走开了。王雨婷招呼她一起进去看看，她反应不及，撒了谎，我去剪头发。头发还没到该剪的时候，徘徊在理发店的玻璃门前，竭尽心思想一个借口。越想越乱，越乱越急，干脆给自己下了最后通牒：实在想不到，就进去吧。染了头发的青年打玻璃门里进进出出，突然羡慕起这些妖魔鬼怪，花几百块钱去干这些没用的事，还那么心安理得，真是随心所欲的人啊。人？人给了她灵感，或许王雨婷问起来可以这么说：人太多了。

如释重负地走开，去不远处的地摊，一口气买了好几个镶钻的发卡。

漫无目的地逛，盘算着他们什么时候出来。买烤肠的时候，崔志杰东张西望地走来，明显是在找她，想躲，想想还是算了。我刚刚路过理发店，没看到你。崔志杰打量着她的头发，咦？你没剪啊。人太多了。她说。人不多啊。可能现在不多了。那现在去剪吧，我陪你。不剪。她不耐烦地说，转身走开。崔志杰追上来，跟在她左手后一点的位置，没有再说话。崔志杰平常很是能说会道，她一生气，他就不会说话了。他亦步亦趋地跟在身后，在左手边后一点的位置。明明是看不到的，他走起路来略带弹性的身影却像含在眼底，硌着她。这是一种奇怪的感觉，温暖，又莫名难受。她内疚起来，不该动不动就冲他发脾气，尽管是他纵容的，可也不能蹬鼻子上脸啊，毕竟，跟他什么关系都没有。她扫过连绵不绝的地摊，努力想找点话说，说出来却还是那副口气，你跑出来干嘛，咋不跟他们看手机了，你不是很懂手机吗。崔志杰有一部手机，是翻盖的，平常大家喜欢用他的手机玩游戏，王雨婷就没少玩，那是个赛车游戏，王雨婷玩得笨，但就是爱玩。因为他最早有手机，所以王雨婷拉着他，让他帮忙参谋参谋。我懂有什么用，崔志杰说，他们不懂啊，就挑样子，乡下老头不识货，光拣大的摸（四声），气死我了。崔志杰的语调快活起来，一说起别人，他又变得妙语连珠。春蓝被逗笑了。他紧走两步，和她并排。这下能清楚地看到他了。他走路就是那样，好像脚下装了弹簧，一弹一弹的。

深秋雾大的早晨，他们坐一辆蓝色大巴去北京。一路上被雾裹挟，几乎看不到什么景色，大家还是很开心，一点儿也不困。每个人都穿了新衣服，前一天刚买的。崔志杰穿的是一件迷彩夹克，后背绣着一团龙。春蓝穿了一件米色的双排扣小西装，是绒布的，摸上去很舒服。因为太瘦，又矮，这件短款的衣服穿在身上像中长款。知道不合身，还是买了，一眼就相中了那两排琥珀色的大扣子和厚实的面料。这是买得最贵的一件衣服，如今穿出来，却有点不好意思，因为太大了，似乎也太成熟了。裤子是她最喜欢的玫红色，因为太长，前一天晚上崔志杰帮她扦了边。做包的缝纫机不同于做衣服的，即便用最细的针线，缝合的力度还是过大，针脚太紧，导致布料微微发皱。好在是裤脚，不留心也看不出来。抛开这些小瑕疵，整体还是满意的，这可是去北京，理应穿上最好的衣服。

上午去天安门，下午去动物园。一切都是新奇的，反而没留下什么特别印象，只记得动物园里的小吃特别贵，冲着新奇的名字买了一个汉堡包，里面的鸡肉是凉的，吃起来有腥气，不知道是动物的腥气还是肉的腥气。晚饭是一顿大餐，在饭店吃的，涮羊肉。生平第一次被饭菜震慑，怎么能那么好吃，原来吃饭不仅仅是为了吃饱，还为了好吃，不然怎么会有那么甜又神奇的拔丝香蕉和片得那么薄又不管饱的羊肉片呢。她不知道自己吃了多少，反正一直在吃。这是钱超第一次和大家一起吃饭，也是第一次那么大方。大家都很开心。钱超站起来郑重地敬了酒，感谢大家的辛苦工作，并展望了一下未来，透露出一个让大家挣更多钱的办法。钱超那么帅，说起话来那么诚恳，所有人都被感染了。有那么一会儿，她仰头看着钱超棱角分明的侧脸，突然觉得他也不容易。

从北京回来，很快转入冬天。夜里洗衣服开始冻手了。车间里慢慢热闹起来，关于过年的话题被频繁谈起。总算要回家了。过一天少一天，期盼一天大过一天。活儿明显少了，也许那些做生意的老板也盼着过年吧。钱超所说的那个能让大家挣更多钱的办法是计件工资，这叫多劳多得，钱超说，干得多，挣得多，这很合理。刚施行几天，大家就觉出不合理，活儿不多了，肯定谁干得快谁拿钱多，这样一来，等于钱都让哑巴挣了。另外计件也是个麻烦事，大家是分工合作，每一件微小的工作到底该算多少钱很难说得清楚。所以，尽管没人反对，一段时间后钱超也不提这茬了。

离过年还有一个月，钱超开始逐个找人谈话。对老员工，他大多以更高的工资说服他们明年再来，外加几张感情牌。像春蓝这样的新人，最大的诱饵是让其学踩缝纫机，这是一门手艺，大多人也是冲这个来的。谈到春蓝这里，她犹豫了一下。早就下定决心，死也不会再来，可当这个"上机学习"的腐烂诱饵被重新摆上台面，还是动摇了。很多次，想坐上机器试一试自己能不能行，因为需要老板点头，所以一次都没有坐上去过，虽然钱超就算看到也不能说什么，但还是怕被看到。也想过明年不来这里能去哪里，能干什么，她不知道。只知道这里不好，不知道哪里好，当这里能给出一点点好的时候，没办法不动心。你很聪明，一定能很快学会。见她犹豫，钱超给出更多肯定，雨婷都能学会，你还不是易如反掌。她有些得意，但仍紧紧抿着嘴巴。就是，你的手可比她巧多了。老板娘也加入谈话，她是笑着说的，好像对王雨婷很不屑。春蓝突然感到愤怒，为自己的朋友，也为自己，照这么说学机器跟聪明有什么关系，只要第二年再来就能学，跟聪明有什么关系。顺着这口气，她说出自己的决心，不过还是进行了软化，我就算了吧，我笨，踩不了机器。你肯定行。钱超说。我不行。怎么会不行，你就放心吧。老板娘说。我真不行。她的坚定破坏了友好的氛围，让空气陷入僵局。触觉和嗅觉突然发达起来，捻动裤边的手摸出了布料的纹理，是斜的；鼻子能嗅到屋里奶味与尿布混合的味道，老板娘正处于哺乳期，她刚生下的儿子就在床上。一个可爱、幸运的小生命，她也抱过，怀着深深的羡慕。什么意思，你是说明年不想来了吗。钱超终于还是把这句话说出来了，像是亮出刺刀，等着白刃相见。她低着头，没有说话。为什么？钱超还不死心。她不知道怎么回答，只能接着沉默，像个被老师训话的自闭的孩子。在脑中设想过的情景完全没有能力呈现出来：义正词严地谴责，咄咄逼人地质问，一股脑地抒发不满。在这里睡不好。在这里吃不好。在这里总加班。为什么不让我们多睡一会儿？为什么不给我们吃得好一点？为什么要接那么急的活儿给我们……以为在临走之前可以毫无顾忌地说，真的对着一个活人，连嘴都张不开。是无能吧，还是心软？不管是无能还是心软都觉得恶心。低着头,不说话,把自己摆在绝对弱势的位置上,真是恶心啊。还不如一走了之,可没得到允许,连一走了之都不敢。

咱们不用急着做决定。钱超说,这是一个好机会,以后你就知道了,有一门手艺多重要。问过你妈吗,打电话跟她商量一下吧。

好。不确定这个字有没有说出口,就逃也似的离开了那间屋子。

一连几天,犹豫要不要跟母亲说,钱超笑眯眯地问过几次,只能以打不通电话为由搪塞过去。崔志杰也很着急,老是追在屁股后面问她还来不来。不忍再跟他发脾气,也不想撒谎,只能说不知道,这让崔志杰更着急。拖到放假的前三天,要发工资了,钱超让大家问父母的卡号,这下没有再拖的借口了。她知道过年的时候钱超会提着礼物挨家拜访,想瞒过母亲是不可能的,这时候才猛然惊觉,为什么会有这样的念头?从来没想过要瞒她啊,只是在盘算怎么跟她商量而已。于是,要卡号的时候原原本本跟她说了,然后明确表示不想再来。母亲沉吟半晌,还是劝她再坚持一年。打工哪有不苦的,我跟你爸在工地上,天天也是吃不好睡不好。学了手艺,以后走到哪里都能有口饭吃,学了手艺,就不用像我跟你爸这样掏笨力了。再坚持坚持吧,等学会了你就能去南方,去大城市……母亲说的全是经得起思量的道理,她庆幸没跟钱超撕破脸,只是挂了电话,也高兴不起来。

从钱超屋里出来，崔志杰等在门外，眼里全是迫切的问号。院子里不方便说话，他们默默走出去，走到马路对面的土坡上去。土坡很高，也有陡的一面，走到陡的那边，就没人看见他们了。已是隆冬，远处的田地是一片光溜溜的焦黄，当地人不种小麦，任干枯的玉米秆枯死在地里，原本就黄的黄土变得更黄了。再往远看，成了褐色。他们站在陡的那面，脚下是深深的土坑，远处是由黄到褐的枯地。崔志杰站在她左手后一点的位置，过了一会儿，才发问。

崔志杰：明年还来吗？

她：来。

崔志杰：那我也来。

她：你来就来，跟我有什么关系。

崔志杰刚要说什么，她抢在前面：能不来就别来了吧，你缝纫机踩得好，也到年龄了，完全可以去别的地方了。

崔志杰：那我怎么联系你，你连电话都没有。

她：明年我就有了，你可以先记王雨婷的。

崔志杰：王雨婷的我有。

她：你当然有了。

崔志杰：要不你也别来了吧，跟我去宁波，我有个亲戚在皮鞋厂，计件的，说一星期还有一天休息。

她：怎么可能呢，我跟你不一样，我又不会踩机器。再说，我已经让钱超押了工资，明年来学机器的。

崔志杰：那好吧，明年我也来。

她：你神经病啊，你来我也不跟你说话。

崔志杰：那我也来。

她：随便你吧，神经病。

他们好一会儿没再说话，那一会儿，她心里是欢喜的。当然，她痛恨崔志杰的痴呆与热情，多可笑啊，可是再一想，他让人喜欢的地方不就是这样的痴呆与热情吗。他们在陡的那一面站了很久，最终还是回到高处来了，这表示即将从不那么陡的这一面下来，回去。等回去，就真的没什么话可说了。在高处，习惯性地极目远眺，褐色的远处坠下夕阳，刹那间变得金黄。我们拍张照吧。崔志杰说。他举起手机，蹲下身子，和她尽可能保持在一个高度上。手机没有前置摄像，只能凭感觉拍，一连按下好几次快门。围在一起挑选照片，其中一张，把两个人完美地框在一起，夕阳恰好就在头顶，晕出的光浓浓地黏住两张脸。真好看啊。她忍不住赞叹。是啊，崔志杰笑道，男的帅女的靓，能不好看吗。她被逗笑了，久违地打了他一下，你就臭美吧你，我说的是日头。日头也美，崔志杰说，但是没你美。突然说不出话来，也动不了了，呆呆地看着远处那一团被红色填充的褐色，等着。他似乎还有话要说，她决定不躲了。直到夕阳落下，他也没有再说。三天之后，他们坐上火车，回各自的家，去过期待已久的年。以为年后还会再见，没想到这一别就再也没见。

3

这是一个新领域,一切都要从头学起。之前大概知道按摩是怎么回事,奶奶腿疼的时候,她帮忙捶捶打打,再揉揉捏捏,以此来减轻她的疼痛。真好,俺孙女会给我按摩了。从奶奶嘴里,她知道了这个词,后来一直没有用过,有时自己腰疼腿疼,也会捶打揉捏,只是没觉得这是按摩。这里的按摩不太一样,客人们并不疼,得给他们按疼,才算得上按摩。这需要很大的手劲儿,跟理发店的工作恰恰相反,洗头的时候也会顺带按摩头皮,要尽量轻柔,现在按脚,却往往被要求大力,嗷嗷直叫却大声喊爽的客人不在少数,好在她从小就干农活,不缺力气。

毫无疑问,这是一门技术。听授课的老师讲,这门技术可深了去了,最远可以追溯到周朝,就是后来出了秦始皇的那个朝代。秦始皇造长城她是知道的,孟姜女哭长城,她也知道,但她不知道秦始皇也按脚,没办法不对自己的孤陋寡闻感到羞愧，老祖宗都按了几千年的脚了，居然现在才知道。一门技术，可以流传几千年，足以证明这是一门过硬的技术。不敢相信误打误撞找到这么一份好工作，暗下决心要加倍珍惜。正式上班之前，她和两个女孩被送到一栋大楼学习。要坐电梯去到很高的楼层，教室是一个幽暗的房间，里面有一男一女，女的是老师，男的是教学用具。一连五天，她们轮番在那个男人脚上摸索。到第三天，男人坚持不住，跑了，只得另找一个。第五天，那个给她工作的男人来了，她们叫他王经理。他是来验货的，但提前没说，只是往沙发椅上一躺，让三个女孩挨个按他。她们以为他是来充当教学用具的，像往常一样按他，没想到他起身之后宣布了大家的成绩。你有八十分了，他对秋荣说，你的手劲儿很大，这是第一要素。他要了秋荣和另一个烫过头发的女孩，那个被剩下来的黑瘦女孩哭了，她以为自己淘汰了。哭什么哭，王经理呵斥她，再练两天，兴许别的店会要你。秋荣没想到这么快就结束了，还以为这门延续了几千年的手艺要学很久呢。买的笔记本刚用几页，那张密密麻麻的穴位图还没背会——听老师说，脚上的穴位对应着人的五脏六腑和周身经脉，要是按错了怎么办？她表达了这个疑虑。王经理回过头来看着她，笑了，就要去挣钱了你还犹豫？那我要她了啊。他指了指那个刚刚抹干眼泪的黑瘦女孩，挑衅地看着秋荣。秋荣慌了一下，不过很快稳住了，我想学技术，一开始就跟你说了。王经理显然没想到她会这么硬气，愣了一下，很快变讥笑为讪笑，你不是学会了吗，我都给你打八十分了，我跟你说，这个分我可很少给。秋荣不理会他的油腔滑调，依旧坚定，我觉得我还没学会。王经理甩了下头发，他可能觉得那样挺潇洒，为了更潇洒，又在她面前走了两个来回，一副拿她没办法的样子，一副给她脸她不要的无奈神情。她站着没动，也没看他。王经理停下来，已经化讪笑为媚笑，你说你，我说你什么好，你要是不行我能带你回去吗。高要求是好事，可哪有一口吃个胖子的，不都得在实践中学习。你听我的，跟我走，脚按得多了，自然就会了。秋荣有点迷惑了，王经理说得似乎也有道理，她想了一下，转而去问她们的老师，刘老师，是这样吗。刘老师连连点头，是，是，你已经很棒了，俗话说师傅领进门修行在个人，你想想，脚和脚还不一样呢，都得在实践中学习，你留在这儿，我也教不了你什么了。既然老师都这么说，她也只能信了，临走前，她征得老师的同意，带走了墙上的穴位图。

　　王经理领她们去了宿舍，也在高高的楼上。坐电梯来到14层，进门要先换拖鞋。屋里飘着香气，到处都是女孩子的东西，缤纷的鞋子摆在门口，阳台上晾满缤纷的衣服，厕所里全是缤纷的瓶瓶罐罐。两间卧室，住了五个女孩，主卧的大床上睡了三个，次卧俩。王经理让她先选，要么跟那俩挤一挤，要么睡一张还没支起来的行军床。她想了想，选择睡行军床。事实上，她考虑的不是王经理的两个选择，而是要不要从奈丽那边搬出来。一想到奈丽说杰克挺喜欢她的，马上做出了决定，我就睡这个小床吧。王经理让她找个地方把床支起来，她选了阳台。这可不是好地方，王经理说，你们女孩子总在洗衣服，天天顶着衣服睡觉多烦人。她看中了阳台上的玻璃门，拉起来就是一个小房间。王经理没再多说，帮她把床支了起来。

下午，回去收拾行李，一包衣服一包铺盖，杰克用一辆电瓶车帮她载了过来。晚上，她最后一次做了饭。吃饭的时候，奈丽哭了，连说自己不对，现在我才明白，男人都是臭男人，姐妹才是永远的。她有些感动，但没有哭，她拍着奈丽的肩膀，安慰她，和她一起骂文森特，骂男人。杰克坐在一边，显得很尴尬。她看出了他的尴尬，不过没有管他。她觉得杰克是个不错的人，仅此而已。吃完饭，杰克和奈丽送她去新宿舍，明天要上班，必须回去睡。客厅里，原先住着的五个女孩、包括和她一起来的卷发女孩都在看电视。她们乱哄哄地介绍自己，外加一个号码，名姓各不相同，号码也不是连续的，很难一下记住。她用心记了卷发女孩的名字，因为她是和她一起来的，因为她也没有号码。她叫赵美惠。

第二天，跟王经理去报道，领到一个号码牌，19。从此，以这个代号为名，辗转于一个个幽暗的房间，为客人按脚，也顺带按头和掏耳朵，后来还学会了刮痧和拔罐。我是19号，下次来还点我哦。这是完成服务之后被要求说的话，因为不好意思，她从没说过。客人却越来越多，前台的对讲机里频繁传出她的号码，19号，男宾一位。19号，女宾一位。19号啊，请您稍后。是因为技术吗？肯定不是。19号真火啊，幸运数字；幸运？你要是长成19号那样，你也幸运；19号别那么拼，给我们留碗饭吧；天啦，19号又加钟了……同事们或羡慕或嫉妒或调侃或窃窃私语的话或许可以佐证这一点，客人们喜爱她的脸，多过于喜欢她手上的活儿。大多数人并不在意技术，只要把他们按疼，他们就很满意。若是他们的调笑能让她脸红或者愤怒，他们会更满意。短短两个月，因为和客人冲突被记过四次，还有更多没告发的，这依然不能阻止她成为这家店最红的技师。

逐渐发现，女顾客越来越少了，她们不会坚持，听说她在忙就换人了。她喜欢按女客，她们脚软，按起来不费力，这是同事的说法，她不是因为这个。女客更纯粹，会和她探讨力量的轻重，身体的感觉，这在技术的范畴之内。这样的反馈可以帮助她改进手法，也让她觉得受了尊重，一个技师应有的尊重。不像那些男客，他们选她，仅仅因为她漂亮，他们来按摩，仅仅享受被一个女人伺候，至于怎么伺候，伺候得怎么样，他们毫不在乎。要是这样，这份工作跟古代洗脚倒水的丫鬟有什么两样。她越想越气，越气越想，一个幽暗的下午，按完一双卑鄙的脚之后，她再也忍受不了，怒气冲冲找到王经理，斥责他们不给自己安排女客。我再也不按男的了，她说，从现在开始，我只按女的。王经理哈哈大笑，笑她太天真，笑她自不量力，你可是咱们这儿最挣钱的，你以为那么多钱怎么到手的，还不是靠这些男客。他们来花钱就行了，你管他们为什么花这个钱？我告诉你，只有客人挑我们，没有我们挑客人的道理。她一时无从反驳，只能气呼呼地喘气。工资确实很高，她都被吓到了。不知道该拿这些钱怎么办，如果母亲生病的时候有这么多钱，她就不会走了。现在有了钱，却不知道能用在哪里，她全都存了起来，隐隐觉得有一天会派上用场。这么多钱，都是从一双又一双的脚上按出来的，男人的脚偏多，一向如此。在王经理的劝说下，她心软了，是啊，女客本来就少，只按女客是不现实的，就算王经理点头让她以后只按女客，也无疑是宣布与所有同事为敌，她们只会更加看不惯她。她无意照顾她们的感受，只是不想做霸王。于是，她妥协了。每天至少给我安排两个女客，我得改进技术。她义正词严地说。

王经理笑呵呵地答应了。

中指和无名指的皮肤变厚了，这是常用来干活儿的地方，握起拳头，鼓起这两根手指，顶住脚掌，使劲，钻、顶、剜，频繁的摩擦结出消隐又复现的茧，等到茧再也长不出来，皮就变厚了，也比从前更为粗壮、弯曲。闲暇时总喜欢用指甲去划，好像在试一副新铠甲，够不够结实，够不够硬。刺多深，才会感觉到痛。买了电脑，不上班的时候，就坐在阳台的行军床上上网，边看电脑，边掐手指，好像是猫深度迷恋猫抓板。很少跟同事出去，完全被那一小片屏幕迷住了。刚开始只是看电影，在网上搜：最好看的电影。把搜索列表记在本子上，一部一部地看。后来在搜索中注意到经典这个词，于是搜：经典的电影。记下来，一部接一部地看。由此开始搜经典的书，经典的歌曲，经典的美食……在经典中，又知道十大：世界十大未解之谜，十大经典电影，十大发现，十大明星，十大城市……知道的新词越多，想要搜的东西就越多……完全被迷住了，掐手指的时候，很少感觉到疼。大多在上午，拉上一半窗帘，让屏幕亮起来，这是与室友妥协的结果，全部拉上，她们意见很大，毕竟，一天当中能见太阳的时候就是上午了。下午一点准时去上班，走进幽暗的门店，就要等到第二天才能重见天日。

因为客人最多，所以下班最晚。有段时间，一个客人总在凌晨一两点过来，所有人都下班了，只有她留在店里，等他。在点着熏香的VIP包间，她为他脱下鞋子，洗、按、揉捏。他很年轻，也很干净，鞋子脱下来没有一点味道，袜子面料很好，每天都像是第一次穿。刚开始，她不喜欢这单活儿，她想早些回去，临睡之前还能再看一部电影。可他点名要她，拒绝是不理智的。他充了很多钱，王经理说，又那么年轻，你们肯定有共同话题。为了不给店里找麻烦，她只好应承下来。他算是一个模范顾客，很少说话，不会言语挑逗，不开不着边际的玩笑，不提要求，也不动手动脚。他好像总是很累，经常按到一半就睡着了。于是她不再大力，轻柔地完成下面的流程，为他擦去身上的精油，给他盖上一条毯子，悄悄退出去，在前台等他。她有点想不明白，他为什

3

么来那么勤快，惯常那些顾客享受的部分他分毫不取，打情骂俏，动手动脚，制造疼痛，他一概不喜欢。他很不受力，总是让她轻点，轻点。有一天，见他精神还不错，她问了出来，你咋那么喜欢按摩呢？为了不让这个问句太干燥，她是笑着说的，虽然很反感这种笑，不过对他，她觉得笑一下也无妨。他像是没听到，沉浸在她的动作里。精油晕开，中指与无名指在脚心转动，屋子里飘着零星的古琴声。人和人是需要交流的。过了一会儿，他才开口，声音低低的，像在睡梦中。交流不光是说话，身体的交流也很重要，我想被人抚摸，也只有到这儿来了吧。真怪，她想，这是什么鬼话。抚摸这个词她是第一次从人嘴里听到，这让她觉得别扭，像是脏话。不过她也没有生气，他的语气很诚恳，不像那些人。你说的啥，我不懂。她尽可能轻松地说，这次没有笑。身体接触，他说，是很重要的。他的话越来越奇怪了，她没有再接，把注意力转移到他的双脚之上。他也没有再说。这之后，总莫名其妙想起他的话，可能是因为他的语气吧，很低沉，很落寞，甚至有点伤感。他的话是什么意思？身体接触，是重要的。怎么想怎么奇怪，为什么要身体接触。想到秋雅和秋芳，长久以来，总是刻意不去想她们，想要迫使自己接受这个事实，天地之间她是独自一人。怎么就想到了她们，也许是因为那个人的话吧，身体接触，有关身体接触的记忆大多离不开她们，在一起嬉笑打闹，揪彼此的辫子，捏对方的脸，晚上睡觉，因为冷或者害怕转身就抱住……那时没什么特别的感觉，现在一想，却突然觉出失落。你怎么流泪了。一个男客在头顶问她，皮笑肉不笑地。一摸，脸上果然有泪。被你的臭脚熏的。她恶狠狠地说。跑到厕所，看着镜中的脸，有点害怕，更多的是诧异，还以为自己早就不会哭了呢。看来那个人说的话不无道理，她想，也许当时不理解，是因为太深奥了吧，毕竟生活中，她第一次遇到会用"抚摸"这个词的人。

后来，那个年轻人再来，他们话多了些。大多是他在说，她听。反正他只是说话，她想，话又不能把我怎样。她保持积极的倾听姿态，鼓励他说更多。他说的，于她而言都是新奇的事，不比电影里演的差，甚至比那更有意思。他讲自己的工作，她又一次听到公司这个词，由此知道有的工作并不需要动手，动嘴也是可以的。他讲自己的恋情，谈到了两个人融洽又伤感的性爱。出乎意料地，她没觉得恶心，在电影里也会看到这些，她想，就当看电影吧，反正他只是说话，又没把我怎么样。从前，她以为有钱的人都是快乐的人，看来并不是这样，像这个年轻人，总在深夜花几百块来找她按摩，但他看起来并没有多快乐。她喜欢快乐的人，因为能笑出来很难，所以她喜欢奈丽那样的乐天派，喜欢周星驰在电影里夸张的搞笑，但是遇到这样不快乐的人，她似乎更喜欢，大概是物伤其类吧。后来，在他的鼓励下，她也说了点自己的事。交流是很重要的，他说，交流交流，要互相交换，你不能光听我说，你也得说说。于是她说了母亲的离去，说了奶奶的死。他听完也没说什么，只是突然抱住了她。她惊慌失措，忘了反抗。你有多久没拥抱了，他说，你一定很久没拥抱了。

1

报了个瑜伽班，马上就后悔了，完全不能理解，为什么简单的下腰、劈叉和倒立要专门花钱去学。她觉得受了骗，可莉莉似乎没有骗她的理由。买一套化妆品就好几千块的人，怎么会看得上她这仨瓜俩枣。一个月的工资就这么交了出去，只是为了学习下腰、劈叉和倒立。上了当，又怨不到任何人头上，这么看来，骗她的不是别人，正是自己。不是一种人，生凑到一起是要吃亏的，这亏还不是别人给的，而是自己找来的，所以吃起来更闷。竭力保持倒立的姿势，两条腿弓在半空，因为第一次做，所以颤抖不已，不自觉去看另一间玻璃房里的莉莉，她正在打坐，气定神闲。反观自己，不光身子抖，心也抖，抖那一个月的工资，抖尚不明确的未来——要是莉莉再推荐别的项目，该怎么拒绝呢。

感觉怎么样？在更衣间，莉莉问她。

挺好。她笑着说，就是很久没下腰了，疼得慌。

多练几次就好了，莉莉说，你会越来越软的。

软？有什么用？

出了商场，莉莉开车回家，她去上班。莉莉摇下玻璃说，我捎你吧。犹豫片刻，赶紧拒绝，我顺路去买个早点。是吗，你吃什么？刚好我也饿了。她笑笑，说，我一般不是油条就是包子。好久没吃油条了，去哪里吃？带我一个。在经常光顾的路边摊，莉莉把车停下来。她一般都是买了在路上边走边吃，因为有莉莉，这次坐了下来。莉莉一口气要了好几样，小笼包、虾饺、流沙包、茶叶蛋、油条、豆花儿和紫米粥。她连说吃不完，莉莉说没事，我请你。像是为了表明不是钱的问题，莉莉用撒娇的口气说，我想多尝几样嘛。她也笑了，由衷被她的可爱逗笑。菜上齐，莉莉俯身嗅着桌上蒸腾的热气，夸张地叫，哇。她又笑了，像个慈祥的姐姐为爱捣怪的妹妹而笑。她比莉莉小了六岁，可她没有莉莉那样的活泼与娇美，于是只能充当比较老成的那个。也许只有细看，才能看出她的皮肤更紧，更为年轻。莉莉吃起饭来也像小孩，噘着嘴吹气，一口一个包子，鼓着腮帮子大嚼大咽，喉间发出满足的呻吟。这么吃，还能确保不发出咀嚼声，不让食物沾上口红。她没办法不笑。莉莉似乎有一种魔力，总能让身边的人感到轻松、快乐。她的确值得过上这样的好生活。第一次见莉莉，她身后跟着个穿西装的男人，默不作声地陪她在柜台挑挑拣拣，又默默去结了账。那应该是她的丈夫，真是个好丈夫啊。你慢点吃，大雪说，跟三天没吃饭了一样。说完才发现语气问题，似乎有点不把自己当外人了。莉莉完全没有注意到，她抬起头，说，你还别说，我好久没吃过路边摊了。这句话又将她们拉回顾客与柜姐的位置上来。哦，她来这里吃早餐，也就是图个新鲜。

快要到上班时间，莉莉还在说话。大雪看了几次表，不知道该怎么打断她。等莉莉意识到，已经晚了十多分钟。呀！忘了你还要上班。莉莉说，我送你吧。不用麻烦，走几步就到了。努力想要打破职业的微笑，没有成功，还是笑得很职业。那好吧，明天见。明天见。等转头迈步，突然无比难过，好像从一场美梦里醒来，梦有多美，就多难过。

回到柜上，把装了瑜伽服和鞋子的包塞到柜台底下。同柜的周姐看到包上瑜伽店的标志，大惊小怪，你还真跟那个客人去了啊，这家店很贵的，为了搞好客户关系真舍得下血本。她笑笑，不知怎么解释，最后用了大家常说的那句俏皮话：那是，舍不得孩子套不住狼嘛。有客人来，大家笑笑就散了。柜上四个人，周姐结了婚，另外两个一个跟男友住，一个跟家人住，她们下了班都有事要做，很少能玩到一起。从早十点到晚十点，总在说话，一下了班又突然坠入沉默的真空，再也没有说话的必要，整整一天说过的话，也跟从没说过一样。一错神的工夫就被孤单击中，于是只能打给二雪。二雪刚生了孩子，忙忙叨叨地，电话里掺杂着和家人的说话声、孩子的哭声、训斥孩子的骂声……她更孤单了。有一次，她去给莉莉送试用装，莉莉正拉着窗帘看电影。两人

1

简单聊了几句。莉莉问她不上班都干些什么,她说看电视。莉莉笑了,这算什么爱好。接着推荐给她一大堆项目,逛街、看电影、旅游、练瑜伽、学跳舞、游泳……女人最重要的就是气质,气质是要培养的,莉莉说,你这么年轻,应该多学点。她心动了,不是对这些项目心动,是对莉莉的话:你要是愿意,可以跟我一起去跳舞,练瑜伽也行。她没想到能和莉莉玩到一起,她只是想找个能一起玩的朋友,没指望找到那么好的。她知道自己高攀了,有些不安,也有些欣喜,当然,现在算是尝到了恶果。

钱已经交了,还是得去,跟随指令折叠身体,去努力体会老师所说的平静。吐气,吸气,感受呼吸。拉伸,凝神,感知身体。慢慢地,也能感觉到不是下腰劈叉那么简单,虽然老师说的话还是大多不懂。练瑜伽不像别的事,不太容易感觉到进步,大概是因为在生活中用不着吧。能感觉到的是和莉莉的关系,越来越近了。有时候,莉莉半夜打电话来,叫她出去吃东西。她从未夜里出去过,没想到这时候还有那么多地方可去。西湖附近的饭馆和酒吧是她们常去的地方,夜里的湖景很美,总有情侣漫步。大雪很奇怪,为什么那么晚了莉莉不在家跟丈夫在一起,却要拉着她出来玩。她从没问过,都是通过观察得出。看来,莉莉似乎和她一样,也没有什么朋友。得出这个结论,她被自己吓了一跳,接着又难过起来,要是莉莉这样的人都和她一样,那还有什么希望。莉莉喝多了,趴在桌上哭,又泪眼蒙眬地问她,你说,我会幸福吗。就是那时候，她看出了莉莉的孤单，只有孤单的人才会这样。虽然她从没哭出来过，但也有想哭的时候。说什么呢，你多幸福啊。她笑着说，但心里七上八下，好像无意中看了一个赤身裸体的人。算了，你不懂。莉莉说。

喝了酒，不能开车回了。头几次，莉莉试图塞给她打车钱，她死活不要，后来她也就不给了。那天，在痛哭之后，她又给她钱，死活要给，她也倔，死活不要。两人在街头东倒西歪地僵持不下，最后，莉莉说，那行吧，咱俩打一辆车回去。

莉莉坚持先送她，到了地方已经醉得不行了。她让莉莉睡在床上，自己蜷缩在床尾。夜里，莉莉渴醒了，来不及等她烧水，跑去接自来水喝。她大口大口地喝，一连喝了两杯，喉结耸动，声音在夜里格外清楚。大雪有点怕她会被水噎到。莉莉擦干嘴上的水渍，打了个满足的嗝。大雪有些愧疚，对不起，我家没有矿泉水。爽！莉莉叫道，喝什么矿泉水，在老家都是喝井水，虫子还在里面爬呢。于是大雪知道了她也是农村来的，不过她没有追问。莉莉所说的场景太熟悉了，刚刚打上来的水，有些细小的像蚯蚓一样的虫子在里面扭动，不留心都看不到。大概也意识到自己说漏嘴了，莉莉一股脑地说起来从前。她们挤在床上，一直聊到天亮。她得知莉莉从小也在农村长大，父母都是没什么本事的农民。她来城里上大学，生活费总不够用，又因为自卑，和同学处不好关系，学没上完就跑出来了。因为这个，她没脸回家，怕父亲怪她。后来有了些钱，她回过一次，可不知为什么，特别地伤心。那些曾经看不起的同伴大多有了孩子，突然觉得他们都比自己幸福，而小时候惧怕的父亲，因为太过老迈，生出一副可怜的样子，如此种种，让人难受。此后数年，她没有再回去过，只是给他们打钱。近来，突然特别想家，觉得特别对不起父母。那你回去啊。大雪说。她有点生气。觉得父亲可怜，才更应该回去，觉得别人都比自己幸福，这叫什么话，人家的幸福是人家的，过好自己的日子不就行了。虽然生气，她还是没有责备，也没有把这些话说给她听。她不觉得自己有资格数落别人，毕竟，她从家里出来，是二雪牺牲了自己。二雪现在看起来似乎挺幸福，她有时候也会羡慕，可还是不敢确定。怎么能确定别人的幸福呢。就像她一直觉得莉莉是幸福的，她却突然痛哭流涕，口口声声地问，你觉得我会幸福吗？谁会知道。

以后再说吧。莉莉最终还是没下决心。

那天之后，晨间的瑜伽课没再见到莉莉。她发短信问过，她总回，最近在忙。隐隐有种感觉，恐怕要失去这个朋友了，因她知道了她的秘密。一直不说的话，肯定是不愿让人知道的，说了出来，也就没有再说的必要。她识趣了，不再联系她，但瑜伽课还是去上。约一个月之后，她接到一个电话订单，送一套化妆品去一个公寓楼。走进大厅，她才意识到来过这里，那时候，是来给莉莉送货。她以为又要见到莉莉了，进了屋，发现里面只有一个男人。那是莉莉的男人，她一共也只见过两面。窗帘拉了一半，隐没了他一半的脸。他看起来很低落，头发糟乱，穿一件皱皱巴巴的睡衣。我找不到她了。他说，你能给她打个电话吗。她站在客厅中央给莉莉打电话，手里拎着那套化妆品。那时她不会想到，后来这套化妆品成了她的，连带这套公寓和这个男人。

她不接。大雪把免提打开，里面传来英语的播报声。男人垂下了头。也许当时不该多说，直接走掉就好了。

她是不是回家了，她说她特别想家。

3. 秋雪春

3（金秋）

再一次来到街上，还是茫然无措，不过有一点可以确定，再也不会给人按脚了。快过年了，街上冷冷清清，大多店铺不会在这时候招人。也有热闹的地方，那是本地人的热闹，他们的年不用挪窝，因此也就格外热闹。多在大商场，那里她不熟。逛了两天，毫无头绪，能进去问一问的地方不多，越是了解，希望越是渺茫。曾经以为能干的事情很多，有三百六十行呢，然而肉眼能见的似乎就那几行，还自行排除了两行，毫无疑问，活路正在变窄。

第三天，气馁了，待在新租的房子里没有出门。新居离奈丽和杰克不远，并不想离他们那么近，可是只对这里熟悉。从宿舍搬出来，自然而然就想到这儿。不知道他们是不是还在，因为厌恶自己的工作，后来很少和他们联系了。因为厌恶自己的工作，莫名觉得自己也不甚光彩，于是羞于与人为伍。辞了职，找不到新工作，茫然，困惑，不知所措，依旧不能冲淡辞职带来的兴奋，其兴奋程度，不亚于当年跟着不太熟悉的奈丽走出家门，那时候同样茫然，困惑，不知所措。到了晚上，不知是出于想念还是寂寞，鬼使神差来到奈丽和杰克的住处。家里没人，院子里黑洞洞的，从没有玻璃的窗口往杰克屋里看，黑乎乎的一团中逐渐辨认出电脑和桌椅的轮廓。有一面镜子，杰克每天都要拿着它梳头，镜面显现一团温吞的白，那是窗外微弱的光。她在窗前炒菜，奈丽和杰克坐在床上说笑。看电影，关掉屋里的灯，只有彼此的眼睛是发亮的。待到关键情节，奈丽紧紧攥住她的胳膊，于是她也攥住她的——"你有多久没拥抱了"，从窗前收回身子，做贼一样往外走。胡同口传来年轻人快乐的说话声，躲避不及，还是撞上了。

呀，秋荣，你咋来了。奈丽亲热地跑过来，拉住她的手。奈丽身后不光跟着杰克，还有一个没见过的男孩。

这是我男朋友。在杰克屋里坐下，奈丽大方地向她介绍，他叫阿耀。

阿耀长得不算好看，很腼腆，头发染成红色，打着向上飞的卷儿。他是新来的洗头工，工作还未满三月。秋荣有些诧异，奈丽居然找了一个这样平平无奇的人做男友。碍于阿耀在场，她们没有聊文森特和以前的事。奈丽嘘寒问暖，打听她的近况。她老老实实地、一个一个回答她的问题。

怎么样，今年过年还不回家？

不回。

找男朋友了没。

没有。

有人追你吗？一定有。

哪有。

工作怎么样，是不是又涨工资了。

嗯……还行吧。

特别想告诉她，已经不做那份工作了，话到嘴边还是咽了下去，怕自己回答不了接下来的问题：为什么不做了？还嫌工资不够高吗？你有病吧？这是王经理对她说的话，因为不知道怎么回答，于是只能被他骂。那天夜里，被那个年轻人长久地抱着，脑内一片空白，似乎完全忘了对方是个男人。在恢复知觉的过程中，竟然率先觉出幸福，感官愈清晰，幸福愈甚，心跳愈快，矛盾也就愈强烈——也许早点推开他就好了，就在犹豫着要不要推开他的时候，他的手已经滑到衣服里，于是只能推开他。他笑了笑，你不想吗？昏暗的灯光下，似乎还有点不好意思。她以为自己会动手，看到那张笑意惨淡的脸，却没办法把火发出来。至少应该走开吧，也没有，重新抹了精油，继续剩下的工作。过了一会儿，年轻人缓缓开口，其实，我挺喜欢你的。你能不能别说话了。粗暴地打断，接着又后悔，该让他把话说完的。好吧，我错了。年轻人说，我应该忍住的。年轻人收了声。她埋头按他的脚，不知他有没有在看自己。一直到结束，她收拾起工作的手包，站起来，轻声说了句，我走了。那时候，还没意识到这是告别。回到宿舍，怎么也睡不着，没办法不去想，他是好人还是坏人。他的话是真是假。我挺喜欢你的。我挺喜欢你的。这句话频频阻断思想，硬生生挤进脑子。像是盲人抓住了稻草，注意到那个"挺"字，因为用了这个字，显得很平实，不像是假的，也因为有这个字，显出些牵强，像可有可无的。生活中有多少这样的场景：挺好的，挺不错，挺漂亮——一些不必夸奖的夸奖，一些无须赞同的赞同：我也挺喜欢的。突然想到自己也会这么说话：我也挺喜欢吃雪糕的；那件衣服是挺好的。挺喜欢吃，可以吃，可以不吃；挺好的一件衣服，一般是不会买的。他喜欢，只是挺。他可以喜欢很多人。他的喜欢一定会变，变好的几率会比变没的几率大吗？或者仅仅是变到别人身上。我挺喜欢你的。或许只是冒进之后不假思索的借口，他自己不也这么说：应该忍住的。那些想要被她按疼的男客，总是忍不住喊，忍不住笑，忍不住摸一把，只是他们不会说，我挺喜欢你的。他们连台阶都懒得找。忍不住的都是坏人，这是早就得出的判断。并不觉得他更坏，虽然他摸进了衣服，至少他还会说，我挺喜欢你的。忍不住是惯性使然，挺喜欢恐怕也是这样，这么看来，打断他是对的。那是出于本能的制止，让他说下去，难保不被他带进去，带进忍不住和挺喜欢的惯性中去。认定了他是个坏人，终于可以去睡了，顺带做出第二天的决定。入睡之前，郑重做出第二个决定：不恨他。她也说"挺"，她理解他。紧接着是第三个决定：不再说"挺"。

3（金秋）

　　攒了很多话要说，因为不能说这一件事，其他事也就无从说起了。心里是高兴的，怕显不出来，所以脸上一直挂着笑。奈丽一如既往地爱说爱笑，跟杰克斗嘴，翻男友的糗事。你知道吗，有一次他给人染头发，颜色都调错了。奈丽边哈哈边说，人家要棕色，他给染了黄的。奈丽大笑不止。红头发的阿耀也咧着嘴笑。秋荣也笑了。那怎么办，她说。还能怎么办，扣工资呗，这个懵子，还没挣钱呢，先赔了老本。奈丽打了阿耀一下。阿耀还是笑。秋荣有些羡慕，阿耀这样的人，应该是不会把手伸进女子衣服的人。倒是奈丽，极有可能是主动的那个。这么一想，更加释然了，奈丽绝对不是坏人，她只是天生热情。说笑之中，奈丽的手大部分时间都放在她的身上，一会儿在肩膀，一会儿在腿上，或者干脆就在她的手里。记得以前很不喜欢这样的亲密，总是悄悄扭动身子，让她的手落空。这会儿，她的手交叉握住她的手，她的手指叠在她的手背上。她注意到她的指甲，涂着厚厚的指甲油，光滑透亮，在灯光下很好看，大拇指上还有两颗碎钻，动静之中泛出不同的光线。真好看，你自己染的吗。说完差点跳起来，对啊，之前怎么没想到呢。按女客的时候，她们十有八九染了指甲，连脚上都有，各种颜色和式样，还有贴了假指甲的。小时候只是用花染过，想当然地以为这是一件简单的事，直到自然而然地问出这个问题：是自己染的吗？奈丽的话证实了她的判断，我自己哪能染那么好，去做的。那种亮片的我也想做，可是不方便干活儿，等过年回家一定去做一回。可贵了。

还贵？

奈丽，我爱死你了。在她脸上亲了一口，这还不够，摇她的肩膀，像和姐姐们打闹时那样，摇到她声音发抖，把每一声笑抖出更多声。

疯了吧你，谁要你爱我，人家可是有对象的。

我爱你的指甲。她把奈丽的双手举到灯下，像王子膜拜公主，仰视指缝里漏下来的光。将手掌微微倾斜，晶莹的指甲把光兜住，宛如饱满的珍珠。太爱了，她说。

要走的时候，奈丽执意送她。走进昏暗无人的巷子，奈丽告诉她，文森特走了，去了更大的理发店，是连锁的。她不知道说什么好，顿一下才说，哦。也许这样的迟钝让奈丽心生愧疚，她再一次道歉。秋荣学着她的样子抱住她的肩膀，摇了摇她，嘿，快算了吧你，我早忘了他长什么样。我不信，奈丽说，他那么帅。帅有什么用，又不能当饭吃。她说，猪会因为帅比别的猪肉贵吗？这话说得全无逻辑，她只是说来活跃气氛，包括已经忘了文森特长什么样这种话，她撒谎了。她率先笑出声来，奈丽也跟着笑了。等笑声平息，奈丽说，你要是在外面不开心就回来吧，老板娘一定会同意的。

我很开心。她快乐地说，正要告诉你呢，我决定换个工作。

为什么要换，现在的工作不好吗。

好。她说，不过我发现一个更好的。

第二天，闹钟还没响就醒了。来到街上，很多店铺还没开门，因为明确了目标，所以走得飞快。盯着招牌，找那个"甲"字，大多和"美"连在一起，美容，美甲。隐约记得街尾有一家，以前从没留意，以为又是一家没什么技术含量的店，就跟洗衣店一样，只是一群没有上进心的人为了服务懒人而开的店。这会儿不禁为自己的成见羞愧，甚至开心地这么想：要是美甲店不要自己，就去洗衣店碰碰运气。当然，仅仅是一时开心才这么想，她打定了主意，一定要进美甲店。现在不是两年前了，要是去面包店，也一定有办法进去做面包师，她总算知道了，就算是公司，也是人开的，是人就可以商量。当然，也不想去面包店了，她打定主意，一定要进美甲店。给奈丽这样的女孩染指甲，是一件多好的工作啊，而且，男人是不染指甲的。

白底的招牌上是一串儿粉色的英文字母，她不认识。还没开门，趴在玻璃门上往里看，红色的沙发被方形的玻璃桌隔开，桌面是浅蓝色，点缀着点点的黄色，像星空。有的桌上放着绿植，有的放着鱼缸，正对面的墙上是同样的一串英文字，闪着光，镶嵌在更大的白色之中。她喜欢白色，连带上面的粉也不讨厌了。站在路边的梧桐树下，直勾勾盯着那扇玻璃门。一直没人来，心跳慢慢降下来。注意到不远处有一家门脸很小的饭馆，叫豫香园，她知道豫是河南的简称，以前也来过这儿，竟然没有注意到。有多久没吃过水煎包了，太久了，就是在家里也不是总能吃到。正是早饭时间，水煎包的平底大锅摆在门前，每一次掀开盖子，都冒出一股热气。年轻的厨师铲动锅底，金黄的一面随之翻上来。走过去，用家里话询价，老乡，包子咋卖？一块钱俩，两块钱五个。来两块钱的。好咧，胡辣汤要么。来一碗。好，屋里坐。不用了，我就在外面吃。端一碗满得快要溢出来的胡辣汤，把装水煎包的塑料袋挂在手指上，回到路边的树下去吃。阳光照到玻璃门上，人还是没来，转而看豫香园的年轻厨师在灶前忙碌，包子和他的家乡话都带着亲切的味道，好久没有这种感觉了。奈丽也是同乡人，和奈丽在一起的亲切与这种亲切不一样，大概因为是陌生人吧，陌生的亲切，更容易激起乡愁。有一年庙会，和秋雅秋芳上街，也是这样站在路边，吃水煎包，那时候没钱，所以没喝胡辣汤。秋雅拎着塑料袋，她和秋芳吃完就伸手去拿，她看不惯秋芳吃太快，所以吃得比她还快。她知道这样会让秋雅吃更少，可还是带着气吃得更快。这会儿，她吃得很慢，意识到在想她们，立刻打住了，把注意力重新凝聚到玻璃门上。奇怪得很，最近想到她们的次数明显增多了，刚出来那会儿，她从不想她们，就是想到，也是咬着牙。前些日子，秋雅来过一次电话，应该是婶子给她的号码。没说几句话就挂了，她没有问秋雅任何问题，秋雅的问题她也没有好好回答，有的是不方便说，有的是不想说。在理发店干得还好吗？还行吧。谈对象了吗？谈对象干嘛。过年还不回家吗？你不是也没回。要不来我这儿吧。去你那里干嘛。秋雅的声音还是那么轻柔，只有她一直软不下来。临了，秋雅给了她秋芳的电话，她没有记。

玻璃门开了，开门的是一个穿着入时的女人。她抓住正要合上的门，女人笑着说，不好意思，今天不营业了。

我不是来染指甲的，我是来学习的。

学习？

我想到这里上班。

之前干过吗？今年老师们都回家过年了，我正愁开不了业呢，你要是能行，倒是可以过年还把店开起来。

我没干过，但我能学。

那不好意思了，我们不招学徒。

我真的想学，我很喜欢这一行，你就留下我吧，不给工资都行。

女人笑了，打量了她一会儿说，看得出来你很想干，可这会儿我们真的不需要人，你看，你就算来了也开不了业啊。

我可以等过了年再来。

这样吧，你再去别处看看，美甲店挺多的，附近的几个商场都有，你这么漂亮，一定有愿意要你的地方。

好吧，她说，我能问你个问题吗。

问吧。女人饶有兴趣地看着她。

招牌上的英文字是什么意思？

哦，你说咱们店的名字啊，Sister，姐妹的意思。

Sister，Sister，她默念着这个单词，糊里糊涂地走出去，走出不远就开始埋怨自己，应该坚持的，应该说更多好话的，应该再表表决心的。怎么那么轻易就被打发出来了呢？她掉头回去，走到门前又掉头走开了，现在回去除了跪下来求人家还有更大的筹码吗。一天时间，她逛遍了附近的商场，商场里的美甲店明显更上档次，也全都正在营业。有三家愿意要她，她只在其中一家做了一副指甲，红色的，是小时候用花能染出的颜色。天快黑的时候，她又回到那条街上，店铺已经关门了，趴在玻璃门上往里看，发现鱼缸不见了，但花还在。

余下的几天，大多时间是在路边的梧桐树下度过的。每天都吃水煎包，和老板熟悉了，那个年轻厨师，就是老板。临过年还有三天，饭馆也要关门了。最后的五个包子和一碗胡辣汤，她是免费吃到的。我要回家结婚了。年轻的老板开心地说，这顿饭就算是请你喝喜酒了。恭喜啊恭喜，她学着电视里的人抱着拳说，新婚快乐。年轻的老板把眼睛眯成了一条缝，朝她握起拳头，加油，你一定能找到工作的。肯定能，她笑着说，尤其是吃了你的喜酒之后。

第六天，大年三十的前一天，玻璃门又打开了，她再次抓住正要合上的门。

你等了六天？

是，我就说，你肯定会来浇花。

还真有你的。女人笑了,你没去商场看看吗。

去了。

没人要你?不可能吧。

有人要,三家。

那你还来干嘛。

我喜欢这里。我喜欢你取的名字,Sister。

1（雪融）

这是一个人过的又一个年。莫名其妙，怎么就和孤独交上了朋友，连孤独这个词都是新学的，刚知道孤独，就知道自己是孤独的。我很孤独。他说。说完他们就上了床。以前她都是用孤单，用方言说起来像是"孤胆"，一个人怪"孤胆"得慌，她常这样说。看了几场电影之后，她了解到"孤胆"多用在男人身上："孤胆英雄"、"孤胆枪手"、"孤胆特工"，各种"孤胆"，银幕上却打得热闹。电影也是跟他去看的，第二次，看完《孤胆特工》之后，他说，我很孤独。于是就从了他。她觉得这个说法很好，天然带着伤感，孤单还有些不甘，"一个人怪孤单得慌"，还是想找到别人；我很孤独，是认命的说法，虽然这句话说完抱得比任何时候都紧，但也只是那么一会儿，一旦分开，孤独就像衣服一样被穿到身上，甚至衣服还没穿完，就知道孤独回来了。也许孤独是内衣，总得穿着。从那以后，不再说孤单，而说孤独。她清楚地知道身上正穿着什么。

我只能待一会儿。每次来都是这样。刚开始以为只是工作，后来在餐厅碰到，他才被迫摊牌。为什么不能找个别的餐厅呢。她说，这恐怕是唯一能提的要求了。第一次去这家餐厅，是和莉莉跟他，后来莉莉走了，变成她跟他，没想到，他也会带妻儿来。他看起来可一点儿都不孤独，如果和家人在一起还孤独，那世界上还有不孤独的人吗？第一反应是离开，如果他真的孤独，就让他孤独到死吧。他示爱的能力跟表达孤独的感染力一样出色。给我点时间，我会解决。他是跪在床上说的。那一瞬，她信了他，只是那一瞬。后来，宁愿他不来待这一会儿，尤其是过年这天，她根本没有要求，连短信都没发，他还是来待了一会儿，似乎这一会儿有多紧凑，就代表有多在乎。

她光着身子，站在窗口往下看。穿好衣服的他从门洞里走出来，一贯的深色西装，平整，利落。她能想象他的妻子在家熨衣服的样子，孩子在地毯上玩，熨斗抹平褶皱，她会细心地绕过纽扣，也许还要翻出口袋来熨。她一定习惯了一丝不苟的生活，她会想到他在外面这么乱吗？肯定不会。他还要把她"解决"掉，更想不到了吧。世上大多事只能遇到，而不是想到，从这一点来说，大家算是一样的人。他摁响了车钥匙，她拉上窗帘。茶几上堆着他拿来的新年礼物，已经没了立刻去拆的兴趣。有一个红包，很鼓，这算是一种情调吧，以往都是打卡里的。她剥掉封皮，没数，扔到抽屉里。

一开始,他找她仅仅是谈论莉莉。跟我说说莉莉吧,他说,她很少跟我讲心事。她觉得奇怪,他们是一对,莉莉不跟他说心里话,还会跟谁说呢。在一起之后,她也没有跟他讲过心事。他问她家里都有什么人,她告诉他有父亲母亲和一个妹妹,还有爷爷奶奶,只是没说母亲是继母,妹妹已嫁作人妇,爷爷奶奶也远走他乡。起初是怕说了被他笑话,后来是怕说了被他轻视。你爸还好吗?他有时会表达关心,他是干什么的。他挺好的,在做生意。只能干巴巴地这么回答,他也就没了再聊下去的兴致。或许莉莉也是这样,所以他迫切地想要知道她是一个什么样的人。老实说,大雪也所知有限,所能分享的仅仅是那一个醉酒的晚上,很快就交代完了。此后他再来,也没有更多可以奉献的了。在商场临街的咖啡厅,他以购买化妆品为名约她出来,坐在一起谈论莉莉的那半个小时,往往被躁抑的沉默切割成无数小段。谈及莉莉,更像是在猜莉莉:她儿时是不是总被人欺负,以至于现在特别会讨好人;她是不是喜欢上了不喜欢她的人,以至于总是心不在焉;她是不是有抑郁症,以至于笑起来也透着哭腔……大多猜测由他提出,她负责说是或不是。不是,不是,不是,她总替莉莉否决,面对进一步的追问,又说不出个所以然。她觉得对不起杯中的咖啡,什么都不能提供,还总是败他的兴。可他还是会来。柜上的同事起了议论,大雪,他肯定看上你了,以后做了富婆,可别忘了照顾我们生意啊。她红着脸否认,不是,不是,肯定不是。再见到他,忍不住不往那方面想，沉默因此也就更可怕了，怕沉默太久，磨平了兴致。有一天，她滔滔不绝地讲起了莉莉：她有个姐姐，为了让她上大学很早就嫁了人；她父亲脾气很坏，小时候总打她，打她母亲；她母亲改嫁了，不知道嫁去了哪里；莉莉一直想去找她；她姐姐有一天在深圳的街头见到了母亲，但很快就错过了，甚至不能确定那是不是母亲；莉莉知道后，就决定去找她……讲完之后，大雪也有些惊讶，竟然编得那么顺畅，那么曲折，好像不是编出来的，而是一直就存在于脑中的某个角落，只是找到了头，顺手将其扯了出来。沉默延续了一小会儿，他抓过她的手说，你全都知道，为什么现在才说。她努力将手从他手中挣脱，复又握住他的手说，我怕你难过。说完，她率先有了泪光。

一连几天，他没再来。或许他也会像莉莉一样消失。莉莉和他，大雪都不了解，却总是不受控制地被他们吸引。好几次，手指停留在他的电话号码上，迟迟按不下去。一天晚上，照例耗尽了精力才睡，迷糊之中，电话响了，她一跃而起，屏幕上却是莉莉的名字。她犹豫了一下，接通。莉莉快乐地向她问好，问她前些天打电话有什么事。她卡住了，好一会儿才干巴巴地说，没事。后又补充道，就是想知道你好不好。

挺好的。莉莉说，我就是想一个人待待。

那你还会回来吗？

回杭州吗？不知道。看我心情吧。

挂了电话，她琢磨了一会儿莉莉的心情，实在琢磨不透，就睡了过去。几乎做了一夜的梦，醒来时又累又怕，尽是些噩梦，最坏的一个，是说出了一支香水的底价。事实上，她并不知道商品的底价，专柜都是直营的，没有进货价一说，可她还是说了出来。她说了出来，并感到后怕。来到柜上，才发现忘了化妆，于是只能去厕所补。快下班时，他又来了，邀请她去看一部新上映的电影。她以为莉莉给他打过电话了，可是一直没办法问出口。电影演的什么全然不知，只记得一直有枪声。散场后，他开车送她回家。她不想让他知道家在哪里，让他在很远的地方停了车。他从车窗探出头来，对她说谢谢。她问他谢她什么。他停了一会儿，说谢谢你说了莉莉的事，她接了我的电话，不过没有说她母亲的事。大雪站在马路边上，一只脚悬空在路牙子上，生出一阵置身于悬崖之上的错觉。她把脚收回来，扶住了路灯。我也没问，他说，我给她打了些钱，算是支持她吧。

三天之后，他又来，带她去看了第二场电影。一周之后，她辞了职，在此后很长一段时间没再踏足这个商场，虽然她的主要消遣变成了逛商场，虽然这是离家最近的商场。

孤独就是这么来的，孤独像被爷爷精心修剪过的黄瓜秧子，实打实地缠住了她。黄瓜秧子。黄瓜秧子。她不断想到爷爷繁荣的菜地，老人家不辞昼夜地修、剪，只留下最粗壮的那些。人不慌怎么活？这是爷爷对休息的态度。休息是罪恶的，她从小就知道，劝爷爷休息，更像是撒娇，她知道老头是不会休息的，烟一掐灭，他就又开始干活儿了。慌，是爷爷对干活儿的态度，这是正在失传的方言，老人家管挣钱叫慌钱，慌两个儿——就是挣点钱，又是慌，又是两个儿，多不易啊。年轻人不会这么说了，年轻人总是轻描淡写：出去弄点钱花。弄来钱，然后花掉，年轻人重钱不重慌。现在，不用慌，钱就来了，这让她心慌。看来爷爷是对的，心和身体，总有一个得慌着。不上班加重了心慌，心慌加重了孤独，只有等他出现，被他剥掉衣裳。他总是抱得很紧。菜园子。黄瓜秧子抱死了木架，白色的茸毛在阳光下纤毫毕现，木架上的树枝早已枯朽，表皮干裂、斑驳，一如爷爷粗黑的双手。忍不住打颤，勒令自己别再去想。我太喜欢你了，他说。一连说好几次，把她抱得更紧了。她也抱紧了他，她相信这话不会有假，但也知道真不了多久。在餐厅撞破之后，更知道了。不再说什么你别走了、明天再走吧之类的蠢话，不过有时候还是会问：到底什么时候解决？并没有寄多大希望，更像是撒娇和恶作剧，就像在田埂上劝爷爷休息一样，知道这些话是没有意义的，但还是要说。我会解决的，一定会。他信誓旦旦地打保票。她基本是不信的，不过个别时候，还是会信，源自无意中的一次发现，信的时候，特别欣喜，特别满足。那是一种新感觉，周身充盈着轻盈的浮力，好像正被什么慢慢抬起来。这种感觉来得快去得也快，极不容易获取，所以只能更为频繁地去问。她知道这只会让回答更敷衍，更难以取信，可没办法，她上了瘾。

大把大把的时间，不知用来干嘛，大把大把的钱，不舍得花。后来发现窍门，用大把大把的钱去花费大把大把的时间。一开始，花钱总是心慌，第一双好鞋早就扔了，可还是总想到它，拥有它时的欣喜和心慌一直伴随着拥有这件事。她痛恨自己没出息，什么时候才能只有欣喜而不心慌呢？答案是买更多。心渐渐不慌了，可欣喜似乎也随之淡去。买那么多漂亮东西回来，却只能展示给卖东西的人看，售货员的恭维她再熟悉不过，因此感觉不到丝毫快乐。她也学着莉莉拉上窗帘看电影，那台投影都是她留下的，还有许多碟片，多是说外国话的片子，往往看不到十分钟就开始犯困，又总被枪声和争吵惊醒。也不怎么给二雪打电话了，她有了第二个孩子，总是忙忙叨叨，在电话里骂孩子，骂阿方，终于清净下来，又开始抱怨阿方，抱怨阿方的父母。刚开始，她还能同仇敌忾，后来总被她弄得心烦。她知道二雪是真的烦，所以才能把烦通过电话传达到这边，安慰与劝说起不到一点作用，二雪自有一套道理。她的话并不能改变她分毫，二雪想要的仅仅是让她站在自己这边，和她一起生气，一起骂。二雪频繁提到离婚，提到要来找她，这也让她不知如何应对。她曾经热切地期盼她来，现在却害怕了。她没有跟二雪说自己的事，也怕她过来撞破自己，只能支支吾吾地搪塞她，不断把时间往后支：等给你安排好工作再来，等孩子断奶了再来……再也找不到借口，开始怕接她的电话。几个月前，她拜托光辉去了一趟姑姑家，先是要到姑姑的电话，继而要到了爷爷的电话。跟爷爷也没什么好聊的，他闷声闷气的，问一句你吃饭了没，就再也没话了。她呢，也只能表达关心，别太累，要注意休息，这些对于他只是废话，就像他总问，你吃饭了没，也是废话。他和奶奶在温州，他骑一辆三轮车收废品，奶奶背一个编织袋捡废品。她不想跟奶奶说话，嘱咐爷爷不要让她知道。爷爷闷声闷气地答应了。有一次打电话奶奶刚好在旁边，问他谁来的电话，爷爷不善撒谎，很快露了馅。她被迫承受奶奶咄咄逼人的审问与叮嘱：你在哪里？你挣多少钱？你可别把钱给你爸！你把钱寄过来，我帮你保管……除了真的没有把钱给父亲，别的事一概撒了谎。她寄了一些钱过去，让她给爷爷买点好吃的和好穿的。她知道这也是废话，她根本不会照办。也没办法直接把钱给爷爷，他不会花给自己，只会悉数交给奶奶。如果只有爷爷一个该多好啊，她忍不住这样想，这样就可以把他接到身边来了。爷爷不会制造任何麻烦，带着奶奶，就不一定了。望着满屋子的精美用度，她不免羞愧，爷爷的恩情，似乎永远报不了了。实在无聊，她去拆茶几上的新年礼物，一条围巾，一盒燕窝，还有一桶茶叶。西湖龙井，这是好茶。她穿上衣服，打给爷爷，爷，新年好啊，没事儿，给你拜个年。明天不要出门了，我去看你。

　　挂了电话，她开始收拾行李，把龙井和燕窝一并放了进去。

2 (反春[1])

唢呐强行送来欢乐，欢乐一刻都没断过。喜字成双出现在目之所及的一切角落，连厕所的墙上都有，喜庆至此，不容置疑。春红穿一套红色的上面有喜的喜庆衣服，像是要赴刑场一样哭丧着脸。没人的时候，她还哭了一鼻子，只好又打电话叫人过来给她上妆。春芳问她为什么哭，是不是不开心。母亲像被蜂蜇了一样跳起来，你个死孩子，胡说什么，这是高兴的哭，结婚这天都会哭的。那你哭了吗。春芳不识相地追问。我？我哭得更惨。母亲说完，又去劝春红，别哭了，哭花了脸还得麻烦人家过来给你化，这不都是钱吗？她转而去跟化妆的小姑娘搞价，问她这次能不能便宜点，得到否定答复后只好再去劝春红，听话，不哭了，高高兴兴的不好吗。她像对待病人一样拍打女儿的后背。春红止住眼泪，

---

[1] 立春后的三天内下雪，称为"反春"。

绷紧了脸。那到底是该哭还是该高兴啊，春芳说，你不是说因为高兴才哭吗，怎么又不让人家哭。你别说话了，母亲瞪着春芳，再说一句我让你哭。春芳吐吐舌头，跑了。屋子重回紧张的死寂之中。春蓝坐在不惹人注意的角落里，姐姐就要结婚了，她却高兴不起来。早上起来，她是高兴的，并以为这将是高兴的一天。等院子里的人越聚越多，唢呐班子开始吹奏，快乐的音乐声和说笑声交替占据高频，汇成混杂不清的声浪，无形而又结实地罩住这个小院，好像声音也有了重量，压得人透不过气来。这让她想起车间里的噪音，绵绵不绝且铺天盖地，置身其中，人似乎只有越变越小才能抵住压力。唢呐声乍一听是欢乐的，持续得久了，开始透出紧张与焦躁，仿佛只有不断地说、笑、走来走去和迎来送往才能抵消乐曲带来的兴奋——就像母亲那样。她没有这些应酬要做，所以只能躲在角落。有一首曲子来回重复，几首流行歌曲过后往往又是这一首，音符细碎、跳跃、俏皮而又伤感，大概跟唢呐也在葬礼上吹奏有关，个别音调稍不留神就会滑向哀乐。这首曲子叫《婚礼曲》，要等她结婚才知道这个名字，她跟母亲商量，能不能不要唢呐。那怎么行呢，母亲说，谁家结婚不吹打吹打。于是她再度听到这首曲子，她让春芳去问，这是什么曲子，她想知道让她困惑多年的梦魇究竟是什么。春芳回来，告诉她这是《婚礼曲》。在春红的婚礼上，她本也有机会去问，但是碍于姑娘家的害羞没有开口。母亲让她去给唢呐班子送茶水和烟，她把烟和茶叶撂到桌上就走了，都没太敢去看那帮唢呐匠。不过匆匆一眼之间，那个吹唢呐的雪白青年倒是让她印象深刻，在这场婚礼中，这个白得不像话的唢呐匠反而成了最像天使的那一个。

送走了春红，母亲和父亲开始躲在屋子里数钱。她和春芳负责打扫庭院，喧嚣过后的寂静同样让人难以适应，甚至都要怀疑是不是没有舒服的时候了。春红是不是有点害怕，春芳问她，还是说她不乐意。她们掀起菜汤横流的桌布，油水摔在地上又溅起来，下意识的躲闪中扯动桌布以致更多脏东西落下来。你能不能别说话了。她没好气地说。春芳识趣地闭上了嘴巴。她已经是个中学生了，多多少少懂了点事，虽然大多时候她还是想说什么就说什么，想要什么就要什么。当然，要不要得到就是另一回事了。

她进了屋，母亲还在点钱，现金一摞一摞摆了半张桌子。现在人随礼很少用零钱了，多是五十一百的，其实数目已经在账本上了，她点钱，只是为了确定账本上的数字。这隐约透着一种不相信记账人的嫌疑，不过也无伤大雅，人们看到钱，总是忍不住要点一点的。父亲翻看账本，手指划过一个个人名。王学成，二十元。父亲念出手指下的一串字。二十！母亲叫起来，意识到声音太大，她看了看外面，现在哪还有二十的，王学成是谁。就是窝头儿。父亲笑了笑，像是不在意，又像是为了表达轻蔑。这个窝窝头儿，就数他抠。母亲咬着牙说，二十块钱还拿得出手，还好意思带着小孩来吃我一顿。那人家也有理，父亲说，他闺女结婚咱也是二十。那是几百年前的事儿了，那时候的二十跟现在的二十能比吗。让他等着吧，等他孙儿结婚，我也给二十。就你扯得远，父亲说，他孙儿才九岁，到那时候二十块钱能干什么。那我不管。母亲说，我就给二十。她又在数钱了。窝头儿人精，小算盘打得响，父亲说，他肯定是想着咱家闺女多，他就一个，要是每个都涨价他就亏了。那是该亏，母亲说，闺女多是我能生，他要是觉得亏让他女人再生啊，她生得出来吗？净说没用的。父亲笑了笑，这次是冷笑，意思是春蓝还坐在一旁，母亲的家常俚语该打住了。春蓝倒没觉得有什么不妥，更脏的话她也从母亲嘴里听到过，跟其他妇人相比，母亲算是节制的了。看得出来，母亲是真的高兴，窝头儿的二十块并不足以叫她生气。这是丰收的一年，春红的彩礼，据说给了十一万，相比而言，她拿回来的三千多块工资显然不值一提。也正因为有春红的十一万，母亲没有苛责她的三千块，不过她还是问了一嘴王雨婷拿回多少。我不知道。她生硬地回答，其实她是知道的，王雨婷拿了六千回来，在买了手机的情况下，意思是除去买手机之外她这一年的零花还是不满一千。而她只有三千，她也知道这一年花得似乎有点多了，她不知道母亲会不会去问王雨婷她妈，不过这会儿肯定还没问，她还顾不上这些。妈，她犹豫了一会儿还是说了出来，我听人家说你彩礼要得太多了，十一万，这么多钱春红嫁过去该受气了。你听谁说的，谁这么嘴欠。母亲摆出了战斗姿态，好像说她坏话的人就在眼前，他们知道什么啊就背地里胡呲，那十一万，是我暂时替你姐保管的，等他们有了孩子我就还她。也不想想，那么白白胖胖的一个大闺女就这么交出去了，不要点钱押在手里我能放心吗。原来如此，她松了一口气，并感到羞愧，不该跟着外人的口风误会母亲的。你告诉我，到底谁说的，我找他去。母亲不依不饶，骂骂咧咧，到底是哪个烂嘴角子的顺嘴淌脓。我不知道，是我在厕所听到的，她们在墙外面说，我哪知道是谁。她只说了部分事实，确实是在厕所里听到的，不过她听出了说话的是谁，是跟母亲很要好的两个邻家大妈。你也是笨，当场就该站起来骂他们，母亲说，我要十一万？那是俺闺女值十一万，他们想要，还得有人愿意给呢。等你结婚了我要十五万，等春芳结婚我要十八万，眼红死他们，我气死他们……好了好了，别说了，父亲制止了她，越说越不像话了，嘴长在人家身上，你管好自己就行了。我怎么管不好自己，我不光管好了自己，还把几个闺女养活得排排场场，还要给她们找到好对象。母亲说，这不是我的功劳吗。行，是你的功劳。父亲摸出烟点上，意思是不想再说话了。天要黑了，院子里为了酒席扯的电灯灼灼放光，照着已经空空如也的桌椅。蓝，母亲暧昧地叫她，窝着笑说，你姐的心我算是操完了，下一个就该你了，早上你姑说她们那儿有一户跟你特别合适，我让她安排过两天见面……

有一户特别合适，这话说得有点奇怪，她只是一个人，与之匹配的却是一户。她当即拒绝，说不见，接着又说，我还小。本地人说话，遇到好事至少要拒绝两遍，第一遍多被理解为谦虚，第二遍才开始当真。具体到家人之间，情况又有所不同，很多事情，即使拒绝成千上万遍，还是会被理解为是为家人着想而不是出自本心，家人则只能反过来以为你着想而一意孤行。好像个个都是赵匡胤，必须要为其披上黄袍才能作罢。你不用舍不得我们，母亲说，你要是过好了我们也就好了。她换了几个角度拒绝，母亲仍旧用这句话应对。她知道再多说也是废话，在心里，她打定主意，就算对方是天兵天将也绝不松口。

两天后，大年初八，那一户在大姑的带领下浩荡而来。他们是开着车来的，因此显得很有气势。那时候汽车还不常见，一辆破破烂烂的面包车足以引起围观。一帮好事的跟着车子，都想看看是往谁家去的。雪地泥泞，车子走得相当吃力，时不时陷入泥坑，好事的也很乐意上手推一把。等车子在春蓝家门前停下，大家就明白了，原来是相亲的啊。不得了，大闺女刚嫁出去，二闺女就相了个有车的，人们的议论带出艳羡，这就是母亲想要的议论。

小伙子长得还算周正，腰上挂着的一串钥匙和手机皮套让他看起来相当稳重，一般这样打扮的都是大人，年轻人很难驾驭。他腰上的钥匙比一般人多，更不简单了，这代表他有很多可以锁起来的东西。锁起来的东西，必然有一定价值。听母亲说他们一家在外面做生意，这就是合适的原因。被单独关在一起的那十多分钟，他们两个都没有说话。春蓝能感觉到自己的脸在发烫，一定很红，她难过地想，为什么在自己家里还是表现得那么没出息。对方一直不说话，导致没有可供分散注意力的地方，只能专注地感受脸上的热。离开之前，他开了口，很郑重地，我看上你了，你要是觉得我也行，就跟你大姑说一声吧。他放下一封红包走出门去。这算是表白吗？没想到这个闷声闷气的年轻人这么勇敢，竟然当面把话说出来了，从这一点来看，他比崔志杰强多了。崔志杰看起来还是个小孩，如果把钥匙和手机别在腰上，一定会很滑稽的。

她咬紧了牙关不同意，被问及缘由，又说不出所以然。母亲以春红为例劝说她，并以对付春红的方法降服她，让她接受先定下来这个说法。她觉得不舒服，但也没有别的办法，母亲的方案看起来通情达理，并且已经有了春红这样的成功案例。只是她一直没找到机会去问春红，问出那个春芳已经问了好几次的疑问：是不是有点不太乐意。春芳还小，她的问题没人当回事。当然，她也拿不准换自己来问会不会得到答案，她也不大，她深知这点。

这事算是暂时完结了，可还是没办法轻松下来，那股从春红的婚礼上就压在心口的气好像一直不能吐出来。等钱超上门她才知道自己在怕什么。她打了声招呼就躲到里屋看电视了。她开大音量，不想听钱超在母亲面前赞扬她。她深知自己不算什么好员工，她相信钱超也知道这一点，互相看不上，又不得不往一起凑，仅仅是因为他需要工人，她需要工作。钱超走之前掀开帘子跟她再见，那张帅脸堆着笑，让人不忍苛责。她只好也笑一下。咱们初十走，钱超说，早上在汽车站汇合，别睡懒觉哟。这话说得十分家常，就像跟自己的家人说一样，别睡懒觉哦，明天咱们有事要干。在车间里，他从来不用嘴说，每天早上六点半，震耳欲聋的音响准时响起，日复一日放的都是同一首歌，明明是一首欢快的歌，听起来却像丧曲。这些天，她都是睡到自然醒，好像生活向来都是那么自然。睡觉这两个字从钱超嘴里蹦出来，瞬间召回了那些如丧考妣的清晨，胸中的那口气化为固体，卡得更紧了。

初九，春红携丈夫回门。短短三天，她已经和出门前判若两人，原本就圆的脸更圆了，满面油光，说笑大声，活脱脱是母亲的翻版。春蓝有点措手不及，没想到婚姻对一个人的改变那么大，那么快。她把满肚子疑问压在心底，春红已经变成了另一种人，恐怕永远没办法再给她姐妹之间的答案。不过她还是带来了一个好消息，这个好消息化解了所有疑问，让春蓝彻底轻松起来。她是带着商量的口气跟母亲说的，杨刚强说我们家饭店缺个服务员，他看春蓝挺合适，能不能让春蓝去我们那里。我去！她赶在母亲之前回答，坚定得自己都觉得害怕。两姐妹在一起互相有个照应，母亲似乎没理由反对，娘仨儿愉快地达成了共识。只是母亲隐隐担忧，被钱超押的那一个月工资还能不能要得回来。她知道肯定要不回来了，但她没说。

兴奋过后，她想起崔志杰，从而变得伤感。当天晚上，她找到王雨婷，从她那里给崔志杰打电话，告诉他自己不去了，让他也不要去了。短暂的沉吟过后，崔志杰邀请她一起去宁波。我要去杭州，她说，去我姐的饭店当服务员。那我也去。你神经病吧，你去干什么。我去了再找活儿，崔志杰说，杭州一定也有厂子。杭州没厂子，去你的宁波吧。好吧，崔志杰说，反正离得不远，等放假了我就去找你。到时候再说吧。因为王雨婷在，她不便多说，匆匆挂了电话。你真的不去了吗。王雨婷说。不去了，她快乐地说，说完才注意到王雨婷的低落。你也别去了吧。她说。我能去哪里呢？王雨婷低着头，摆弄着自己的新手机。要不你跟崔志杰去宁波吧，正好你俩都会踩机器。好像不说出点办法，就是见死不救一样，于是她灵机一动，说出了这个好主意。此后数年，她都为说了这句话而后悔。

3

每有客人投诉，秋荣就很高兴。已经如此卖力，还是不够满意，这里面的水得有多深啊。她满脸堆笑地站在一边，听顾客告她的状，听老板娘数落她，状告得越凶、数落得越狠她越高兴。这种反应常常会惹怒顾客和老板娘，明明在挑她的错，她却一副嬉皮笑脸不知羞的样子，好像完全无所谓，又好像是个傻子，无论是哪一种都让对方的征伐显得可笑。她总是积极认错，但认错者的诚惶诚恐与患得患失绝不会出现在她的脸上。每一次，她都觉得自己赚到了，所以她快乐地认错，因为快乐，所以看起来不像真的认错。可她是真的快乐啊。客人挑错的地方主要集中在技术层面，指甲做得不好看啦；甲片贴不正啦；甲油胶涂不均匀啦；两只手有差异啦……这就是她忍不住开心的原因，有那么多错误需要加以修正，想想就觉得赚大了。面对投诉，老板娘多采取应付姿态，以把顾客哄走为目的，对她们提出的问题倒不以为然。的确，小小一片指甲，能出多大问题。这是关于美的工作，客人心里总有对美的想象，一旦她们的工作没办法印证想象就会造成不满，现实与想象，似乎从来没有互相满意过，想象勒令现实变成想象，现实逼迫想象面对现实。这大概是这份工作最大的难点，摆在眼前的看似只是一枚指甲，实则是瑰丽的想象。有时候，老板娘在客人面前骂完她之后也会安慰她：别放在心上，谁让咱们挣的是女人的钱呢，女人就是事儿多。她完全不这么想，她就喜欢事儿多的客人，事儿多才能进步。

有时她还会追问：您还有什么不满意的地方吗？这无疑鼓励了那些胆小腼腆的顾客，让她们得以一吐为快。她认真倾听，拿一个小本子记下来。起初，老板娘不太喜欢她这么干，这不是没事找事吗。后来找她的回头客越来越多，老板娘也就闭嘴了。再后来，老板娘给每个人都配备了一个小本子，并要求必须派上用场，哪怕只是做做样子呢。不止一个客人夸奖秋荣，这种拿着小本子记录售后服务的态度真是太专业了。秋荣受宠若惊，没想到自己还能和专业联系在一起，她一直以为自己只是一个学徒而已。

从前，工作的时候她很少说话，在理发店给人洗头的时候，说得最多的一句是水温合适吗；在足疗店给人按脚的时候，也顶多说一句力道合适吗。一旦合适了，就没有说话的必要了。她是一个提供服务的人，她深知服务要用的是手，而不是嘴。做指甲的时候，不得不说话了，女客们总有诸多疑问与要求，需要一一给出答复。她不是一个喜欢说话的人，也不喜欢听别人说话，母亲的抱怨，奶奶的唠叨，婶子的辱骂，男人的挑逗，朋友的交谈……全是废话。说话解决不了任何问题，人们说话，只是因为没有办法。一直以来，她保持着能不说话就不说话的好习惯，到了这里，全被打破了。埋首于一片小小的指甲之上，常常不知不觉和指甲的主人从头聊到尾。大概是因为屋子里全是女孩让她放松了警惕，也可能是距离太近让她觉得亲切，她的话明显多了起来，这才知道，说话不光是为了解决问题，也可以仅仅是为了开心。常常在说笑之中结束一天的工作，她从不觉得累，就算是累，也是因为说了太多觉得口渴，笑了太久觉得脸酸。

不少客人成了熟客，她们信任她，愿意让她在手上鼓捣些新花样，等她学会了文眉和一些美容项目，也放心地把脸交给了她。老板娘常说，脸就是女人的命，她不以为意，但也不敢大意。在她看来，脸就是脸，命就是命，脸是天生的，命不是。干了美容之后，她多少有些动摇，脸似乎比命更容易改变，脸上的改变也更容易被看见。日复一日，她改变着一双双手、一张张脸，也慢慢觉察到自己的改变，话说得多了，也就不那么坚定了，认准的道理，也会忍不住怀疑了——包括最重要的一条：必须要会一门技术——通过和客人们交谈得知，很多喜气洋洋的女孩，也不会什么技术，就是单纯的命好，当然，她们也大多漂亮——不禁又想到老板娘的话：脸到底是不是命？很多事情，越想反而越不明白。大体而言，她认为这是好的改变，多想想总没坏处，至于想不明白的事情，就让它不明不白地在那儿吧。

  有一个叫大雪的熟客，很少说话，总是一副叫人琢磨不透的样子。每次来，她都找秋荣。这时候的秋荣已经习惯了说话，面对这么一个不爱说话的客人，反倒产生了兴趣。第一次来，她就猜出了秋荣的老家，精确到镇子。秋荣觉得惊奇，问她怎么知道。你们那儿的人总把"黑"说成"血"，大雪说，我们只隔十来里路，就不么说。碰到老乡，还是那么近的老乡，秋荣开心起来，试图用家乡话跟她聊天。对方并不配合，用一口标准的普通话回她，且回得简短含混。姐你是做什么的？也没做什么。姐你出来多久了？没多久。姐你普通话说得真好。还行吧。短短几句话，已经能感觉到交谈的困难，这不就是以前的自己吗。她不再说话，专心往她的脚趾甲盖上涂红色的甲油，往手指盖上涂银色的甲油。她的手有些粗，想必小时候也干过农活儿。连手带脚二十个指甲做完，又开始做脸，清洁、水疗、美白、嫩肤——一整套结束，至少两个多小时，费用自然也不低。结账的时候，她眼都不眨一下。秋荣更好奇了，这个姐姐，到底是干什么的。看她年纪也就比自己大一两岁，却已经阔绰至此，她干的事情，一定很了不起。

  有一天终于忍不住问了出来，姐，你都会什么技术？

  我什么都不会。

  她觉得这位姐姐没说实话，什么都不会，怎么那么会花

3

钱？花的钱都是打哪里来的？总不会是家里给的吧？她的家和她的家只差十多里路，想必也富裕不到哪里去。第一次，她对客人产生了诸多疑问。她能感觉到她不想多说，也能看出来她心事重重。一定是很难解决的事，十有八九是工作上的事，她虽然挣很多钱，也有解决不了的事。那是什么事？她想象不到。能挣很多钱的事都是些什么事？她没概念。越是对她好奇，越是认识到自己的无知，好像这位叫大雪的漂亮姐姐就是知识本身。而知识是不会说话的，知识只能探索。

那你的钱都是怎么挣的？

大概是探索得太急了，问出那句话之后，一连几个星期，大雪没有再来，以往每个星期她都会来一次的。秋荣有些怅然，从小到大，她很少对什么感兴趣，母亲走后，她琢磨过一阵子离家出走的事，怎么逃跑，跑去哪里，跑出去怎么生活。她想的是再去广州，继续在天桥上要钱，可她不知道该怎么到那儿。只知道往南，还很远。目标和目的都有，因为没有方法，也就跟什么都没有一样。她没有鼓足勇气往南走过，虽然一度这么想过。她选择留下来，和两位姐姐一起安心干活儿，其实都谈不上选择，只是没有去做想做的事，被迫接受不想做的事而已。她不再主动去想什么，那让她羞耻。想什么呢，想也是白想。来美甲店以后，她的话多了，想得也多了。是不是想太多也算一种强求？想要了解一个人，跟对着天空求雨有什么两样，天上肯定有雨，天也总会下雨，可天不会因为有人求雨就乖乖下雨。她着实难过了几天，话也不怎么说了。有一些熟客看出她的变化，问她怎么不说话了。她笑笑，说出自己的思考成果：我怕说错了话惹您生气。客人们以为她在开玩笑，看出她的认真之后都热心劝慰，怎么会呢，你又没什么坏心眼；要是人人都怕说错话，那就没人说话了；别怕，我就喜欢跟你说话……客人们的热情鼓舞了她，于是她又说起话来，并再度感到快乐。但她还是会时常想到大雪，想必是自己太聒噪让她不耐烦了。刚入行的时候老板娘就说过，要看人头下菜碟，有的客人喜欢说话，就多陪她们聊聊，有的客人喜欢安静，就给她们足够的空间。她一向做得不错，到了大雪这里却忘了分寸，一定是自己过分亲热让她有了压力。在这一点上，她算是深有体会，和奈丽在一起的时候，她也不喜欢她的亲热。不同的是奈丽对谁都亲热，而她只亲热这一回就碰上了钉子。她有点想不通，不过也只能这样了，看来人和人确实要投缘才行。她和奈丽最终成了朋友，是因为投缘吗，似乎也不是，是奈丽的热情打动了她。来美甲店之后，和奈丽聚得多了，在一起嘻嘻哈哈的也挺开心，虽然还是嫌她太吵，不过也很珍惜这个朋友，毕竟，在这里只有这么一个熟人。可惜的是前不久奈丽回家结婚了，跟阿耀。这下一个熟人都没了。大雪呢，人家那么有本事，一定不缺朋友，不打紧的热情反而是个麻烦——想到这里，总算不那么自责了，是啊，自己只是一个不打紧的人，人家可能都没有生气，仅仅是觉得麻烦就不来了。

1

从温州回来,大雪给莉莉打了个电话,吞吞吐吐地问她,你当初,为什么,一定要走。

不为什么啊,莉莉说,想走就走了。

真的吗?那你找到你妈了吗?

找我妈?什么意思?

莉莉的疑问惊醒了她,连忙改口:我是说你回去见你妈了吗。

我把她接到身边来了。

你在哪里?她问,马上又慢下来说,真好啊,可以和家人在一起。

是挺好的。莉莉说。

你们在哪儿呢?

无锡。

在那儿做什么?

和你一样，卖化妆品，不过是在网上卖。

网上也能卖吗？辛苦吗？

肯定辛苦啦，进货发货，客服售后都得自己来，一天睡不了几个小时。

这样啊。

是啊。

好一会儿没人说话，她怕莉莉会挂掉电话，于是又说，你当时为什么一定要走呢，在杭州的时候多好啊。

不开心，就走了嘛。

你现在，有对象吗？

我为什么要告诉你，你怎么跟调查户口的一样。

我关心你嘛。

那我问你，你有吗。

我……我还是老样子。

你也找一个吧，别总是老样子。

所以你是有的？对吗？

有啊，莉莉说，当然有啦。

你们会结婚吗？

那谁知道，以后的事以后再说吧。

莉莉推说太忙挂了电话，她只能把满肚子的问题咽回肚子。一直以来，她都把莉莉当作一个可供学习的对象，跟着她练瑜伽，陪她喝酒，在力所能及的范围内买她会买的东西，学她说话的方式，简单地以为越像她就越进步。现在，

1

她占了她的位置，却好像什么都不会了。她成了她，反而连自己都弄不清楚了。她站在她站过的窗前，想着她给的答案，她说得太简单了，并不能叫她满意：想走，就走了——人有多少时候是想干什么就干什么的，很少；不开心，所以就走了——人有多少时候是开心的，很少——看来她是极少数的人，我呢，肯定不是极少数，也肯定不是大多数，也许是大多数里面的极少数，吃着大多数的苦，做着极少数的选择，以致做不出选择。

车子停在楼下，她探身看他从车里钻出来，探出更多的身子看他走进门廊。等他消失，她收回身子，突然觉得这样站在窗前、这样探着身子像极了是在等他。也许就是在等他呢，也许骨子里就是这么贱，虽然嘴上从来不说，心里从来不想，以为随意站在窗前，就是看看街景，以为把爱和恨分得很清，以为早就想通了，没想到，连一个习惯性动作都经不起推敲。

他进门。她笑。他抱她。她也抱他。他喘息。她压抑着喘息。他叫出来，骂了个脏字。她也叫出来，抓紧了他。

这几天去哪里了。

找朋友玩去了。

你还有朋友呢。

我怎么就不能有朋友了。

什么朋友，男的女的。

一个同学，男的。她想到光辉，上了大学，他很少打电话来了。

男的？你和一个男的玩了几天。

怎么了，不行吗。

行。

许你回家找老婆，就不许我出去找男人。

许。

你是不是吃醋了。

没有。

你连醋都不吃。你就那么不在乎我。

怎么不在乎，特别在乎。

那你不吃醋，我出去找男人你都不吃醋。

我吃了。

那你说没吃。

我嘴硬，行了吧。

她的手在他胸前划着圈，指甲与指腹交替触及肌肤，这也是习惯性动作，每次这么做他都很享受。她的手不是很软（自己很难知道自己的触感，只能通过对比得出，他摸起来是软的，那她理应是粗硬的那个），还黑，只能染银色的甲油，用夸张的对比彰显存在。这样的存在究竟算好还是坏，她拿不准，对自己总有诸多不满意的地方，以至于怀疑他究竟看上了自己哪一点。不过也有可以确定的地方，比如这么做的时候，明确知道他是喜欢的。黑白分明的手划过细嫩的身体，看上去还挺有视觉冲击的。不经意向下，去打探他的变化，确定他是真的喜欢。

你说话啊。

说什么。

到底吃没吃醋。

你烦不烦啊，我吃没吃醋，你还看不出来吗。

心里咯噔一下，原以为只是在无理取闹，看来是真的想知道，并且是真的不知道。他说话从来都是这样，几个字几个字往外蹦，一副半死不活的口气，不管说什么都让人想要再确认一遍。

我就是不知道，我要你亲口说出来。

没吃。

真的没吃？

你随便开个玩笑我就吃醋，那也太傻了吧。

你怎么知道是玩笑。

我还不知道你。

你知道我什么？

他不说话了。她停下动作。黑白分明的手悬在两人之间，僵住了。

你以为吃定我了是吧？早晚我也走，跟莉莉一样，让你再也找不到。

别跟我提她！

这下他是真的生气了，莉莉总能让他气急败坏。她常拿莉莉刺他，同时也在刺自己，她深知莉莉对他意味着什么。

有时候她也想，要是真的一走了之，会不会让他一样伤心。后来她发现那不会比提起莉莉对他的杀伤力更大，虽然提起莉莉对她没有任何好处，可就是忍不住。她没办法不吃莉莉的醋，好像莉莉才是他离不掉的婚。

为什么不能提她，我就提。她提高了声量，随即矮下去，好好想想吧，莉莉为什么离开你。

把自己都想不通的问题抛出来威胁别人，这很不好，她也知道，可她就是忍不住。她常有一种感觉，和他在一起，就像在一间不知道到底有多大的房子里，只有不断往外探才能一点点找到出路。

你就这么急着走？

你这么不开心，我在这儿干嘛。他穿戴整齐，居高临下看着她，摸了摸她的头说，答应我，开开心心的，不好吗。

和你在一起谁会开心，莉莉吗？她险些脱口而出，不过幸好忍住了。莉莉确实总以开心的一面示人，哪怕是假装的开心，不像她，什么都挂在脸上。

睡得越来越晚，因为没了早起的压力，晚点就晚点吧，第二天晚点起也一样。晚上没什么事干，电视里的人一刻不停地说话，映照着一天都不说一句话的她。到凌晨三点还睡不着的时候，才有点慌了，从没想过失眠这件事会发生在自己身上，还以为只有睡不饱才会难受呢。天刚蒙蒙亮，被奶奶叫起来去菜地干活，费好大的劲才能睁开眼睛，起床气憋得人要爆炸。农忙时节，就着星光在院子里给玉米脱粒，脑袋一次一次往下掉，每次都像会真的摔在地上一样让人心惊肉跳。那时候就想，要是想睡就睡该多好啊。要是没人管该多好啊。要是再也不会挨骂该多好啊。现在，没什么能管到她了，连自己都管不住自己了，控制不住的百爪挠心，头昏脑涨，又不甘心去床上。一天晚上，第二次看完《甄嬛传》大结局之后，不知道接下来还能干啥，异常疲惫，却没有一点睡意。习惯性走到窗边去看，街上空空荡荡，抬起头，只能看到半边天，星星已经很黯淡了。穿好衣服下楼，坐在花园的长椅上，长时间看着夜空，这时候的天终于是圆的了。开阔的视界仿佛回到小时候，去菜地叫爷爷回家吃饭的路上，单是抬头看看天就能莫名雀跃起来。爷爷在温州的住处很小，院子里堆满了奶奶捡来的垃圾。老头依旧每天清晨骑着三轮车出去，只是车上拉的不再是菜而是垃圾，那是他一点一点从居民楼上背下来的，纸壳子、水瓶子、泡沫板和旧家具……他们的新生活由废弃物组成。她到的那天晚上，爷爷从柜子里拿出一块月饼给她，说吃吧，这可是好东西，收废品的时候人家给的。好像她还是那个姥姥不疼舅舅不爱的小女孩，理应对给到手上的随便一点什么心怀感激。她吃了那个过期的月饼，虽然一点都不想吃，还有奶奶做的那些难吃的饭。晚上，她没有听从奶奶的安排和他们挤在仅有的一张床上，而是出去开了间房。在她的强烈要求下，他们跟她来到酒店，洗了洗免费的淋浴。他们实在是太脏了。送走他们，她躺在床上，想了好一阵该拿他们怎么办。要是还在卖化妆品，或许可以把他们接到身边，或许二雪也能来了，一想到卖化妆品，她就打住了，不可能再回去卖化妆品了，从开始买化妆品的时候她就知道，回不去了。她坐在凌晨的长椅上，心比天上的星星还乱。打开手机，翻看通讯录，看看能打给谁，虽然明知道没人可打。划到"美甲秋荣"的时候，停下了，她记得这个做美甲的女孩，她的老乡，总是特别热情，言语里似乎对她有诸多崇拜。因为总被问东问西，怕露馅，就没再去了。打给她，并不是有多喜欢她，仅仅是觉得她最有可能接，也最有可能大半夜跑出来见她。

姐，你咋想起我来了。

在曾经和莉莉常去的酒吧，秋荣忽闪着大眼睛问她。她看起来很兴奋，一点都不像被人刚从睡梦中叫醒的样子。大雪觉得找对了人，这个女孩，光是看到，就让人开心。

2

　　她以为会轻松不少，确实也轻松不少，不过远没有想象的轻松。什么时候下班，取决于最后一桌客人什么时候走，还要祈祷这期间不要再有人来。磨蹭到最后的往往是喝酒的人，桌上的菜不剩什么了，含混不清的醉话越来越多。她脾气太坏，算不上一个合格的服务员，对这些点不了几个菜还总赖着不走的醉鬼向来没有好脸色。醉鬼们也不在乎服务态度这码事，将她的揶揄嫌恶当作调情，趁着酒劲儿跟她斗嘴，让她火更大。妮儿，再来一瓶。没有，菜都没了还喝个屁。那再来个花生米。花生米值几个钱，心疼钱喝什么酒啊。你这妮儿，年纪轻轻怎么那么现实，张口钱闭口钱的。不为钱谁在这儿伺候你们呐。好好好，再炒个尖椒肉丝，行了吧……要是她愿意，可以把这种对话一直进行下去。也不知道哪里来的火气，对这帮过穷瘾的男人一百个看不顺眼。她苦着一张脸坐在旁边的空桌上等他们走，仰头看着电视，偶尔一两句酒话挤进耳朵，总能立刻分辨出哪些是大话哪些是真心话。她一点都不想关心，可听到了就没办法装听不到。大话听得多了也像真心话，肯定是心心念念的事，才会喝醉了酒还惦记着。无非是赚钱养家和挣钱成家这两件事，这话从男人嘴里说出来，最终往往指向女人。作为房间里仅有的两个女人，春红坐在收银台仰头看电视，她坐在空位上仰头看电视，春红很少搭话，就是搭话也是帮腔：是啊，不容易；肯正干，不愁找不到合适的；那就是她的不对了……客人们喜欢春红，她具备老板娘的一切要素，嘴甜、爱笑、富态。她刚好相反，嘴毒、脸苦、人瘦，所以她是服务员。好像天生长着反骨，总是无情纠正他们：别把自己摘那么干净，你要真那么能干人家能不跟你；别说得好像女人不干活儿似的，一点也没比你们少干；彩礼太多怨谁，规矩还不都是男人定的；说什么拜金，好像人家是为了钱跟你在一起的，真为了钱一开始都不会正眼瞧你……她总能呛得他们哑口无言，也有善辩的，辩到最后往往越辩越糟，连她也像喝醉了一样胡言乱语起来。像极了男女吵架，最后往往看谁的胜负心更大。她常能获胜，不过并不因此开心，她也拿不准自己说的是对还是错，和一帮酒鬼争什么对错呢，他们只是借着酒劲儿倒倒苦水而已。他们最大的罪过，也就是耽误了她的睡眠，而她偏要逞口舌之快，败他们的兴，还往往起到反作用激起他们的斗志。无论是扫兴还是助兴，她都不喜欢，那让她觉得自己也是其中的一员。

2

她的老板，同时也是她的新晋姐夫，那个又黑又矮的胖子，杨刚强，她并不了解。来的路上她还以为自己是来给春红壮胆的，毕竟春红对他也不算了解，结婚之前，他们只是通了两年的电话，见面的次数屈指可数。从春红的反应来看，她还没有做好和这个杨刚强一起生活的准备，或许对他还有诸多防备，毕竟从一开始，她就没看上他。这桩婚姻，更像是屈服于金钱与父权的无奈之举，好像还是小时候，父亲在晚饭后拿出一块钱让她去买一包八毛钱的烟，她怕黑，她怵头，可还是因为难违的父命和那两毛钱的好处费踏上漆黑的夜路。春蓝出于姐妹义气自告奋勇和她一起去，以便回来的路上分享那两毛钱买来的糖果。到底是为了义气还是糖果，她也说不清楚，这是双赢，所以春红一让她来，她就来了。她以为这里有糖，她以为春红需要陪伴。很快她就发现自己想多了，春红适应婚姻的速度出奇得快，比起她，春红和杨刚强更像是一家人，出双入对，窃窃私语，一致对外，同仇敌忾。杨刚强把她当仙女一样供着，收银台就是她的神位，她坐在那里看电视，数钱，嗑瓜子，屁股都不挪一下。有些活儿，她明明可以替春蓝分担一下的，可她就是不动。春蓝不光要点单传菜收拾桌子，没人的时候还要去厨房帮忙洗盘子洗菜。厨房里，杨刚强父子掌勺，杨刚强的母亲做面食，一家三口动作麻利，一刻不闲，把厨房弄得像车间，透着赶时赶工的焦躁。杨刚强不就是钱超的翻版吗，产业是自己的，所以没日没夜地干，不惜赔上自己，当然也就不在乎搭上员工。不同的是钱超有很多员工，而杨刚强只有她一个，以致在这里连个同病相怜的人都没有。从工作量上讲，这里比在钱超那里轻松不少，在心理上可就难受多了，至少在那儿还可以跟同事说说老板坏话，在这里跟谁说呢，跟自己的亲姐妹春红吗？快算了吧，她可是老板娘，并且是一个极其合格的老板娘。

她的未婚夫田玉，那个腰上挂很多钥匙的稳重青年，她同样不熟。他每隔一个月打一次电话过来，彬彬有礼且从不多话，总是寒暄几句就挂，让她挑不出毛病。逢年过节，他会寄一个小礼物过来，一件衣服或者一双鞋，都是实用的东西。如果他刚好在家乡，会载一车礼物去家里拜访，半扇猪肉、几只鸡、一些烟酒饮料，通常要把一辆三轮车的车兜装满——必须要开三轮车去，这是不成文的规矩，逢年过节去看未来岳丈，必须要够排场。这些礼物像筹码在心里积压，未来都是要退回去的，筹码越大，退起来越麻烦。她急需一套说辞，去退掉这桩婚，可他不给一点把柄。

她一直在想的人，崔志杰，她也不知道和他是什么关系，单是想到男朋友这个词，就让她心惊肉跳。他不断打电话过来，好像她的电话是专门为他预备的。电话响了，十有八九是他的电话，也只有他会给她打电话。他很健谈，只是说的都是车轱辘话，实在无话可说，就在电话里做实况转播：我在上班的路上呢，骑车去上班，对，这里的人都骑车上班，路两边全是自行车。我戴着耳机呢，别怕。到天桥了，桥底下有人卖水煎包，挺好吃的，不过肯定没有你们店里好吃，为什么？因为是你端出来的啊。小田汽修……凤霞超市……中国移动……逍遥网吧，什么小羊王八，是逍遥网吧，网吧，打游戏的地方。我去过两次，不过游戏太难了，我学不会，厂里有一个江西人，他玩得好……手机放在手边，好像也跟着他逛了一趟街。她打电话的结束语是"没事就挂了吧"，对他说不出这句话，通常被"这会儿有事先挂了"取代。他要请假来找她，她怕春红知道，不让他来。你就那么不想见我吗。那时候的抱怨还像是撒娇，第三次，连抱怨都没有了，一连几天没打电话过来。晚上，结束了一天的工作躺在床上，盯着那个不再活跃的号码，按下去之前总跟自己置气，我又没有错，他凭什么生气，隐隐觉得他坚持不了多久了，隐隐觉得这会儿不打过去，等会儿他就打过来了。一个月之后，跟自己置气变成了跟他置气，好吧，不打就不打，谁怕谁。然而这一个月的不开心是实实在在的，有一天，她鼓足勇气，决定终结这种不开心，主动给他打了过去。他的语气很冷淡，寒暄几句就不说话了，她也不知道说什么好，只能说出结束语，没事就挂了吧。

恭喜你啊，他突然说，订婚了也不说一声。

必然是王雨婷泄的密，不过她没有打电话过去谴责，那会显得她在乎崔志杰。他的讨伐她当然能一一反驳，但是她没有，那会显得她在乎崔志杰。为什么不让他来？因为怕春红看到告诉家里；从不主动打电话，是不是不在乎他？要是不在乎怎么会一次一次接你的电话。有些话说出来，问题也就迎刃而解了，可她不说，她等着崔志杰先说。我凭什么在乎你？你说啊。她用最无理的方式还击，无非是想让他先说出那一句"因为我喜欢你"。可他也不说，他说的是，对啊，我是谁呢，凭什么让你在乎呢。

　　崔志杰不会再打电话来了，她也随着电话沉寂了。不再接那些酒鬼的话茬，一天到晚说得最多的一句话是：您需要点什么？水煎包，胡辣汤，凉拌皮蛋和羊肉烩面，只要是菜单上有的，她马上就能端出来。她的需要不在菜单上，所以不知道找谁去要。从小到大，一直不太习惯主动去要，都是等别人给。最早的一段记忆是五岁，或者六岁，反正是很小的时候，夏天，特别好的天气，小伙伴们聚在一起玩塑料水枪，一种时髦的新兴玩具，好像是突然出现在大家手里。他们互相滋水，追逐打闹。她被滋了一身水，兴奋地哇哇大叫，可是没办法还击。找你爸要钱买啊。小伙伴们指了一条明路给她。那是一个犹如天启的瞬间，"找你爸要"，像是童话书里"芝麻开门"一样的秘密口令，以为说出来就能得到。父亲在人场里闲聊，她兴冲冲跑过去念出口诀，爸，给我一块钱，我要买水枪。小女孩玩什么水枪，不买。父亲具体说了什么她忘了，这句对白是根据以后的经验分配给他的。父亲的威严理应让她识相，可是一想到这样空手而回还是不能参与到众人的狂欢中去（或许还会受到嘲笑），她一阵心慌，这种带着场景的感觉一直伴随着心慌这件事——

父亲蹲在土坡上跟人说话,她站在土坡下仰头看他,天气很好,阳光耀眼,父亲的脸掩在逆光里,看不清楚。她无师自通地学会了死缠烂打,拽着父亲的胳膊,念经似的说,给我一块钱,给我一块钱。在场的人被她的执着逗笑了,这无疑鼓励了她,也让她忽略了父亲的恼怒,以致父亲站起来赶她,她还是不走,而是蹲在一个自以为安全的地方,继续念叨,给我一块钱,给我一块钱。这种念叨很快沦为大人们闲聊的背景音,为了夺回焦点,她捡起地上的树枝小土块往父亲身上扔。很快她就忘了要钱的目的,只是觉得好玩,往父亲身上扔土块,像是独属于她的亲子游戏,让她觉得被宠爱着。她在地上爬来爬去,寻找可以扔过去又不至于伤到父亲的小东西,有一个碎砖块大了点,她怀着恶作剧般的兴奋扔过去,根本没想击中父亲,可就是不偏不倚打在他的脸上。那一瞬心慌到了极点,伴随着弄巧成拙的尴尬,在父亲的暴喝声中跑出老远。躲在没人的地方,她哭了一会儿,抹干眼泪,迟迟不敢回家。后来的事就记不得了,怎么回的家,有没有受到责备。她再也没找父亲要过东西,也没有下过决心,只是天然地不再去要。母亲不会像父亲那样严词拒绝,她会摆事实讲道理,晓之以理动之以情,让她知道她错了,或者让她明白"给不了"的苦衷。"你别听风就是雨"和"咱跟人家能比吗?"是她的口诀,"你别听风就是雨"用来拒绝无理的要求,"咱跟人家能比吗?"用来拒绝有理的要求。"咱跟人家能比吗?"也是"你别听风就是雨"的递进,想要一双运动鞋，会先听到"你别听风就是雨"，意思是不要异想天开，想要的不一定就能要到，刮了风也不是必然会下雨，要是后面能说出正当理由（大家都有运动鞋，上体育课要穿），等在后面的就是"咱跟人家能比吗？"，即使上体育课要穿，即使人家都有，可"咱跟人家不能比"，所以也就没办法像人家一样。母亲会夸大苦难，把她拉到同一个战壕，告诉她外面有多残酷，她们身处的战壕有多糟糕。她总能被母亲动员起来，生出一股同仇敌忾的昂扬斗志，也不知具体的仇敌是谁，仅仅觉得能跟母亲站在一起，就可以什么都不要。然而需求是打不退的，需求总是死灰复燃，总有穿运动鞋的人在眼前晃荡，总忍住去想运动鞋穿在脚上是什么感觉。她学会了迂回，不再主动去要，而是暗动手脚，想要一双新鞋，就把所有旧鞋磨烂，想要一件外套，就把所有外套弄破，这是一招狠棋，要么如愿以偿，要么换来一堆难看的补丁。她的需求，就是在补丁摞补丁之中得到满足的。

一开始，她想把这桩婚弄破，想想就知道有多难，要说服母亲，要退还礼金，要抵住压力。她不觉得自己能顺利地完成这一系列步骤，所以决定采用更直接、更大胆的招数，直接把自己弄破，并且只能由崔志杰来做那块补丁。前一天晚上，她将写好的请假条偷偷放在前台，留待春红去发现。第二天一早，她溜出门，坐上去宁波的大巴。这是第一次一个人出门，出来工作这几年，每一次都是跟着别人，从没有一个人上路，这一次，是真的一个人了。一路上，她没办法控制自己的心跳，擦不干手心里的汗。到了城区，她认出崔志杰在电话里带她逛过的街道和店铺，经他描述的画面铺展在眼前，仿佛刹那间来到未来，和他漫步在这些熟悉而又陌生的街道，没有人在看着他们，他们也不怕人看。等在崔志杰提过无数次的工厂门口，紧张与恐惧化作期待，期待崔志杰看到她时脸上浮现的笑，期待他不好意思地说，你咋来了？下班的人群涌出大门，在纷乱之中辨认那个一弹一跳的身影，很快就认出了他，也认出了与他挽手同行的王雨婷。他们多快乐啊，说说笑笑，打打闹闹。他们多自由啊，卿卿我我，旁若无人。她躲起来，等他们走远。两年后他们的婚礼，她没参加。

从宁波回到杭州，她有了新的需求，离开春红的饭馆，离开所有亲眷，去找一份没人能看到的工作。她首先想到的，是一个叫秋荣的女孩，在附近的美甲店工作，总来店里吃饭。她是真正的一个人。

3

秋荣爱上了哈哈大笑，都说女孩要笑不露齿，她以前确实是这样，不过以前也不是真的想笑，都是假笑，当然用不到牙。几乎是突然之间，她发现了哈哈大笑的好处，于是逮住一切机会去笑。一开始，她笑得并不大声，不过也很爽了。喝下第一口酒，辣得直吐舌头，大雪笑了，她以为是嘲笑，于是还以假笑。你没喝过酒吗？大雪笑着说。没怎么喝过。她假笑着说。别喝那么急嘛。大雪还在笑。她认出来了，不是嘲笑，是姐姐对妹妹的笑，是以诚心对憨厚的笑，所以她也笑了，你说的干杯嘛，我以为干杯就是把酒喝干。是把酒喝干没错，大雪说，不过有时候也是碰杯的意思，不用真的喝干。我明白了，她说，来，干杯。她再度把酒喝干，再度吐出舌头，不过这次是故意的。大雪又笑起来，你怎么又干了。她也笑了，说，我想让你笑。那时候还没意识到这么做也是想让自己笑，后来不断地这么去做，才知道自己是真的想笑。想笑就能笑，还能让别人笑，何乐而不为呢。

那天晚上，她们坐在酒吧的一角说说笑笑，开心得不行。那时候还不是哈哈大笑，就已经那么开心了，没想到还有更开心的等在后面。她们无疑喝得有点多了，酒精放大了快乐，引来不必要的关注，正是这种不必要引发了更大的快乐。一个帅气的男人在她身边坐下，帅气地搭讪，嗨，美女，你们是一个人吗？她刚开始还有点惊吓，不知道这人是干嘛的，听到这句话就火大了，你是不是瞎，几个人都看不见？你是不是不识数，二都数不到？你自己都说你们，一个人能用你们？你连语文也没学好……她气势汹汹，义正词严，把人家的脸都说红了。大雪在一边笑个不停，那人走了好一会儿还止不住，你怎么、你至于那么凶吗。她也有点不好意思了，不知道是不是跟喝酒吐舌头一样闹了笑话，怎么了，我说得不对吗。对，对。大雪说，只是他说的也不能算错，有时候问是不是一个人，意思是问我们是不是单身。哦，这样啊。她反应过来，看着那个男人的背影哈哈大笑。大雪本来已经停了，又跟她一起笑起来。男人有点发毛，频频回头看她们。她们不管不顾，笑得喘不过气，笑得脸都酸了。好不容易停下来，看看男人的背影，一对眼又笑起来。男人可能实在尴尬，从吧台起身离开了，不过那也耽误不了她们接下来的搞笑。

你问我，秋荣说，你问我是不是一个人。

废话，我问你的话肯定是一个人嘛。大雪说，我问你，又不包括我。

那你问。

好我问。

赶紧问。

嗨美女，你是一个人吗？

你是不是瞎？我不是一个人，难道是一个猪吗？难道是一个狗吗？嗯？你是个瞎子吧……

又是一阵哈哈哈哈。大雪分好几次才把"你真有才"这四个字说完。整个晚上她们都在玩这个游戏，只要想笑，她们就说，嗨美女，你是一个人吗？不管谁说都能引发笑声，有时候光是说到"嗨"就已经笑得不行了。太多笑声了，她完全没空去问那些一直想知道的事，你靠什么为生？你会什么技术？在街头分别的时候，天已经亮了，她一点都不觉得累，就是累也是笑得累。你真是一个开心的人。大雪说。秋荣从没想到自己会得到这么一句评价，她从不觉得自己开心，不过她是真的爱上了开心的感觉。她不厌其烦地推广这个游戏，让每一个人问她，嗨美女，你是一个人吗？或者突然去问别人，嗨美女，你是一个人吗？并不是每一次都能成功，只有在大雪那里屡试不爽。也有能给这个游戏增添新料的，在那家常去的家乡饭馆，她对不苟言笑的服务员春蓝使出这一招，没想到她也是同样憨厚的一个。我不是美女，她认真作答，把秋荣逗得哈哈大笑。又是一个精彩回答。春蓝被她的疯笑弄得不明所以，也笑了两下回应她。她认出那是假笑，像她以前那样。看来春蓝是真的不觉得自己是美女，所以这个笑话在她那里不成立，可能还伤了她的感情。你是美女。她肯定地说。我不是。春蓝坚定地反驳。你是。我不是，你才是。我是，你也是。你是，我真不是。她费了九牛二虎之力，也没办法让春蓝认可美女的称谓。好吧，就算你不是美女，你的回答也很精彩，因为你把重点放在了"美女"而不是"一个人"上，应该放在"一个人"上的。她示范了一下正确玩法，春蓝恍然大悟，原来是这样啊。对啊，这么说才好笑嘛，所以美女，你是一个人吗？我不是美女。春蓝还是那么回答，还是那么认真。她以为春蓝恼了，愣了好一会儿才明白她是在搞笑，只不过是用她的方法。她们真正地哈哈大笑起来。

　　带大雪去豫香园吃饭，就是想让她见识一下春蓝的版本。嗨美女，你是一个人吗？没料想春蓝完全不按套路出牌，你瞎啊，我不是一个人？难道是猪吗？是狗吗……春蓝和大雪大笑不已，只有她被弄了个措手不及。你怎么又说这个了，你不是都说那个的吗。这么说才好笑嘛，春蓝说，怎么样，没想到吧。她也笑了，为春蓝机智的幽默才能。好啊，你知道我带她来是想听那个，就故意说这个。对啊对啊。春蓝说。哪个哪个。大雪被激起好奇心。快说快说。秋荣迫不及待想要看大雪对新版本的反应。嗨美女，你是一个人吗？我不是美女。春蓝马上变脸，认真作答。秋荣先笑起来，然后是完成表演任务的春蓝，这下轮到大雪不笑了。她看着大笑的二人，似乎还没从春蓝的认真之中缓过神来，后来，为了不让气氛太过奇怪，她还是笑了两声。怎么，不好笑吗，秋荣说，这就是她的版本。这样啊，大雪说，我还以为，我还以为——你以为我是认真的对不对，春蓝说，就是认真的啊，本来就不是美女嘛，本来就不是说出来才好笑嘛，就像秋荣说她不是猪，她本来也不是猪啊。不不不，她是猪，你也是美女。大雪说。也许这是口不择言说出来的，不过这又让秋荣和春蓝笑起来了。你就是美女。大雪说。我不是，你们才是。春蓝说。我也不觉得自己是，大雪说，但我觉得你是。我真不是，你才是。你是，我不是。秋荣在一旁看她们一本正经地互相推脱美女这个头衔，像是回到小时候，两位姐姐在她面前拌嘴，战火随时有可能升级，那时候她会有所偏向，站在自以为对的那一方（通常是秋雅那方），而她一站队，战火必然升级。这会儿，她想的不是谁对谁错，而是谁都不要生气，她灵机一动，说出一个新笑话，好了好了别争了，我们都不是美女，我们是猪好了吧。这下三个人都笑了。

为了更多的笑，她频繁地组织聚会，只要是爱笑的人，她都叫上，也不管她们能不能合得来。在大雪常去的酒吧，在春蓝工作的饭馆，在狭小的出租屋，把一群女孩聚在一起，吃喝玩乐，制造爆笑的时刻。那么多女孩之中，跟大雪春蓝最合得来，也只有她们一叫就来。聚会的地点更多地改

3

在出租屋，她会做饭给她们吃，她们俩也都有拿手好菜。三人之中，她最小，大雪比她大两岁，春蓝大一岁，她开玩笑叫她们大姐和二姐，很快就叫顺了嘴。真是怪啊，和两个亲姐姐在一起的时候，也没有这么叫过她们，也没有真的像个小妹妹一样肆无忌惮地耍宝捣怪、逗她们笑。你太有才了。你真是一个开心的人。大雪和春蓝频繁地称赞，在被她逗笑之后。一个开心的人，听到这句评价总是不自在，有一种德不配位的心虚，她从不觉得自己是一个开心的人，最多也就是一个想要开心的人而已。不搞笑的时候，她决定跟两位姐姐坦白：其实，我算不上一个开心的人。真的要说，才发现没有什么不开心的事情可说，做着一份喜欢的工作，拿着不错的薪水，想要学的技术一直在进步，有能在一起玩乐的朋友，好到都可以叫她们姐姐，还有什么不开心的呢。看来她们是对的：我是个开心的人，我无忧无虑。

可能是因为没有什么特别想要的东西吧。大雪分析说，无欲则刚嘛。

谁说的，我当然有想要的东西。

那你想要什么。

我——。想了好一会儿，似乎也没有什么东西特别想要。我也不知道。

那就是没有。大雪说，比如说你在美甲店工作，你也想要开一家自己的美甲店，那就是特别想要的东西。

对，我想开一家美甲店，自己当老板。

那你刚才怎么不说。

刚刚没想到嘛,是你提醒了我。

那就不是特别想要的东西,如果你特别想要开一家美甲店,又开不成,肯定就不开心了。

我可以慢慢攒钱开嘛。她说,现在开不成也没什么不开心的。

对啊,所以说你也不是特别地想要。

大雪说得不无道理,不过并没有解决疑问,她还是不知道自己为什么是个开心的人。

那你呢,她问大雪,你特别想要的东西是什么。

我——。大雪也卡住了,她思考的时间比秋荣还要长,最后她说,我也没什么特别想要的东西。

那你也是一个开心的人喽。

对,我也是一个开心的人。大雪笑着说。秋荣认出来那是假笑,她肯定说了假话,她一定有特别想要的东西,不然也不会开启这个话题。她没有拆穿她,这是新近学会的技巧,有人说了假话,不必非要把真话问出来,当然也问不出真话。

你呢二姐,你有什么特别想要的东西。她问春蓝。

我有。

是什么?

我想去你的美甲店上班,春蓝说,特别想。我想离开我姐的饭馆。

3

为什么，那可是你姐的饭馆啊。大雪说。

对啊，到美甲店上班还不简单，我分分钟帮你搞定。秋荣说，可为什么非要离开你姐的饭馆呢。

真的吗？你真能让我去美甲店上班？我还以为你们不要我这样的新手呢。春蓝开心得不行，开心到让人以为她之前的哈哈大笑都是假笑。

我分分钟帮你搞定。秋荣为她的开心打保票，这无疑说了大话，为了让老板娘接受春蓝，并给她一份工资，秋荣差点没磨破舌头，还不惜以辞职相逼。

可为什么非要离开你姐的饭馆呢？

这似乎是一个很难回答的问题，春蓝迟迟说不出话来，后来她说了一句话，把大家都逗笑了，也让这个问题不再是问题。

要是不从那里离开，怎么去美甲店呢。

就这么简单？

就这么简单。

春蓝来了美甲店，成了她的学生，朝夕相处之间，开心更容易了。她也有了特别想要的东西，比如说开一家属于自己的美甲店，不过也没有那么想要，慢慢攒钱就好了。差不多习惯了"一个开心的人"这样的评价，并为此骄傲。有一天，秋雅从成都打来电话，让她去参加她的婚礼，一下子就不开心了。她干脆地拒绝，又因为拒绝了自己的姐姐而长久地难过。

1

大雪总在夜里出动，几乎每天。越来越不愿意待在家里。他来得也少了。他来了。他又走。然后她出去。翻查通讯录，叫一个愿意出来的人，瑜伽老师、发廊小妹、饭馆服务员、服装店导购……多是女的，有时候也叫男的（看起来像女的那种）。实在叫不到人，就一个人出去，到人多的地方去。酒吧里喝酒（一杯喝很久）。舞池里跳舞（就是蹦）。泳池里游泳（现学的）。嗨美女，一个人吗？不断有人这么对她说。因为真的是一个人，她用不上秋荣发明的玩笑，没有秋荣在身边，她也使不出来。只要不太讨厌，她都愿意跟他们聊聊。你是干嘛的？她最喜欢这么问。我是工程师。我是摄影师。我是心理咨询师。搞音乐的。搞IT的。搞餐饮的。每一个人背后都对应着一个新鲜的身份。面对反问，她的回答也变得多样：我是工程师。我是摄影师。我是心理咨询师。搞音乐、搞IT、搞餐饮。她最喜欢的角色是餐饮店老板娘和冰棍厂老板的女儿。说起吃喝她向来很有一套，毕竟从小就开始做饭。冰棍厂老板的女儿是露馅后的临时补救，后来越补越像真的。你是干嘛的？我不干嘛，我爸是老板。是吗，那他是干嘛的。他是开冰棍厂的。什么牌子的冰棍。什么牌子都有。怎么会什么牌子都有。因为是冒牌的。那么厉害，你爸真有一套啊。对，所以他死了……不受控制地胡说八道，只要动动嘴，马上就变成一个新人。做冒牌冰棍的父亲死了，留下一大笔钱给她，这个罪恶的角色很受欢迎。她认识了很多人，第二天不会再见的人。只有一次，她失控了，第二天在酒店的床上醒来，不过那人已经走了。

和秋荣成为朋友，算另一种失控。和秋荣成为朋友像极了当初和莉莉成为朋友，不同的是她处于莉莉的位置，秋荣是当初的她，更年轻，更漂亮，更好骗。从一开始，她就告诫自己，不能和她走得太近，不能和她走得太近。秋荣总能让她想到二雪，看起来没什么心眼，大大咧咧，无所禁忌，只为快感而活。这是容易吃亏的角色，比如说聚会时总是抢着买单，不像她带来的那个叫春蓝的女孩，印象中一次单都没买过。大雪尽可能不让她吃亏，确保每次比她花的钱更多。她不是一个大方的人，说是小气也不为过，但和秋荣在一起，她宁愿吃亏的是自己。秋荣用笑声回报她，结实的笑声，出乎意料的快乐。认识秋荣之前，她都忘了笑是怎么回事了。平常的笑，是在柜台上学会的职业微笑，对着镜子练过的，好看，得体，为了取悦对面的人。你笑起来真好看。他常情不自禁地称赞。认识秋荣之后，才知道什么是情不自禁的笑。聚会上，秋荣会出其不意地乱拍照片，多是快乐的瞬间，每个人都咧着嘴笑，别提多难看了，就算捂住了嘴，左歪右斜的姿势也毫无纪念价值。还有拍糊的、拍出重影的、两眼冒红光的——因为拍照的秋荣也在笑。大雪很嫌弃，外加一点恨铁不成钢，费尽口舌想让秋荣知道怎么才能拍出好照片，最起码得先告诉大家一声吧。秋荣屡教不改，作为一个漂亮女孩，好像根本不知道什么是精致。她的手机里几乎没有静态的照片，都是通过抓拍得来的瞬间，焦点模糊，画面扭曲，群魔乱舞。她还特别喜欢分享自己的得意之作，经常一下子发一串照片过来。大雪每次都删得干干净净，因为实在挑不出一张值得保存的。一天晚上，照例给手机释放内存的时候，她看到这些照片，仿佛能透过屏幕隐隐听到笑声。几乎每一张都在笑，旁若无人，肆无忌惮，特别地丑。她认出来了，那就是情不自禁的笑，不在乎别人怎么看，因为快乐，所以就笑。

她留下了那些快乐的照片，同时也发现了快乐的副作用。快乐会放大烦恼。自从过上好日子，最大的烦恼变成了说不出自己是谁。秋荣对她冰棍厂老板女儿的身份深信不疑，可秋荣总有新的问题。很多次，因为不能及时撒一个漂亮的谎而吞吞吐吐，因为不能圆上上一个谎而面红耳赤，窘迫得像一个随时会露出马脚的罪犯。不敢让人知道自己住在哪里，不敢让人知道钱打哪里来的，不敢让人看到最亲密的人，可不就是罪犯吗。高档公寓，精美用度，漂亮的灯具，浴缸里的热水澡，舒服的沙发和清晨的阳台——所有喜欢的东西都不能与人分享，这跟那些贪了公款抢了银行的人有什么两样，不管弄来多少钱都只能偷偷花掉，或者因为害怕，连花都不敢。二雪离了婚，又一次打电话要来找她。她太想让她来了，可她不敢。实在编不出理由，只能生硬地拒绝，你别来，我就要走了。

你去哪里，我跟你一起去。

现在还没定。

那我先去找你。

你先别来。

为什么不让我去，是不是怕我花你的钱，你放心，我去了自己找工作。

她伤心了，二雪说出这样的话，说明她们已经足够疏远。不过这也怨不了二雪，编不出好理由，她也只能这么理解。为了证明不是钱的问题，她给二雪打了钱。二雪更生气了，你以为我是跟你要钱的吗？我就是想去找你，我还没出过门呢。她哑口无言，不过也松了一口气，以为二雪生气了就不会来了。三天后，她接到二雪从火车站打来的电话。

你要是还认我这个妹妹，就来接我吧。二雪说完就挂了电话。

在火车站旁边的小饭馆里，她看着二雪狼吞虎咽。像所有第一次出门的人一样，她盛装打扮过，穿在身上的应该是最得意的一套，可还是显得土，外套太花，裤子太紧，鞋是那种冒充名牌的地摊货。口红红得发黑，头发染成黄色，还画了荧光眼影，她是那么的缤纷耀眼，怎么看都不像一个刚刚抛家弃子的离异女人。

你来了，孩子怎么办。

他们本来就不想让我带孩子，怕我把孩子带坏。二雪吸着冰可乐，不耐烦地说，我还怕他们把孩子带坏呢，一家子窝囊废。

为什么离婚，阿方对你不好吗。

对我不好？他敢吗。好是好，他太窝囊了，我看不惯他。

到底因为什么。

不为什么，就是不想在他家待了。

那你就不管孩子了？

我想管，管得了吗。再说，他们也不让我管啊。

二雪还是像以前一样，跟谁说话都像面对审讯，本能地狡辩、不配合。她二十一岁，已经是三个孩子的妈。两个男孩，一个女孩，大雪看过照片，都很健康可爱。她的离开，预示着又有三个孩子失去母亲。作为破碎家庭的受害者，怎么能再亲手制造一个破碎的家庭呢。当然，大雪知道没有资格跟二雪说这些，如果凤愿得偿，让他离了婚跟自己在一起，不也是破坏了一个家庭吗。

她没带二雪回家，骗她说住员工宿舍，不允许带人回去。在巷子里租了间平房给她，刻意避开了秋荣所在的那一带。要是二雪认识了秋荣，或者说认识了任何一个她认识的人，都会让别人重新认识她。找工作的事她也没有帮忙，以她的人脉，帮二雪找一份好点的工作不是难事，可她的人脉都是冰棍厂老板女儿的人脉，在她的讲述里，冰棍厂老板只有一个女儿，就是她。她能做的，只是给她出出主意，尽可能把她打扮得好一点，扔掉她的荧光眼影和劣质口红，教她化妆，给她买一些不贵但也不差的衣服和鞋。毕竟只有二十一岁，虽然肚子上有两次剖腹产留下的刀痕，虽然乳房因为连续哺乳稍稍有些下垂，光看脸的话，还是有着稚气未脱的青涩，跟那些刚刚进城找工作的小女孩也没什么分别。在大雪的指导下，二雪在花卉市场找了一份卖花的工作，算是蛮不错的工作了，不累，工作环境也好。

很少再以冰棍厂老板女儿的身份出去找乐子了，而是以化妆品导购的身份和二雪在一起。不管哪个身份，都得用越来越多的谎言维系，谎言越多，越容易露馅。二雪不像外边的人那么客气，总是一副打破砂锅问到底的架势，为什么不能去你的宿舍看看？为什么不能去你的柜台看看？你究竟有没有男朋友？这件衣服真是假的吗？她回答不出，只好避开她。二雪还是像小时候一样爱惹麻烦，花店的工作很快就干不下去了，因为她搞上了买花的顾客，还不止一个。有一个客人的妻子来闹了一次，她丢了工作。后来又找了几份工作，每次都干不长远，她的心思全在吃喝打扮和谈恋爱上。钱不够用，老向大雪伸手。大雪跟她吵了几次，一次比一次生气，不是因为钱，虽然二雪总把问题归结到钱上。大雪不得不怀疑教她穿衣打扮、带她吃喝玩乐究竟算不算好事，这似乎带坏了她，或者说她本身就是坏的，所谓本性难移。父亲是坏的，奶奶也坏，他们的坏必然会遗传下来，大雪不觉得自己坏，小雪是个傻子更不可能坏，那坏的只能是二雪了。大雪最不能接受的是她谈恋爱根本不在乎对方是不是单身，更不在乎自己是不是。二雪的坏提醒了大雪，让她不得不注意到自己的坏，虽然她不认为自己真有那么坏，可这两种坏太相近了，就像小时候二雪偷来了钱她去帮着花一样，她摘不干净自己。狐狸精、不要脸、婊子、骚货、蛇鼠一窝、沆瀣一气……她能想象别人怎么骂二雪，也能想象怎么连她一起骂，光是想想，就已经无地自容。

一天晚上，回公寓的时候，她发现二雪坐在大厅里。我、我来找个朋友。她慌不择言，临时找的借口自己都不信。快别编了，二雪冷着脸说，带我上去吧。她不敢展示的好生活就这么在二雪眼前展开。二雪在房间里转了几个来回，拿起这个放下那个，两眼放光，赞不绝口，好啊，我说你怎么一天天鬼鬼祟祟的，偷偷摸摸傍上个大款，也不说带我认识认识。逛够了，她一屁股坐在沙发上，拿起桌上的苹果咬了一口。她吃得津津有味，洋洋自得，汁水挂在嘴角，一直没有去擦。大雪站在客厅中央，哑口无言，手脚无措，像是第一次踏足这个房间，那时候这里的主人还是莉莉，人家坐着，她站着，一样的拘谨，一样的不安。沙发上翘着二郎腿吃完苹果又开始剥香蕉的二雪倒像是主人，全身心地享受，嘴角的汁水一直没擦。她吃完香蕉，又开始吃葡萄，葡萄籽和葡萄皮很快覆盖了掌心。大雪明白，她在等自己坦白。

你跟踪我？

不然呢，你要瞒我到哪天。二雪放下葡萄，擦了擦嘴，我不光跟踪你，还跟踪了你那位，他也太有钱了吧，住的房子那叫一个大，你怎么不跟他住一起。

他有女人。大雪说。她想问二雪他住在哪里，不过忍住了。

那怎么了，二雪说，我明天就去，让那个女的给你腾地方。

你别乱来！她喊出来，同时往前一步，那感觉像是要去打人。她及时停下了。

瞧把你吓的，是他在外面找女人，理亏的是他，你怕什么。

大雪感觉到双手的抖动，她偷偷将其握成拳。

我跟你说，别太懂事了，你越懂事，他越让你吃亏。二雪拿了个葡萄，把皮捏破，晶莹的果肉黏在指尖，没有急着吃掉。男人都一个样。她说，一戳一蹦跶。她吃了葡萄，吸干净手指，又说，想要什么，你就要，他不答应你就闹，男人都怕把事儿闹大，你听我的，不出三个月他就得离婚。

我要离开他了。大雪说。

你说什么?

我要离开他了,你不用跟着操心了。

你胡说什么?离开他,这么个大款,你要离开他?你跟钱有仇啊。

这种日子我过够了。再这么下去我要疯了。

我看你现在就疯了。二雪站起来,腿磕在满是果皮的茶几上,丝毫没有觉得疼。

什么日子你没过够?穷日子吗。我们的穷日子过得还不够是吧?因为你,我嫁给一个白得像鬼一样的窝囊废,我才过够了呢。

够了!大雪叫起来,随即又矮下去,你不是说是自愿的吗?你明明是自愿的。

对啊,我是自愿的,我自愿为了你嫁人,现在轮到你为我做点什么了。

我能做什么?你以为我很厉害是吧,我是小三,知道什么是小三吗?就是破鞋,随时能一脚踢开的破鞋。

那是你窝囊!你都不把自己当人,谁会正眼瞧你。

我不把自己当人?我什么都不要了,就是想像个人一样。

好啊,你不要,我要。二雪走了两圈,在她面前站定,等我住到他的大房子里,你可别后悔。不过我也不会像你一样有了好处就躲起来享受,我享了福,也不会让你一个人吃苦。

你——,大雪指着二雪,一下子慌了,她想到了他。他会不会用更年轻更新鲜的二雪取代自己,她没有一点把握。她的脑子乱了,可她的手还指着二雪,必须得说点什么,必须拣最狠的说,你要脸吗?什么男人你都抢,你是畜生吗?

明明是你说不要了,我怎么能算是抢呢。

你滚!

二雪走了之后,她一夜没睡。第二天,她找到二雪,心平气和但斩钉截铁地告诉她,离开他是一定的,必须要离开,如果二雪真要去找他,那只能断绝姐妹之情,至少还能做到眼不见为净。我真的和他纠缠不起了。她说。二雪沉默良久,一开口先笑了,你真以为我会做那么恶心的事啊,都是气头上乱说的,我只想让你好,没有别的想法。她抱着二雪,哭了。二雪没哭,待她冷静下来之后,二雪给出了另一个方案。她接受了。他爱你,自然想要补偿你,他不爱你,更得让他出出血。照二雪说的,无论如何都得让他表示表示。她接受了,一是觉得二雪说的在理,另一个原因她没有告诉二雪,她已经想到这笔钱该怎么花了。那是和秋荣闲聊时得到的启示,那一次,她问秋荣有没有什么特别想要的东西,比如说开一家属于自己的美甲店。

2

　　来到美甲店,是真正的一个人了。全都是不认识的人,就连介绍她进来的秋荣也是新认识的,没有人知道她的底细,没有人能汇报她的行踪,没有人在看着她。特别想干点出格的事,以此来证明自己是真的一个人。这么想的时候总想到崔志杰,要是他现在还能来找她,那该多好啊,一起去逛街,一起去看电影,回来多晚都不用担心,就算不回来也行。她甚至想到把他从王雨婷手里抢过来的可能性,那才是出格的事,不过那样也就尽人皆知了,一想到村口广场上交头接耳的人群她就不敢往下想了。于是想象中的画面变成这样:和一个面目不详的男人漫步在夜晚的林荫道上,树影摇晃街灯,两人时近时远,男人或许会讲笑话,她则压抑着笑声、偶尔打他一下。这种想法让她羞耻,甚至是恶心,为什么出格的事总和男人联系在一起?都在心里骂自己了,还是打消不了这个念头。一天晚上,她偷偷出门,去了秋荣和大雪带她去过的酒吧街。找了个角落坐下，等人过来跟她说，嗨美女，一个人吗？过了两个小时，一个人都没有。她战战兢兢，不断往门口瞟，怕秋荣和大雪突然走进来撞见她的窘迫。一定是因为穿得太土气了，一定是因为长得太矮了，一定是因为太拘谨了——自暴自弃的自我突破之旅陷入自我怀疑的旋涡，自卑：难道破罐子连破摔的资格都没有吗？有那么一会儿，她想笑，又过了一会儿，她想哭。你好美女，这里没人吧。一个男人端着一杯酒，礼貌地问。礼貌得像是嘲弄。没有。她头也不抬地说，说完急急走了出去。

为了去美甲店，她得罪了春红，为了从春红家的出租房搬出来，她又得罪了母亲。你咋那么不听话呢，电话里母亲痛心疾首，出去租房不要钱吗，跟你姐一起住不好吗。听母亲把"不听话"用在自己身上，她还不大习惯，以往就算母亲对她说出这一句，也是这么说：他们不听话，你不能也不听话啊。于是为了和母亲站在一起，她选择听话。这一次，不听话是板上钉钉的事了，她当然可以在这种小事上一意孤行，可她该拿那一句"不听话"怎么办。我不在人家那儿干了，还住在人家那儿算怎么回事。她说，就算春红不说什么，杨刚强他们家的人能乐意吗，为了占这点便宜，让人家看不起咱，至于吗。他敢！当姐夫的照顾一下小姨子不是应该的吗。母亲怒了，这是一种同仇敌忾的愤怒，她太熟悉了。没想到情急之下说出的这番话有那么大作用，虽然这么说对姐夫一家不太好，跟人家亏待了她似的，事实上杨刚强一家都很和善，在他们家，春红说了算。

　　她婉拒了秋荣一起合租的邀请，在附近租了一间小屋，置办了几样家具住进去。生平第一次，她有了自己的房间，这下终于是真正的一个人了。原以为一个人可以想干什么就干什么，真的一个人了，似乎也没什么可干。充分地品味了孤独之后，还是要跑到秋荣的出租屋里，寻求一点点欢笑。秋荣总能制造大量笑声，不过她能跟着笑的时候不多。对她来说，秋荣的玩笑太过火了，有的甚至很伤人，比如那个"我不是美女"的游戏，秋荣翻来覆去地玩，这无异于在她的伤口上撒盐。秋荣像个爱搞恶作剧的富家子弟，无忧无虑，什么都不缺，就剩下到处寻开心。一开始，她以为秋荣之所以愿意找她玩，就是可以拿她寻开心。人一旦聚集成群，势必要展开一出大戏，不管愿不愿意，都得扮演一定的角色。每一出戏里都会有一个承受火力遭人取笑的丑角，在家里，这个角色是春芳，在这里，似乎只能是她了。秋荣是人见人爱的美女，大雪是财力雄厚的富婆，她呢，什么都没有，什么都没见过，不就剩下供人开心的用途了吗。这个你都不知道——她们笑了；这个是可以吃的——她们笑了；这个哪里贵了——她们笑了；这有什么好怕的——她们笑了……她们取笑她的贫乏、笨拙、孤陋寡闻。她毫无反击之力，为了合群，还要跟着一起笑，能笑多大声就多大声，大到足以盖住随时会喷薄而出的愤怒。要搁以前，她宁可去死也不会让自己陷入这种境地，可谁让她有求于秋荣呢。为了

2

从春红那里离开,她认了。她想的是只要来到美甲店,就跟秋荣撇开距离,没想到又成了她的徒弟。关系更近了,朝夕相处之间,她发现秋荣也没那么坏,之所以热衷搞笑,或许是因为太过孤苦。据秋荣说,她无父无母,无家可归,说起来也是一个苦命人。秋荣毫不掩饰对她的羡慕之情,羡慕她可以和姐姐在一起,羡慕她经常接到父母的电话。她的羡慕太过热切,以至让春蓝觉得自己真的处于宠爱之中,不得不反过来同情她。如果大雪在,大雪也会羡慕,不过大雪的羡慕更像是炫耀:是啊,多少钱都抵不上一个完整的家。她的口气总让春蓝不舒服,这不是得了便宜卖乖吗。春蓝甚至怀疑她那个开冰棍厂的爹也不是真的死了,或者她爹根本就不是开冰棍厂的。大雪这个人从里到外透着虚假,她的经历,她的口气,她来路不明的富贵,也就秋荣这么没心没肺的人才会信她。不那么讨厌秋荣之后,开始担心她,怕她被人骗,特别是被大雪骗,或者被大雪带坏。大雪那么有钱,跟秋荣在一起玩图什么呢?春蓝想到了人贩子和老鸨子,不过仔细观察,又不像,但也不能排除。在没有任何证据的情况下她干了一件蠢事,婉转地告诉秋荣应该离大雪远一点:咱跟她可不一样,人家不用干活就有钱花,再说,谁知道她的钱是怎么来的呢。说完她就后悔了,这太像背后挑拨说人坏话了。秋荣的沉默佐证了这一点。秋荣的沉默加热了空气,烤红了她的脸。二姐,你这么说不太好,秋荣缓缓开了口,我和你还不一样呢,你不干活还可以回家,我连家都没有呢。秋荣的坦诚映出她的卑劣，事先准备好的说辞碎在嘴里，我只是……我就是……我是怕……我错了。最后，她狠下心说。那一刻，她下定了决心，就算大雪是人贩子，就算大雪是老鸨子，在没有被她卖掉之前，也要选择相信。因为她看到，选择相信的秋荣，好轻松啊。

工作上，秋荣毫无保留地教她，她学得很快，不到一年就转正了。转正后的工资比在春红那里翻了两番。挣得多了，大家自然对她刮目相看了，也不那么紧逼着她跟田玉完婚了。每个月的工资，她依照母亲所言交由春红保管，只留少数零花。后来又涨了一次工资，她没有告诉家里，偷偷把这一部分存了起来。她也不知道存起来干嘛，她想的是就算以后还是要交给母亲，先存在手里也不是什么坏事，万一有什么急事要用呢。一个夏天的晚上，急事来了。春红打电话叫她过去，说是有要事相商。她走进快要打烊的饭馆，看到春芳坐在里面。她十八岁了，还是一头短发，习惯性绷着的嘴依旧透着不屈的倔强。她连夜来到这里，是想让两位姐姐为她做主。她要上高三了，想继续读书考大学。母亲在大连的姑妈那里给她找了一份工作，让她去蛋糕店学做蛋糕。据母亲说，那可是一份好工作，因为姑妈正好在蛋糕店做保洁才得知人家要招学徒，平常人家是不招的。姑妈第一时间把这个好消息分享给母亲，母亲第一时间想到了春芳，她从北京打给春芳，让她去大连找姑妈，拿下这份工作。春芳不从，母亲就断了她的生活费。春芳没办法了，只好用母亲打来的去大连的路费来到杭州,寻求两位姐姐的帮助。

反正我把话撂这里,不让我上学,我就离家出走,我才不去做什么破蛋糕呢。春芳说完,又把嘴绷上了。

反了你了,还离家出走。春红说,你良心叫狗吃了,给你养这么大就是让你离家出走的啊。

春芳绷着嘴,不说话。

你成绩怎么样。春蓝说。

不怎么样。

不怎么样还这么理直气壮,春红说,考不上还不是一样去打工。

再不怎么样也比春来强吧,凭什么让他上就不让我上。

你跟春来能比吗?春红说。

凭什么我不能跟他比?他是人我就不是人了吗?他姓苗我就不姓苗了吗?

他是男孩,你是吗。

男孩有什么了不起的。春芳又把嘴绷上了。

男孩就是比我们中用。春红说,你什么时候才能懂点事儿。咱妈说了,你不去大连也行,就留在我这儿帮忙,去春蓝那儿干也行,反正是不让你上了。

那我就走。春芳站起来,做出要走的姿态,不过没有立刻走,很明显,她对外面的黑夜不熟。

你能走到哪儿去。春红说,春蓝,你说说她啊。

春蓝看着气呼呼的春芳,她绷着嘴,梗着脖子,眼睛斜出去，谁也不看，一副不折不挠不达目的誓不罢休的样子。一直以来，她就是用这副嘴脸制造麻烦，搞大麻烦，应对麻烦。那时候，大家还能骂她，把她的不屈视作笑柄，不咸不淡地也就过去了。如今，她也那么大了，直戳戳站在那里，已然是一个不容忽视的存在。虽然还是讨厌她这副样子，不过已经找不到骂她的理由。

要不这样，春蓝说，咱俩凑点钱让她念，反正一年后就考了。

要是考上了呢。春红说。

考上不就好了。春蓝说，那时候他们就没有借口不给钱了啊。

你怎么也这么天真。春红说，考上就——。春红欲言又止。后来，背着春芳的时候，春红才把话说完，考上就更麻烦了。你想想，咱妈为啥还没等她考就不让她上了，不就是怕她万一考上了还要供她四年，她怕的不是这一年，是以后的四年。一年加四年，就是五年，等她上完学，也该嫁人了，等于说她从出生到嫁人，一分钱没给家里挣，净花钱了。我跟你说，咱妈的账可精着呢。

春红的分析让她脊背发凉，她不认为母亲真有那么贼，但也不能打电话去问。春芳在她的出租屋住了十多天，母亲打了几次电话过来，让她劝劝春芳，劝不动就押着她，等开学她没钱交学费，自然就没戏唱了。春芳也很坚决，撂下的话似乎从没想过收回：等开学还不见钱，我就远走高飞。春蓝犹豫不决，是把偷偷攒下的钱给她，还是听母亲的晾着她。煎熬不过，她去征求秋荣的意见（这些天，春芳和大家混得很熟了，大家也都很喜欢她），秋荣大力支持，当下要借钱给她，甚至说等春芳考上大学，依然可以继续借钱供她。好不容易有个愿意上学的，当然要支持了。秋荣说，我上学是太笨了，要不然——不过幸亏我笨，不然也没人供我。大雪也表示愿意借钱，要是上了大学，多光荣啊。不是亲姐妹尚且如此，春蓝坚定起来，事实上，去问秋荣之前，她已经想要这么做了，虽然知道这么做必定会招来母亲的责备。春芳拿着她偷偷攒下来的钱高高兴兴回去上学了。姐，你真是太好了。春芳说，我以后只跟你亲。别这么说，爸妈也不容易，你得考虑他们的难处。她惴惴不安地劝慰春芳，惴惴不安地等着母亲的电话。母亲倒是没有骂她，只是问她哪里来的钱。我借的。她说。好啊，母亲说，你是翅膀硬了，都能借上钱了，比我们有本事多了，谁让你托生个没本事的爹妈呢。那一年为了给你们交学费，我们把腿跑断都借不来钱，还是你爸卖了粮食才凑够的，你忘了吗。她怎么能忘，二年级那一年，父亲拉着车去卖粮食，她跟着后面，父亲脖子上冒着青筋，后脑勺的头发都汗湿了。她要去推车，母亲让她到一边去，你能帮上什么忙，别添乱了。她站在村口，看他们一人拉车一人推，蚂蚁般向前移动，为自己的帮不上忙而难过。母亲唤回的场景让她有了哭腔，妈，你别这么说，我现在能挣钱了，咱们不会再受苦了。母亲也哭了，好孩子，他们要是有你一半懂事就好了，哪有不为孩子的父母呢，可咱跟人家能比吗？你知道咱们还欠多少外债吗？还要给你弟盖房子娶媳妇，咱能想咋就咋吗？春芳要是成绩好，我就是拼死也让她上，再说，她就是上完了学也得找工作，现在就有现成的，多难得啊。母亲的一番推心置腹再次把她拉到同一阵线，她为因为春红的话怀疑了母亲而羞愧。不过母亲的话也有让她不舒服的地方，什么叫春芳成绩好拼死也要让她上，自己的成绩才叫一个好，也没有人拼死让她上啊。不过再一想，那时家里的条件也没这么好，她也就释然了。

　　这件事刚过，又来了一件事，更急，需要的钱更多。秋荣打算跟大雪合伙开美甲店，要拉她一起干。名字我都想好了，秋荣兴冲冲地说，就叫三姐妹美甲店，怎么样，我们三个齐心协力，一定能干好。她第一反应是怀疑，怀疑这是不是大雪骗钱的手段。得知大雪先出了十万，已经选好店址交了一年的租金，她动心了。因为她和秋荣会技术，每人只需再拿五万出来，就能三个人占一样的股份。大雪出的钱最多，秋荣的技术最好，却让她占一样的比例，这是怎样的慷慨。她把疑虑抛诸脑后，并表示只占两成就好了，这样大雪和秋荣就可以每人占四成。秋荣死活不答应，执意要大家一样多，我们店的名字就叫三姐妹，当然要每个姐妹都一样多才行。那天晚上，在秋荣的出租屋，从不喝酒的她第一次喝多了。第二天，她雄心万丈地去找母亲要钱，她算过，这些年交给母亲的远远不止五万,拿一点回来应该不是难事。没想到母亲大惊失色,强烈反对,你这傻妮子,生意是咱做的吗,要是被骗了怎么办。出去几年心咋那么野,还想当老板,老板是谁都能当的吗,要是赔了怎么办。你赶紧回来把婚结了才是正经事,一个女孩子家,别想那么多不着调的事。她急了,也恼了,我做生意怎么不着调了,我不管,我要我的钱。钱都还账了。母亲一句话堵死了她。这之后无论她说什么,母亲都一口咬定没钱,再说下去就用结婚来压她,田玉之前给的定亲钱,送的礼品钱还等着还呢,再不结婚人家还往回要呢。你不是想做生意吗,嫁过去还愁没生意做,他们家就是做生意的。她不信家里没钱,但也不能确定家里有多少钱。她打给父亲,父亲没有反对,也没有支持,只是说家里的钱都在母亲管着。生平第一次,她恨起母亲,不过恨得并不坚定,很快,这恨就转移到自己身上来了。她恨自己如母亲所说"没有托生个有本事的父母",嫌弃生身父母,只能再度加深对自己的恨。她躲了起来。一面是姐妹的盛情邀约,她为辜负了她们的好意而羞愧,就像小时候要不来买水枪的钱而不敢回到玩水枪的队伍当中一样,她不知道怎么面对她们;一面是父母之命下的媒妁之约,她为违背了他们的意愿而不安,全身心地反抗,却不敢想象撕破脸会是什么样。秋荣和大雪因为这事吵了一架,秋荣的意思是就算春蓝一时拿不出钱,也要让她入伙,不然还算什么三姐妹。大雪坚持一码归一码,生意就是生意,不能从一开始就破坏规则。两人僵持不下，春蓝夹在中间羞愧难当。她满脑子只有一个念头，就算大雪同意，也不能没脸没皮地去占这样的便宜。情急之下，她做出这个破罐子破摔的决定：既然没办法履行姐妹之约，那就从了媒妁之约吧，用终身大事来报答养育之恩，用最后一次听话赎回自由身。我要回去结婚了，她说，所以不能和你们一起开店了。秋荣当即炸了毛，语无伦次地反对，好像要回家结婚的那个人是她。就算不开这个店，也不能让你这么作践自己。秋荣说，不就是欠那个男人钱吗，我帮你还。别啊，大雪也急了，要不这样，你那份我先帮你垫上，这样你就不用回去了。春蓝哭了，哭着哭着又笑了。大雪和秋荣搞不清状况，过来拍她的后背，揉搓她的手，如同抚慰一个抽风的病人。她抱住这两个萍水相逢的姐妹，彻底笑了起来，你们想哪儿去了，结婚是我自愿的，我那个未婚夫可有本事了，你们应该祝贺我。她努力让自己笑得灿烂，虽然脸上还挂着眼泪。秋荣忧心忡忡地看着她，一副完全不信的样子。她抹干眼泪，也不笑了，认真地说，等结了婚，我才有闲心回来跟你们开店，跟结婚比起来，开店可算不上什么大事。秋荣还是将信将疑，不过也没有继续反对，好吧，我们等你回来。坐在回家的车上，她的心是慌的，不过很快就急切起来，像一个真正的新娘子那样，虽然她的新郎——那个腰上总挂着一串钥匙的稳重青年——她没有见过几次。赶紧结吧，快点结吧，她想，结了婚，一切就能了结了。

3

秋雅打电话,说要带新婚丈夫来杭州玩。顺便看看你,她说得轻描淡写,不给她反对的机会。其实也没什么好反对的。早就不怨她了,拒绝参加她的婚礼,是惯性使然,以为她还是那个抛弃自己的无情大姐,以为自己还是那个被抛弃的无助女孩,于是也无情地拒绝了她一次。扯平了,才敢去想那些义愤难平的事,是啊,她有什么办法,她也是被抛弃的,秋芳也是。被抛弃的人还谈什么互相抛弃。她唯一的错,就是太过软弱,那也是本性使然,怨恨一个人的本性是没有道理的。不能恨她了,那就张开怀抱欢迎她吧。开心地等在车站,等她出来,看到她身后不光跟着新婚丈夫,还跟着秋芳,一下子又不开心了。她不能不恨秋芳。

秋芳更瘦了。从学生时代那场失恋之后,她就变瘦了,以为只是暂时的,没想到一路瘦了下来。她原本是很漂亮的,如今看到她,只能感觉到瘦。刘海还是卷曲的,把脸显得更小了，说是尖嘴猴腮也不为过。唯一没变的是那双眼睛，依旧大而明亮，透着机灵。光是看到她，秋荣不免有些心疼，她一说话，秋荣就又恨上了。她从广州来，在父亲的工程队做会计，一开口就是"咱爸""咱爸"的。秋荣没理由发火，因为她说的"咱"还包括秋雅。秋雅不光不发火，居然还搭她的话，他怎么样，对，让他少抽点烟。看她们这么若无其事地谈到父亲，好像从来都是吉祥如意的一家，她犯恶心、火更盛，连秋雅一块恨上了。

秋雅的新婚丈夫不是当年带她出走的那一个，这个看起来更花心，更好色——可能是秋雅太漂亮了，谁跟她在一起都像个不怀好意的好色之徒。打小她就是最漂亮的，不过还没那么扎眼，那时候缺吃少穿，还得干活，生活的苦难层层裹住了她。如今，她像开屏的孔雀，抖落一身污泥，把自己完整地释放了出来。贴身的长裙释放了她的好身材，淡淡的妆容释放了她的好相貌，温柔的嗓音释放了她的好脾气。秋荣觉得她释放得有点太过了，这个样子，不像是会干活的人。有一瞬，她想伸手去摸一摸那头长发，她的头发一直是短的，所以好奇那是怎样的柔顺、滑溜、飘飘欲仙。小时候，只能用洗衣粉洗头，热水也不方便，秋雅的长发远没有现在那么柔顺、滑溜、飘飘欲仙。她最终没有伸手去摸，她们还没熟到那个份上。现在的秋雅总让她想到母亲，美丽大方，轻声细语，柔柔弱弱，百依百顺，不管干什么，她都问她那个丈夫，你说呢。他们总挨在一起，不是你摸摸我的手，就是我搂搂你的腰。那个男人西装革履的，生活中少有人这么穿，秋荣莫名其妙想到"尚足苑"的王经理，这让她更反感，当然她也知道这感觉来得毫无缘由，所以她压抑着怒火，想着尽快把她们送走。

带她们游西湖，给她们做美甲，去饭店吃饭，让她们知道自己过得还不错。只是没带她们见任何一个朋友，也不想让她们知道自己住在哪里。这期间，她没怎么跟秋芳说过话，和秋雅说得也不算多。没人的时候，她问秋雅，当初跟她一起走的那个男的去哪里了，为什么分开了。秋雅支支吾吾，不愿意说。是不是他甩了你。不是。你甩了他。也不是。那是什么。说不清楚。什么叫说不清楚，总得有人先提分手吧，谁提的。我。为什么。因为他。谁。就是他。她们坐在湖边的凉亭里，一起看向那个西装革履的男人，他正在给秋芳拍照。他怎么了。他对我更好。那个不好？也好，但是没他好。这回答出乎了意料，她一直以为吃亏的会是秋雅，没想到她是贪吃的那个。要是遇到更好的呢。什么。你要是遇到更好的呢。哪有那么容易遇到。要是遇到了呢。遇不到。秋雅站起来，走到阳光下去了。她坐在凉亭里，看那个西装革履的男人给秋雅和秋芳拍照，她们抱住彼此，露出笑容，和平常见到的那些幸福的路人没什么两样。波光粼粼的湖面晃着她的眼睛，明亮的阳光把她隔绝在外。她们向她招手，她站起来，迟迟不愿走过去。

离开的前一天，秋雅订了很好的酒店。几天来都是秋荣抢着买单，她抢不过，所以这次提前订好了。吃完饭，西装男先走了，屋子里只剩下三姐妹。秋雅坐到她和秋芳中间，抓起她们的手放在自己手上，开心地说，这下好了，我们又在一起了。秋荣想把手抽出来，这才感觉到柔弱的秋雅手劲出奇得大。她任由她这么握着，身子往外，保持着一个难受的姿势。给妈打个电话吧，秋雅说，知道我们在一起，她一定很高兴。有什么好打的。秋荣说。我打。秋芳已经拨通了，她打开免提，把手机放在三人面前。《致爱丽丝》的钢琴曲响起，屏幕亮起一个"妈"字。秋荣看向别处。她没有主动给母亲打过，母亲打来，也是说两句就挂。无非是你问我好吗，我问你好吗，只能说好，没有第二个答案。准备准备，秋芳说，等通了咱们一起喊妈。秋荣闭着嘴，没有照做，不过她们两个的声音也够大了。母亲照例问大家好不好，问到她头上，她说好，没有多补一个字。妈，我们找个时间回去看你呀。秋雅说。好好好好，母亲说，看你们都好好的，我就放心了。说了那一声好之后，秋荣就没再说话了，冷冷地坐在一边，也终于抽出了手，无动于衷地看着她们在电话里好来好去的。挂了电话，秋芳又拨了一个号。给咱爸也打一个吧，她说，让他也高兴高兴。别打。秋荣说。铃声已经传出来了，"老婆老婆我爱你，阿弥陀佛保佑你"。别打听见没。秋荣去抢秋芳的手机。我就打怎么了。秋芳笑着，躲闪着。两人从桌边推搡到窗边，秋雅则试图阻止她们，包间里，三姐妹就一部手机展开争夺。音质低劣的铃声还在继续,"愿你事事都如意,我们不分离……"渐弱的铃声被一声洪亮的"喂"打断,秋荣一掌打过去,秋芳高声惨叫,随后是手机撞到墙上的声音,手机掉在地上的声音,手机破碎的声音,手机里依旧洪亮的声音,喂,喂?喂!咋不说话,怎么了,到底怎么了……

她们看着声音发出的角落,没人答话。那头挂了电话,秋雅去查看秋芳一直握着的手,纤细的手腕上一片青紫。秋荣心生愧疚,可还是说不出软话。

你有什么毛病?秋芳带着哭腔说,你想打死我吗。

说了不让你打还打。

我就打怎么了。秋芳说,怎么就不能给咱爸——

那不是我爸。秋荣叫停她的同时也把自己吓了一跳。

你说不是就不是吗,你是从石头缝里蹦出来的吗。秋芳说,我告诉你,这个电话还是咱爸让我打的,他想跟你说说话。他一直想着你呢,你知道吗?

谁稀罕他想我,他算什么东西。

你怎么说话呢,那是咱爸——

那是你爸,不是我爸。

荣,别这么说,咱爸现在知道错了,你得给他改正的机会啊。秋雅说,不论如何那都是咱爸,你不可能一辈子不认他。

怎么连你也这么说,她没记性,你也没记性啊。秋荣后退两步,和她们站开了,你们是狗吗?一辈子靠人养。你连个工作都没有，凭什么说我。

秋荣，你——。秋雅被呛得说不出话来，憋红了脸。

你才是狗呢，嘴那么臭。秋芳说，凭什么有工作才能说你，姐嫁了个好人家，不比你的破工作强，我看你就是眼红。

秋荣笑起来，哈哈哈我真是哈、哈没想到哈哈、哈哈哈哈你真是哈、哈哈你真是把我逗笑了哈哈哈哈哈是你眼红吧哈哈哈哈是你眼红对不对哈哈哈哈哈你就是这样的人哈你们就是这样的人哈哈哈哈哈……秋荣笑得停不下来，这是她爱上哈哈大笑之后笑得最长的一次，笑得眼泪都出来了，笑得肚子生疼。她捂着肚子蹲下来，还是停不住。她走到窗边，想对着外面笑，想用最大的声音把该笑的笑完。她打开窗户，刚把头伸出窗外就戛然止住了。秋雅和秋芳大呼小叫地过来拉她。她靠在窗台上，用大笑过后的平静脸孔看着两位姐姐。

你笑什么，疯了吧你。秋芳说，你觉得你比我们都强是吧，你笑话我们。有工作才能说你是吧，我有工作，我还有对象呢，是咱爸给我说的。咱爸为什么联系你，不就是想为你做点事儿吗，你给他机会了吗。

秋芳，别说了。秋雅说。

我就说。秋芳说，从小她就这疯，就净给我们惹麻烦，我们嫌弃过她吗。不认咱爸也就算了，你看看她对咱妈的态度，对我们两个的态度，好像全世界都欠她的一样。我们欠你什么了，你说啊。

什么都不欠。

知道就好。

我也不欠你们的，你们滚吧，我们谁也不欠谁的。她把身体的重量都靠在窗台上，有气无力地说。

你叫谁滚，这是秋雅订的房，要滚也是你滚。

好，我滚。她动员全身的力气，甩脱秋雅伸过来的手，埋头走了出去。来到晚风微凉的街上，借着夜幕的掩护，她哭了出来。从小到大，她没怎么哭过，早就忘了伤心的感觉。伤心可真难过啊，事情怎么就变成了这样，在失去父母之后，又失去了两位姐姐。她不断想到秋芳那句话，"从小她就净给我们惹麻烦，我们嫌弃她了吗"。她一向看不惯秋芳，却没办法否认这一句。每次惹了麻烦连累到她们，即使秋芳嘴上不饶人，也都跟着一起面对了。看不惯她们的软弱，以致看不见她们的好，也没有反过来想想，她们或许还看不惯自己呢。更伤心了，明白她们好的那一面，可也没办法对不好的一面视而不见。两天后，她接到一个电话，一个洪亮的男声大大咧咧叫她的名字，喂，秋荣，我是你爸啊。你占谁的便宜，我没有爸。她恶狠狠地挂断电话，才想起这声音似曾相识。

她难过，且困惑，明明是自己不认他们，为什么那种被抛弃的感觉又回来了呢。父亲抛弃母亲，母亲抛弃孩子，孩子长大了，又互相抛弃，像个怪圈，绕不出去。她找到大雪，答应和她一起开美甲店，条件是要带着春蓝一起干。就叫三姐妹美甲店。她说。好不容易说服了大雪，没想到春蓝又不干了，而是执意要回家结婚。又是一种抛弃。她累了，已经分不清是谁在抛弃谁。她只能咬紧牙关，拒不承认。那好吧，她对春蓝说，

我们店的名字就叫三姐妹，我们等你回来。

1

美甲店开张,生活开始往好的一面发展。她从公寓里搬出来,在胡同里租了院子,接爷爷奶奶过来,让他们在这里继续收废品。二雪开始在店里跟着秋荣学美甲,虽然她的兴趣还在搞对象上,至少不招惹有妇之夫了。离开他,终于能睡得着觉了,虽然为了离开他,着实担惊受怕了几天。我可以给你钱,至于什么时候让你走,我说了算。他说话一向含混,这下总算斩钉截铁了。要不是二雪提前拍好了照片,她还真不知道该怎么脱身。她照二雪的安排亮出他们在一起的照片,又亮出他妻子的照片。他气急败坏地走了。三天后,他把钱送了过来。分别前,他对她说,知道我为什么喜欢你吗?因为你什么都不知道。现在倒好,都知道勒索我了。这钱你不要我也会给你,要是等到我让你走的那天,会比现在多得多,那一天也不远了,因为你什么都知道了,你为什么就是等不到呢。

可能因为我什么都知道了吧。她说。她不知道他说的"多得多"是多少，二雪让她要五十万，她要了三十，不过已经很满足了。她本以为自己会哭，也没有，只是有点难过，难过于他把自己当成那种图钱的女人，不过她也没有解释。事先准备好的那一句"我是爱过你的"，同样没说出口。

美甲店开在一条老街上，远离市区，她们管这里叫城乡结合部，没办法，她们的钱只够来到这里。街上走的都是朴实无华的人，两边的店铺黑漆漆的，五金店、烟酒店、杂货店、熟食店，破破烂烂的小门脸半死不活地耸立着，三姐妹的粉色招牌挂起来，无疑是一抹亮色。秋荣的经营理念就是便宜，这块粉色招牌像女孩收割机，街上零星走过的女孩越来越多地汇聚到这里，后来阿姨大婶们也来了。女人们进进出出，笑声穿透玻璃门，这一小片区域很快有了活力。顺带着，隔壁的玉器店也沾了光。那本是一家门庭冷落的古怪店铺，不光卖玉器，也卖木器、石器、漆器，多是一些叫不上名字的古怪东西。美甲店的客人排队之余，很自然地拐进去看看新鲜。老板是个帅小伙，混熟之后总来串门，在美甲店的时候比在玉器店还多。他很会说话，总能把客人夸得心花怒放，看这个指甲做的，比玉还滑呢，要不怎么都说纤纤玉指呢，都说君子配美玉，我看美人更配。客人们开心了，免不了到他的玉器店消费一番，买一两件便宜的假首饰。碰上财大气粗的阿姨，卖掉一些玉白菜玉花瓶之类的大件儿，他还会请大家吃吃饭，送点小玉坠什么的。美甲店里不论主顾都是女的，只有他一个男的混在里面，很自然地成了谈资。他叫余亮，本地人，之所以开这么一家古怪的玉器店，是因为真心喜欢钻研这些老物件。门脸是自家的，无所谓赔赚，兴趣大过生意，所以他总是兴致勃勃、兴高采烈的。这样一个阳光大男孩，自然是很讨人喜欢的，大雪先是发现自己喜欢上了他，后又发现他的兴趣在秋荣身上，免不了一阵失落。作为姐妹，她也只能祝福秋荣，远离他。

只一年，美甲店就盈利了，这得益于秋荣的敢打敢干与实打实干。一台价值十万的激光仪，秋荣执意要买，半年就赚回了买仪器的钱，这之后，她没再跟秋荣唱过反调。秋荣的心思都在店里，毫不理会余亮的追求，连她都觉得可惜了。她喜欢余亮，但她宁愿秋荣跟他在一起。她都惊讶为什么面对秋荣能这么无私。无私归无私，伤心还是难免的，为了不那么伤心，她又跟光辉联系上了，她以为这下总算可以大胆去爱了。光辉大学毕业后留在郑州卖保险，几通电话之后，他辞了工作来到杭州。

刚一见面，她就失望了，光辉不再是快乐的混世魔王，他蔫了。头发软趴趴地趴在脑门上，让他看起来像个孩子，在他还是孩子的时候，头发可是立起来的。作为一个美容行业的从业者，她当然知道这是没有办法的办法，光辉的脸臃肿暗沉，只能借用点头发柔和线条。这无疑是个欲盖弥彰的坏主意，在大雪看来，还不如干脆露出脑门，最起码还能精神点。相比之下，余亮那一头板寸简直是无懈可击，看到余亮，她从来不会有脏脏的感觉。头发的软弱还可以改造，眼里的低落要怎么消除呢。那时候，光辉双眼透亮，蕴含其中的是天生的乐观和笃定的坏主意，眨眼之间，他就能鼓捣出让人笑掉大牙的无聊事。他是为逗乐而生的人。如今再看到他，再注视那双眼睛，看到的只是疲惫、倦怠、辛楚、劳乏、困顿……他看起来太累了，让看到他的人也累。说来也怪，小时候累的明明都是女孩，男孩们无所事事，东跑西颠，让人羡慕。长大之后，一下就掉了个，男孩们必须不停工作才能找到女孩，女孩呢，只要能生孩子，就算什么都不会也总有人抢着要。这么看来倒是挺公平。光辉都快三十了还没结婚，也不是结不了婚，只是不愿意听从父母的安排而已，也就是说他决定奋斗，奋斗的成果昭然若揭地写在脸上，那就是累。看累了光辉，大雪没办法不想到余亮，余亮开着一家奇怪的店面，虽然奇怪，但也算是奋斗，余亮的眼睛还很活泛，眼里的坏主意还没耗尽。光辉没来之前，大雪想象过他来之后的局面，和他挽手走在人前，向所有人展示她的幸福。一直以来，她都想展示一点好东西，实实在在的好东西。她知道自己是好的，高挑的身段，漂亮的脸蛋——虽然有点黑，还好妆容精致。她的好足以配上一点别的好，让人知道她好得货真价实。光辉眼里泛着天生的乐观和笃定的坏主意，和她的高挑漂亮交相辉映，让好更好，虽然不及余亮配秋荣的好，但她想自己也应该可以知足了。如今看到这样的光辉，她后悔了，要是和他在一起，恐怕连自己好不容易修来的那一点好也要被拖入泥潭了。可他已经来了，带着希望而来，虽然见到大雪之后他疲惫的双眼又添了一抹畏缩，但依然掩饰不住他的喜欢。大雪知道自己麻烦大了，常来美甲店的男人又多了一个，而她喜欢的还是原来那个。为了保住好不容易修来的那点好不至于没入泥潭，不得不陷入更大的泥潭，她知道这一切都是自己造成的，可她一点办法都没有。

2

她一直以为自己不会胖，因为个子太矮，一度只有七十多斤，七十六，七十五，七十四，最少的时候是七十三，然后又回到七十六，七十六的时候会特别焦躁，七十三的时候也不好过，因为离七十更近了。为了抹掉那个变幻不定的零头，她没怎么吃饱过，心中的完美数字从未到来，所以总觉着还能更好。生了孩子之后，体重破百，脸像笨媳妇揉出来的发面，溢出了面盆，不受控制地鼓起来。小时候，女孩们都听过"笨媳妇和面"的故事，面多了加水，水多了加面，加到最后面盆都盛不下。每次听到这个故事都哈哈大笑，骄傲地以为自己肯定会是巧媳妇，没成想到头来连笨媳妇都算不上，充其量是一团发面，怎么揉怎么是，谁愿意揉谁揉。加水，加面，加水，加面，来者不拒，为了充足的奶水什么都吃。婆婆的厨艺不算好，胜在舍得下本，鸡鸭鱼肉，水果零食，胃口出奇得好，嘴没怎么闲过。常常呕吐，就是不

2

吐，也总有一种想吐的感觉。没有人笑话她，哺乳期的女人有点小毛病无可厚非。她心里清楚是吃太多的缘故，明明已经顶到嗓子眼儿，手还是不自觉伸向零食袋。忍不住怀疑以前是不是装出来的，现在这个才是真的自己，爱吃、爱睡、懒，心安理得地被人照顾。如果真有好日子的话，应该就是现在吧，辗转于沙发和床之间，看着电视，吃着零食，除了奶孩子，什么都不干。不管谁见了她都夸，春蓝呐，好福气啊。人们所说的福气，就是她新添的肉。若是跟母亲和春红站在一起，她们满盈的福气简直可以把人群淹没，瞧瞧这娘仨儿，一个比一个有福气，一个模子刻出来的嘛。都不用照镜子，想知道自己什么样，看看母亲和春红就好了。过年回家，两个女婿的车子停在门前，路人经过，赞声不绝。这个家总算翻身了，父亲有了笑模样，母亲也少了抱怨，春芳上了大学，不再是负担，而是骄傲。赞扬声中，好像自己也是光荣的一员。有一次，她坐在车里，远远看到崔志杰骑着电动三轮载王雨婷回娘家。王雨婷坐在车兜里，抱着孩子，裹着头巾，寒风中只露出小半边脸。反观自己，外套脱在一边，女儿坐在儿童座椅里，丈夫气定神闲把着方向盘——腰里挂着一串钥匙，她一下子不难过了。你慢点开。她对丈夫说，别超那辆车。为什么？看到那个抱孩子的女人了吗。嗯。我跟她有仇。丈夫听话地放慢速度。她看着那辆三轮车消失在前面的路口，好像以前的自己也跟着消失了。她扭过头，看着后视镜里的自己，突然觉得胖也不是那么难以接受的事。

女儿断奶后,她重提去杭州的事。婆婆和丈夫依旧反对,咱自家的生意都忙不过来,出去做什么生意。他们在打什么算盘,她一清二楚。刚结婚的时候他们不放她走,因为她没有完成生孩子的使命,她全力配合,乖乖受孕,以为了结了这事就没人管她了。闺女生下来,虽然谁都没说什么,但她知道,使命还在,甚至更急迫了。这时才去想,要是像母亲一样一连生三个都是女孩怎么办,要是像王雨婷她妈一样一直生女孩该怎么办。来到婆家,她没有唱过一句反调,看不顺眼的事情还是很多,但她学会了不说。总觉得自己是个外人,没有同盟,孤军作战。婚礼当天的凄惶一直没有消退,一个人坐在崭新的婚房里,空攥着拳头,手心大量出汗,不敢抹到崭新的被褥上去,也不敢抹到崭新的婚纱上,湿漉漉的,不舒服,也没办法。洞房的时候,汗出得更多了,手也握得更紧了,因为握得更紧,所以汗更多,因为汗更多,所以握更紧,加水,加面,加水,加面,不知为何,一直逃不出"笨媳妇和面"的魔咒。我到底哪里笨了?满心不甘,又无计可施。背着所有人,她偷偷去打避孕针,一个月一次。这是没有办法的办法,还是因为想到这个办法而兴奋莫名,当然,凄惶还在,或许正是因为太过凄惶才生出兴奋,又因为兴奋过了头才觉出凄惶,加水,加面,还是笨媳妇那一套。有一次,丈夫在身上徒劳奋战的时候,她笑出了声。咋了。他瓮声瓮气地问。没咋。她说,就是觉得你好逗啊。这话无异于讽刺,丈夫平时少言寡语,跟幽默一点关系没有。他干什么都目的明确，工作卖力，因为能挣钱，在她身上卖力，因为能生小孩。他要是知道自己生不出小孩会怎么样，就像他经营的这座废品收购站，全是报废的垃圾，丧失了原有的用途。她知道自己多没有情调，再加上发胖变丑，要不是为了生孩子，他才不会吭哧吭哧往身上爬呢。打了几个月的针，体重一发不可收拾，她不敢上秤，不敢照镜子，无奈垃圾收购站里最不缺的就是这两样，各种能映出人影的垃圾，称各种垃圾的秤。她偷偷网购减肥药，吃得上吐下泻，月事也不规律了，有时来得晚，有时来得多，惶惶不可终日，怕避孕针无效，怕失血过多而死。为了不被人发现，每次都跑到那堆塑料山和真山交界的深沟里，吐，或者拉，流泪，或者流血，她连自己的身体也管不住了。有一天，她昏死在自己的呕吐物上，他们找到她时已是深夜。她在丈夫的摇晃中醒过来，知道自己真的成了一个笑话。我想回家，她说，让我回家。

3

　　头发慢慢长长，没有人知道，她一直戴帽子，别人问起，笑称是懒得洗头，为了不至于撒谎，确实洗得少了。到了晚上，关上厕所的门，才会摘掉帽子，对着镜子端详逐渐成形的长发。从一开始就没打算给人看，早就备好剪刀，等长到想要的长度就自行剪掉。过了一年，还是不够长，不过也能披在肩头了。一天晚上，洗净吹干之后，她把自己锁在厕所，长时间对着镜子，一动不动地看，长发柔和了脸部轮廓，眉眼之间，有了秋雅的影子（虽然秋雅的长发及腰，她的刚刚过肩）。她眨眨眼，想让目光也柔和一些，东施效什么来着——她想到那个东施学西施的成语，东施效仿的那个字太稠，她从小就没学会。娘的。她没来由地骂了一句，不再挤眉弄眼。都是大眼睛双眼皮，投射出的目光却迥然不同，秋雅不管看谁都像是看小狗小鸡，爱像泉水自然流出，反观自己，就算看到小狗小鸡，就算在心里头喊"好可爱啊",估计两只眼睛也不会有什么变化。没办法,她习惯了以不变应万变。她拿起剪刀,把头发放在双刃之间,迟迟剪不下去。娘的。她含混地骂了一句,把剪刀撂在洗手台上。剪是肯定要剪,绝对会剪,剪之前再看一会儿吧。这样的想法让她羞耻,好在厕所里没有别人。一件不敢穿出去的新衣服,不妨碍在穿衣镜前自我欣赏一番,梳成中分,梳成偏分,往左梳,往右梳,用手攥出马尾辫,在头顶捏成丸子……把能想到的发型统统试上一遍,最后,更为羞耻的,居然用手扬起头发,造成被风吹起的效果。大概是电影里老看到这一幕吧,长发的女孩迎风奔跑,头发像旗帜飘在半空,每次看到这样的镜头都觉得好笑,女孩跑不快,肯定是因为头发太长了,头发在后面扯着,拽着,拖着,跑得快才怪。娘的。她又骂,再度拿起剪刀。赶紧打住吧,迫切地想要从刚刚的羞耻行径中解放出来,却没来由地想起这一幕:深秋的麦田里,她在跑,秋雅和秋芳在后面追,那天的风多大啊,多冷啊。像是灵魂出窍一样,她站在后面,看着她们在前面追自己。她们的长发被风拉成直线,拽着她们,拖着她们,可她们还是追上了短发的她。娘的。她用自己都听不见的声音骂,放下了剪刀。

第二天,她披着一头长发去上班。行人稀少的路段,她奋力奔跑,头发扬起,她扭头去看地上的影子。被这么一个新鲜的影子追着,她不禁越跑越快。这意味着要有所改变了吗?她不觉得,只是懒得把自己管那么严了。哇,大美女。大美女耶。美甲店的同事大呼小叫，装作男人来撩她的头发。以往大家顶多叫她美女，没想到多了一头长发，就成了大美女，这本是秋雅才配得上的称谓。她一直怕人像看待秋雅一样看她，成为一个大美女，似乎就成了柔弱的代名词，现在，她也是大美女了，不过自己好像还是自己，并没有因此就任人宰割。玉器店的余亮也过来看热闹，他没有叫她大美女，而是拿她取乐，呦，想不到咱们沈老板也能装淑女呢。对啊，她说，就是看不过你比我还淑女才装成这样嘛。女孩们笑成一片，余亮也不生气，跟着一起笑。身为一个南方人，他确实比很多北方女孩都显得女气，但他开得起玩笑，秋荣喜欢和他斗嘴，你来我往之间引发一浪浪笑声。果然是装的哇，假发吧，我摸摸看。他伸手上来，秋荣也不躲，当成姐妹一样任他摸。哇，又香又软，我都心动了。余亮夸张地摸着胸口，抓住她的手按在上面，你摸摸，是不是跳得可快了。我怎么没感觉，你这是狼心狗肺吧。又是一阵笑声，余亮总能激发她的搞笑天赋。她很珍惜这个朋友，说笑打闹，亲密无间，完全忘了他是一个男人。余亮是本地人，对周遭了如指掌，常常张罗着带她们吃喝玩乐。她和大雪去韩国日本进货，他也跟着，三个人像是长到一起。她常开玩笑说，我们三姐妹美甲店本来有个二姐，她刚生了孩子不能来，要不然你先做我们的二姐吧。每每这时他都连连摇头，竭力申明自己是个男的，不愿意加入她们的姐妹团。后来她才知道是因为什么，他不想成为二姐，是因为爱上了三妹。

她当然怀疑过，他是不是对自己有男女之情，只是在一起的时候太没有正形了，男女之间的话题都是通过玩笑说出来的，把玩笑当真，那可就太傻了。她以为余亮就算真的喜欢她们两个当中的一个，也应该是喜欢大雪。在她的头发没有留长之前，大雪才是更像大美女的那一个，当然，也不算是标准的大美女，因为她黑，所以显得比一般大美女坚强。她头发是长的，还是卷的，她很会化妆，也温柔，她肯定是更招男人喜欢的那个。即使留长了头发，秋荣依然不觉得自己是一个标准的大美女，一开口就能看出来，她嘻嘻哈哈，没个正形，笑起来都能露出牙龈，这就是她希望的样子，千万不能活成男人喜欢的样子。所以有一天他突然抱她的时候，她才那么惊慌，一把就推开了他，力气大到让他闪了一个趔趄。你的玩笑开过了吧。她说，我不喜欢被人抱。他坐在地上，好一会儿说不出话，后来拍拍屁股上的土走了。第二天，他单独约她出来，郑重地问她是不是不喜欢男人，大雪说你都没有谈过恋爱。她知道他什么意思，就着他的误解说，是。那我就明白了。他说，原谅我会错了意。没什么，她说，我还一直以为你不喜欢女人呢。她自己都知道这样的玩笑有多不合时宜，但他还是笑了。我们还是朋友吧。她说。那当然，你这都不算拒绝我。他说。然而，从那以后，他就开始躲着她了。她为失去了这样一个朋友而伤心，或许他也是因为伤心才不见她吧。明明很开心的两个人，牵扯到爱情就免不了伤心，这更加佐证了她的看法：不能爱。两个月后,大雪来问她,介不介意她和余亮在一起。你们赶快在一起吧。她长吁了一口气,开心地说。她以为解决了这事就能回到从前,大家就可以像以前一样继续嘻嘻哈哈。然而等大雪和余亮真的在一起了,她又开始躲着他们了。

一天晚上,下班的时候,她看到光辉坐在门口的暗影里。她在他身边坐下,问他怎么了。

余亮本来是喜欢你的,你知道吧。光辉头也不抬地说。

她没有说话。

你要是答应了他,就不会拆散我跟大雪了。光辉有了哭腔。

对不起。她说。

你是不是真的不喜欢男人。光辉转过脸看着她。

我不知道。

你连自己喜欢什么都不知道?光辉生气了,他明显受够了愚弄。

我真的不知道,你告诉我。

我告诉你什么,我能告诉你什么,是,我是不如余亮,你连余亮都不要,我能告诉你什么。

你为什么喜欢大雪?你怎么知道你是喜欢大雪的?

这还用知道?她那么好,我想跟她好,我想让她一直好下去,这还用知道?我不知道的是她为什么让我过来又不喜欢我了?我不知道的是你这个怪女人,你连一次恋爱都没谈过,你多大了?你就算不喜欢男人也该喜欢女人吧,你是不是冷血动物……

她把手放在他的肩膀上，等他冷静下来。他被怒气支配的身体起伏不定。他不像是发火，倒像是被惊吓过度的样子。她的手随着他的肩颤抖。她的手从没有这样抖过。

对不起。冷静下来的光辉向她道歉，我知道怨不了你，可我实在不知道该怨谁了。

你是不忍心怨她吧，对不对。

光辉没有说话。

我有点明白了。

明白什么。

你能抱抱我吗。她说。

光辉警惕地看着她，像是没听懂她的话。

就抱一下，行吗。

光辉犹豫了一下，还是如她所愿张开了手。她闭上眼，重回那个昏暗的房间，这一次她手上没有精油，可以反手抱住他。她一动不动，越是不动，越能感觉到对方的律动。这是活生生的人，人和人不一样，但拥抱是一样的。

过了很久，光辉撒开了手。她还抱着。好了，够了。光辉说，你放开我。

她放开手，轻声说，还是那么舒服。

你说什么。

没什么。她面对光辉，突然浮现一个极其荒谬的想法，不过她决定不控制了。这些年，把自己管得太严了，她想试试新念头。

你觉得我行吗。

什么意思。

想不想跟我试试。她说，你一定觉得我有病，不过我是诚心的。

你是真有病。光辉以为又是一个愚弄，头也不回地走了。几天后，秋荣约他出来，他早到了十五分钟。

大雪和余亮结婚的时候，她和光辉分别是伴娘与伴郎。大雪婚后不久，她接到秋芳的电话，让她回家参加她的婚礼。这几年，她跟家里依然联系不多，不过总算开始接他们的电话了，就连父亲的电话，她也不再接到就挂。不再否认他是父亲，不过也没有承认他就是，接到他的电话，就跟接到一个乡亲的电话差不多，有时候甚至还会表达关心，让他少抽点烟多吃点水果什么的，只是从没有主动给他打过。秋芳在电话里小心翼翼，生怕她不回来，大家都会来，就在咱二叔家办，咱婶也想你了，还有咱妈。秋芳没有提父亲，那一次争吵之后，秋芳再也没有跟她提过父亲。好，我回去。她说。

离家多年，她头一次回去，很多村人还记得她。久别重逢的感慨反复袭来，没有在她心里泛出多少波澜，无非是有些人长大了，有些人变老了，有些人变好了——起码是表面上吧，父亲一直笑呵呵的，带着他那个已经不那么年轻的妻子，母亲身边跟着十多岁的儿子和她那个老实巴交的二婚丈夫，看起来这个丈夫肯定不会给她气受——所有这些变化她都接受。甚至，也开口叫了一声"爸"，当时人太多了，她觉得不叫一声面子上过不去，时隔二十年再一次叫出这个字眼，陌生得没有一丝感觉。分崩离析的家庭再次重聚，着实显得其乐融融，已经白了头发的婶子一见她就紧紧抱住，穿上婚纱的秋芳也不那么显瘦了，秋雅和她那个穿西装的丈夫依然恩爱，所有这些，都像是生活的例行公事，她感到了喜悦的氛围，仅此而已。只有一件事，让她再度哭出声来。在秋芳婚后的第二天，母亲买了些礼品，带姐妹三人去看望一个老邻居。那个老太太有八十岁了，是个特别热心的老人，母亲生病的时候，她一直帮忙照顾，虽然也没帮上什么大忙，不过房前屋后确实留下了很多她瞎忙活的身影。她们放下礼物，老人从漆黑的屋子里迎出来，一见面先哭了，我的老天爷啊，做梦也想不到这辈子还能再看到你们，做梦也想不到你们娘几个还记得我。母女四人上前抱住老人，大家都哭了，哭得震天响。秋荣没想到自己也会哭，长大以后，她再没哭过。她记起那一天，在墙角猛啃老人塞给她的苹果，路人们居高临下看着她，如同看待一个被公开展出的畸形怪胎，毫不避讳地评判她的悲惨，同情她的可怜。在那么屈辱的情境下都能忍住不哭，如今什么都有了，啥也不怕了，却毫无征兆地痛哭失声。她从老中青三代的臂弯里张开泪眼，看到这个破败的农家院子，看到隔壁自家的老屋，在那里，她们哭过无数次，只是从没有像现在一样，哭得那么痛快。

1

和余亮婚后不久,爷爷查出睾丸癌。此后一年,辗转于各大医院,把钱递进一个又一个深得看不见人的窗口。好在美甲店生意不错,尚可勉力支撑。被切除了睾丸的老头变成软塌塌的一团,所剩无几的力气全部用来求死,大雪,听话,别管我了,别管我了行不行。连奶奶也说,要不别治了吧,免得到头来人财两空。"人财两空",她记得这个词,小时候,村里有个女孩得了白血病,家人举债为她医治。有一次,女孩的父亲佝偻着腰从人前走过,望着他的背影,奶奶跟人议论起来,你说他傻不傻,借了一屁股债,治不好还治,到头来还不是落个人财两空。她记住了这个词,虽然不太清楚意思,根据奶奶当时的精明、鄙薄与一点点怜悯,根据那个背影的佝偻程度,她将其理解为一个可怜傻子的词。时隔多年,奶奶把这话用在了爷爷身上,那个男人的佝偻背影在眼前一闪而过,她怒不可遏,在医院走廊里喊出声来,我就是要给他治，倾家荡产也要治。放心，要是你也这样，我肯定不管。最后，她这么说。向来肝火旺盛的奶奶没敢反驳，爷爷死后，她彻底蔫了，想发脾气，也只是自怨自艾地咕哝一句，我跟他一起走就好了。那你走啊！二雪逮住一切机会呵斥她，或是嘲讽：别光说不练啊你。她不敢顶撞二雪，只好改为更小声的嘀咕。习惯了给人气受的她也很快习惯了受气，只是习惯性斜着看人的眼睛依然泛着斗志。大雪管过二雪几次，让她别太过分，后来见奶奶还是改不了斜眼看人，也就不管了。

爷爷死后不久，父亲的死讯传来，震惊了所有人，不是被他的死讯震惊，而是被他死亡的方式。死于非命，于他而言也算是一种寿终正寝吧。在法医的解剖台上，最后一次看到他，没有人哭。他的头发被剃光了，后脑勺上有一个黑漆漆的窟窿，这是致命伤，也是唯一的伤。那天，他到临县（说是临县，实则已经出了省）的岳丈家去寻负气出走的妻子，刚刚进门，就被躲在门后的妻子一击毙命。凶器是一把用来刨地的三齿耙，击中他的不是耙齿，而是耙背。据那个小个女人供述，她仅仅是想打他一下出气，而不是想要把他打死。法庭上，奶奶又焕发了斗志，不断地喊，判她死刑！丝毫不顾她五岁的儿子就在身侧。后来奶奶因扰乱法庭被禁止出席，只剩下大雪、二雪，还有那个叫新雪的男孩列席旁听。审理中，案件变得复杂起来，这些年父亲靠贩牲口、贩沙子、贩瓜贩菜和一系列杂七杂八的生意挣了不少钱，后来又放起了贷，其中借贷最多的一家是妻子的弟弟，父亲多次索要未果，和妻子矛盾频生，她之所以跑回娘家，也是因为这事儿吵了架。牵扯到经济纠纷，就不能单单以夫妻矛盾看待了，再加上父亲被耙背敲击的伤口如此之重，那个女人又是如此矮小，很难相信她所说的仅仅是想打他一下那么简单，以至于怀疑就算她使出全身力气，也不一定能打那么狠。一种阴谋论悄然传开，杀人的不是她，而是她弟弟，她只是被推出来的替罪羊而已。尽管这个说法极其荒谬，检方还是不得不重视起来，只是有一个难题需要解决：她是被谁推出来的？被她老朽的父母吗？还是被她欠债的弟弟？或者干脆就是乐于奉献的她自己？被告席上的她一口咬定，罪是她一个人的，我打死了我丈夫，他死了我也活不下去了，你们快点枪毙我吧。她神志清醒，认罪态度良好，带着悔罪的自责，只是没有哭过。她老了些，双目仍然有神。大雪屡次直视她的眼睛，想要确认她是不是当年短暂接触过的那个人。她记得她眼里的凶光。然而她的眼睛只是有神，并不凶，甚至还有些哀伤。直到有一次，奶奶突兀地大喊"判她死刑"的时候，她看过来，短短一瞬，凶光毕现，很快她就低下头去了。

　　判决书下来，是死缓。奶奶不满意，去法院门前闹了一通，没有人附和，很快就偃旗息鼓了。尘埃落定之后，她们从这个陌生的城市离开，带着父亲的骨灰和那个叫新雪的男孩。这个新晋孤儿似乎被吓傻了，案件审理期间像个小僵尸一样跟着她们，对被告席上的母亲视若无睹，看待两位突然出现的姐姐如同看待法院的工作人员。奶奶总是恶狠狠地骂他，叫他孽种，将对其生母的怨气发泄到他身上。在父亲的坟头上，他是最先哭出声来的，用稚嫩的声音喊"爸"，喊了两声，奶奶打断了他，憋住！你还有脸哭。你别说话了。大雪头一次呵斥了奶奶，他想哭就哭，那是他爸，为什么不让他哭。奶奶不说话了，过了一会儿也啜泣起来，不知是为自己的儿子还是为自己。大雪没有哭的准备，可眼睛还是湿润了，面前的两个土堆，一个是父亲的，一个是傻子的，曾经，她为傻子哭过，那时候还不敢发出声音，这一次，或许同样是为傻子，但是再也发不出声音。二雪没有哭，她用近乎调笑的口气说，小雪，咱爸来陪你了，这下你可以尽情找他算算账了。

　　料理完后事，要回杭州了，奶奶不让买她的票，或许是受够了二雪的气和大雪的冷淡，她执意要留下来，接管这份丈夫与儿子共同置下的家业。家里总得有个人吧，她说，我得留下来照顾那个孽种啊。你留下可以，大雪说，新雪必须跟我走。留了些钱给奶奶，她和二雪带着新雪离开了。

　　你们真的是我姐姐。大概是意识到真的要走了，男孩从车窗回过头来，最后一次确认。

　　当然了。大雪说，我叫大雪，她叫二雪，你叫新雪，我们名字里都有雪，当然是你的姐姐了。

　　那我应该叫小雪才对。

想得美。二雪说，小雪已经有人叫了，她也是你姐。

这么说我有三个姐姐了，男孩高兴起来，那她人呢？

大雪和二雪交换了一下眼神，都没有说话。好在男孩足够小，很快就忘记了自己的问题，他又把目光投向窗外。大雪随他一起望出去，和他一起望着飞速倒退的村庄，除非奶奶死，否则应该不会再回来了吧。

2

总算回到了家，却不是想要回去的那一个。这座陌生的三层小楼还飘着油漆味，朝气蓬勃地耸立在马路边。她记得，这里曾是一片坟地，在儿时上学的必经之路上，每次单独经过，都会加快步伐。说"我要回家"的时候，想的根本不是这里，陌生的位置，陌生的建筑，陌生的红色铁门和浅蓝色外墙。妮儿，到了到了。母亲推开铁门时有多骄傲，她就有多茫然。为了回家，她费尽心思，经过和公婆丈夫的几轮谈判，用苍白多汗的身体向他们表明，不让她回来，她是不会好的。母亲在公路边接上她的时候，回家的路线出现在脑海里，好像灵魂已经比身体早几步到家。随母亲走上岔路的时候还毫无察觉，因为心已经到了家，跟母亲走进院子，才发现丢了魂。

新房子里什么都有，电视和沙发，席梦思床和立式衣柜——不单单是父母房间里才有，每个房间都有，抽水马桶和太阳能热水器，洗衣房——洗衣机也是全自动的，车库——一辆只有春来才会开的白色雪铁龙，三楼的露台——母亲也开始种花了……这是一座现代化庭院，整洁，舒适，温馨，着实是休养生息的好地方。不再有一下雨就不可收拾的泥泞，不再有杂乱的柴堆、湿漉漉的水井、拔了又长的野草，不再有到处拉屎的鸡、鸭——小狗还有，不过它知道到外面去拉。住了一段时间，梦做得少了，舒展的双手也没那么多汗了。母亲把她当客人对待，什么都不让她干，三不五时给她做点好吃的饭。她点什么，母亲做什么，烧茄子、蒸面条、辣椒拌着面炒、烙馍就着鱼汤，有些菜根本没有名字，或者干脆就是母亲的发明。辣椒为什么拌着面炒？是为了省鸡蛋，光炒辣椒的话又太辣，这是没有办法的办法。如今的母亲已经习惯辣椒炒鸡蛋了，但她还是想吃那道因为没有鸡蛋而急中生智的菜。那个燥热、模糊的场景一直嵌在脑中，她在灶前烧火，母亲在炒拌了面的辣椒，辣味呛得人直眨眼睛，屋子里很快就待不住人了，不过她们娘俩还是坚守住了岗位，直到把辣味炒成香味。吃饭的时候，大家辣得不断吸气，跟一窝蛇一样嘶嘶有声，一边互相取笑一边猛咽馒头。母亲没想到这菜如此下饭，得意地宣称下次还做，引起一片哀嚎。后来吃饭不香的时候，她就会想到那种口感，炒得金黄的面疙瘩镶在辣椒圈里，咬一下就软软爆开，又香又辣，只能赶紧用馒头顶住。她试着做过，做不出来。还有一道烙馍鱼汤，连母亲也做不出来了。儿时的夏天常常阴雨不绝，水漫出河岸，流得哪哪都是，鱼也随着水到处乱撞，任人捕杀。一天中午，母亲正在做饭，父亲光着膀子拎了两条鱼回来。下什么面条啊，父亲故作嫌弃地说，阴天没事，正好给我们爷几个改善改善生活。于是母亲把擀好的面条重新揉成面团，开始烙烙馍，炖鱼汤。两个灶同时开火，母亲在灶前左右开弓，又是切菜又是擀面，原本一点钟就能吃上的饭硬生生捱到两点半。鱼在锅里飘出香味，大家饥肠辘辘，不停地问，好了没，好了没。好了好了，就好了。母亲说，你们是饿死鬼托生啊你们。就要出锅的时候，母亲让她去邻居家的菜园掐一把茴香，要尖儿上的，嫩的。她很不情愿地穿上雨鞋，撑着伞走出饭香四溢的家门。路上有积水，走不快，她心里起急，怕自己还没回来他们先开了饭。来到无人的菜园，她稍稍有些心慌，感觉像是在偷人家的，虽然母亲说了，一把茴香而已，好心的邻居不会说什么的。她蹚过积水的菜地，找到那一丛茴香，那是第一次看到这种菜长在地上的样子，不同于后来在菜市场见到的那种用来包饺子的茴香，这种更大，根部是球状的，跟芹菜一样分着叉往上长，在雨中像是一棵小树。雨珠挂在针一样细密排列的叶子上，被新下的雨砸落，凝成更新的雨珠。她撑伞站定，这一小片区域也凝固了。她被这一株新奇的植物吸引，暂时忘了饿，四周围雨气蒙蒙，她把手放在茴香的尖儿上，想到了仙草之类的东西。采仙草。《新白娘子传奇》里好像有采仙草这回事，《西游记》里也有，她忘了具体是谁采仙草，凭感觉想应该是仙女吧。每一个仙女都有自己的仙境，掌管自己的仙草，短暂停留的这一会儿，这一刻，这一小片区域好像也成了她的仙境一样。采仙草。把仙草带回去，拯救急需拯救的人。她依照母亲所说，只掐尖儿上的嫩芽，回家的时候，感觉自己像个功臣。母亲掀开锅盖，把她带回来的仙草洒进鱼汤，顿时异香扑鼻。那种特殊的香味，母亲再也做不出来了，那是混合着雨水、期待、仙草和仙女的味道。她如今当然知道，白素贞叫赵雅芝，孙悟空叫六小龄童，许仙也是女的，叫叶童。

在母亲的照料下，她过了一段悠闲宁静的日子，虽然母亲仍会找机会扭扭捏捏地劝她回去。她装作听不见。天气好的时候，她也会干点活，洗洗自己和女儿的衣服，上三楼的露台浇浇花。两岁的女儿活泼好动，爱跑爱笑，特别喜欢春来这个小舅，赖在他的车上不下来，让他拉着她到处去玩，让他给她买玩具。春来十九岁了，已然是一个帅气温和的大小伙子。他在县城上班，具体干些什么不知道，他的工作就像他的感情生活一样不稳定，那辆白色轿车载过多少女孩，没人知道。家里尝试给他说亲，他心不在焉，这是母亲唯一担心的事，母亲怕他太浪荡，将来不好说媳妇，不过很明显她已经管不住他了。每每提及此事母亲就唉声叹气，邻居们总是用同一套词宽慰她，哎呀，你在这瞎操心什么，你们家这条件，要房有房要车有车，孩子也是要人有人要儿有个儿，这么个好人家儿哪个姑娘不稀罕。瞧你说的，这算什么

2

好人家啊。母亲虽然反驳，还是难掩自豪。她的担心也不像是真的担心，她只是习惯性觉得应该担心点什么而已。这个家确实没什么好担心的了，一切都在朝着好的一面发展，父亲的酒局多了起来，虽然他还是很懂节制，但架不住人家的热情。在乡间，愿意找一个人喝酒，足以表明认可他的成功。说起来，父亲一辈子都是泥瓦匠，算得上哪门子成功呢，然而在人们眼中，他的成功耸立在路边，朝气蓬勃，飘着油漆味，他朝气蓬勃的下一代开着白色轿车，风风火火地往返于城乡之间。他的成就昭然若揭，令人赞叹。她不得不为父亲叫好，由衷地。他不再是那个一天到晚郁郁寡欢、从来没个笑脸的糙汉了，不干活的时候，他的衣服也干净起来。一天，一个远亲从门前经过，跟母亲聊起天来，我的老天爷，这就是你们家啊，真好看，真气派，这得花多少钱啊。气派啥呀，好看啥呀，母亲说，你是光看到气派，没看到花钱，连买带装修你知道花了多少不。多少？女人伸长了脖子等待答案。谈到钱，人们还是那么神秘。母亲伸了四个手指，女人发出惊呼，四十万啊！我的老天爷。还多呢，母亲咬着牙说。谈到钱，人们还是充满恨意。她和女儿坐在门廊里，没有参与这场对话，听着她们在门外兴冲冲地大呼小叫，她突然伤心起来，伤心到了疼痛的地步。她捂住胸口，痛苦地闭上眼睛。等那个女人走掉，她来到门外，对笑容还没散尽的母亲说，妈，我想离婚。

明白了她不是说说而已，母亲对她发动了一场车轮大战，所有能说会道和自告奋勇的亲友依次登门，试图让她知道她错了。

你得为孩子想想啊，孩子没了爹可咋办。奶奶说。

二婚多难找你知道不，离容易，再想结就麻烦了。姑姑说。

到哪里找那么好的呢，人和人还不是都一样。邻家大娘说。

我一开始不是也没看上杨刚强吗，感情过着过着就有了。春红说。

你这孩子从小就懂事，怎么现在就不听劝了呢。另一个邻家大娘说。

你再想想吧。父亲说。

姐，我支持你。春芳通过电话偷偷说。

不管谁来说，她都不与之辩论，她知道自己辩不赢。或许沉默才是最好的辩词。母亲很快看出了她的坚决，把很多还没来得及施展口才的七大姑八大姨拦在门外，转而向她抛出了一个颇具重量的条件，蓝，你不是一直想去杭州开店吗，你结婚时田玉家给的八万块钱让妈花了，妈再去借来给你，你去杭州开店，好不好。

不是钱的问题。她头一次开了口。

那是什么问题？

她看看母亲，没再多说。

丈夫和婆婆怒气冲冲地赶回来，要她给一个解释。她给不出来。丈夫在盛怒之下要带走女儿。她再次坚定起来，坚持要女儿跟她。好在只是一个女孩，婆家很快就不坚持了。母亲答应还的那八万块，当作补偿给了婆家。二十九岁这一年，她什么都没有了，得罪了所有娘家人，从婆家净身出户，只有一个两岁的女儿留在身边。她给秋荣打电话，要去她那里打工。打什么工？秋荣几乎喊破听筒，什么叫打工？我们店就叫三姐妹，我们只给自己打工。正要开分店呢，你赶紧来。

抱着女儿坐上火车，她感觉这次是真正的一个人了。

后记

最后,我想分享三个场景,都是我亲眼所见,或许可以这么说,正是这三个场景催生了这部小说。

秋天的傍晚,天将黑未黑,一个女孩背着一包比她大得多的麦秸走在路上。我看见她的时候,她正从田间小路迈上大路,那是一个低坡,不知道是因为吃力还是怕我看见她,她把头埋得很低。不过我还是看到了她,出于小男孩的调皮,我歪着头去看她的脸,她很漂亮。

春天的清晨,太阳刚出,我去田里干活儿,看到了走在前面的女孩。她从大路迈上斜坡,冲着半人高的麦田扯着嗓子喊,妈,回家吃饭了。我紧走几步撵上她,问她谁做的饭。除了我还能有谁。她有点抱怨的语气,不过不妨碍她看到母亲时露出笑脸。我们走在田边的小径上,那天的露水出奇地重,不一会儿就打湿了鞋。

冬日的午后,外面是和煦的阳光,她在灶后刷碗,我在灶前烧水。那是一个大家庭的碗,加上我们这几个来串门的亲戚,应该比平时还多一些。她"哎哟"叫了一声,我问她怎么了,她向我展示手上的裂口。手上有伤不能见水。我自作聪明地说,说完我们都沉默了。她看了一眼外面的阳光,再度把手伸进洗碗水。

这些场景发生在十岁左右(附加的季节是一种记忆印象,不见得准,时辰是准的,这我可以肯定),在长大的过程中,我偶尔会想到其中一幕。在乡间,从事与年龄不甚匹配的劳动的通常是女孩,男孩们大都在玩儿,很难注意到她们。因为个人境遇,少年时我也没少干活儿,或许正是这样我才会看到,并记住。一开始仅仅是类似于同病相怜的记忆,在偶然的回忆中,女孩们的形象开始有所活动——我习惯性地试图形容一下这种形象,才发现概括性语言的力有不逮。是,她们没法被概括,或许正因如此,才需要小说吧。

图书在版编目（CIP）数据

雪春秋 / 郑在欢著. -- 上海：上海文艺出版社, 2023（2025.1重印）
(单读书系)
ISBN 978-7-5321-8790-4
Ⅰ.①雪… Ⅱ.①郑… Ⅲ.①长篇小说－中国－当代 Ⅳ.①I247.5
中国国家版本馆CIP数据核字(2023)第160075号

发 行 人：毕 胜
责任编辑：肖海鸥
特约编辑：赵 芳 罗丹妮
封面设计：蔡佳豪
内文制作：李俊红 李政坷

书　　名：	雪春秋
作　　者：	郑在欢
出　　版：	上海世纪出版集团　　上海文艺出版社
地　　址：	上海市闵行区号景路159弄A座2楼 201101
发　　行：	上海文艺出版社发行中心
	上海市闵行区号景路159弄A座2楼206室 201101 www.ewen.co
印　　刷：	苏州市越洋印刷有限公司
开　　本：	1092×850 1/32
印　　张：	8.875
插　　页：	2
字　　数：	170,000
印　　次：	2023年9月第1版 2025年1月第3次印刷
Ｉ Ｓ Ｂ Ｎ：	978-7-5321-8790-4/I.6932
定　　价：	52.00元
告 读 者：	如发现本书有质量问题请与印刷厂质量科联系　T:0512-68180628